KB124353

확장 소설

김태용 소설집

확장 소설

펴낸날 2022년 5월 4일

지은이	김태용
펴낸이	이광호
주간	이근혜
편집	최지인 이민희 조은혜 박선우 방원경
펴낸곳	㈜문학과지성사
등록번호	제1993-000098호
주소	04034 서울 마포구 잔다리로7길 18(서교동 377-20)
전화	02) 338-7224
팩스	02) 323-4180(편집) / 02) 338-7221(영업)
전자우편	moonji@moonji.com
홈페이지	www.moonji.com

ⓒ 김태용, 2022. Printed in Seoul, Korea

ISBN 978-89-320-4014-1 03810

이 책의 판권은 지은이와 ㈜문학과지성사에 있습니다.
양측의 서면 동의 없는 무단 전재 및 복제를 금합니다.

확장 소설

김태용 소설집

문학과지성사

차례

옥미의 여름

평양과 북한을 소재로 한 테마소설집 『안녕, 평양』(엉터리북스, 2018)에 수록된 작품을 수정한 것이다. 이 소설은 평양의 미래과학자거리와 려명거리, 과학기술전당과 류경호텔 등의 건축물과 북한 과학환상소설 연구, 북한 소설가 한정아의 「녀학자의 고백」에 대한 자료들에서 영향을 받아 썼다. 소설에 나오는 리현심 박사의 정보들은 「녀학자의 고백」의 주인공 리현심으로부터 출발해 재허구화했음을 밝힌다. 1950년대 후반 북한의 모습을 담은 크리스 마커의 포토 에세이 *Coréennes*(번역서 제목은 "북녘 사람들")의 사진들은 오랫동안 머릿속에 각인되어 있었다. 언젠가 이 이미지들을 모티브로 글을 쓰고 싶었다. 북한의 과학기술 선전 노래 「돌파하라 최첨단을」(보천보전자악단, 모란봉 노래, 2009)은 소설 뉴런을 직접적으로 자극시켰다. 무엇보다 2018년 4·27 남북정상회담과 그 이후의 국내외 정세 변화가 소설의 전체적인 분위기를 만드는 데 결정적인 작용을 했다. 그 후로 시간이 더 흘렀다. 소설에 나오는 2023년의 풍경은 한낮의 백일몽 혹은 허구적 유토피아에 불과한 것이었을까. 소설을 쓰는 데 참조한 주요 책과 자료 들은 다음과 같다. 『북녘 사람들』(크리스 마커, 김무경 옮김, 눈빛, 2008), 『과학기술로 북한 읽기 1』(강호제, 알피사이언스, 2016), 『북한 과학환상문학과 유토피아』(서동수, 소명출판, 2018), 『평양에 언제 가실래요』(박기석, 글누림, 2018), 『녀학자의 고백』(한정아, 문학예술종합출판사, 2013), 『과학환상문학창작』(황정상, 문학예술출판사, 1993), 「북한 과학환상소설과 정치적 상상의 도상으로서의 바다」(복도훈, 『국제어문』, 제65집, 2015), 「과학기술 발전과 북한 여성정책의 지향점—장편 『녀학자의 고백』에 담겨진 상징코드」(박태상, 『비평문학』, 제61호, 2016), 「북한의 '건축예술론'에 대한 비평적 연구」(신규철, 『대한건축학회연합논문집』, 제75호, 2016), 〈데일리엔케이〉(www.dailynk.com), 〈북한과학기술네트워크〉(www.nktech.net).

따라서 여기서 만난 이가 진짜 누구인지는 아무도 모를 일이다.

—

크리스 마커, 『북녘 사람들』

옥미와 나는 평양 대동강 변의 미래과학자거리를 걷고 있다. 머릿속으로 글을 쓰면서. 글을 쓰면서. 김책종합공업대학 교육자 아파트에 살고 있는 리현심 박사를 만나러 가는 길이다. 이전부터 걸어보고 싶었던 거리였다. 두 차례의 평양 방문이 있었지만 빠듯한 일정에 어리둥절해하며 시간을 보내고 말았는데, 이번에는 청와대 상시 출입 기자인 선배가 평양지국 미디어센터 총괄본부장에게 부탁해 다소 여유로운 일정을 잡은 것이다. 마침 본부장 지인인 예약자의 갑작스러운 취소로 류경호텔의 중급 비즈니스룸에서 하룻밤을 보내게 된 것도 뜻밖의 행운이었다.

30년이 넘게 공사와 중단을 반복하면서 세계적인 흉물

과 과욕을 부린 사회주의 최후의 뿔로 남아 있던 류경호텔은 대북 경제 제재 완화의 영향으로 미국 비트코인 기업 비트심슨BitSimpsons의 시설 투자와 스위스 모듈러 퍼니처modular furniture 회사 USM의 내부 인테리어 지원으로 2020년 전체 개장한 뒤로 특유의 위용을 뽐내며 그동안의 흉문과 오명을 씻고 있다. 눈으로만 보던 거대한 삼각탑 호텔 속으로 발을 들이는 순간 SF영화의 한 장면으로 빨려 들어가 마치 내 몸이 하나의 소립자나 픽셀이 된 것만 같았다. 먼지 파동에 이리저리 흔들리다가 또 다른 소립자와 픽셀과 충돌, 분열해 새로운 형태와 속성의 총천연색 물질이 될지도 모른다. 물론 그 물질은 눈으로 확인할 수 없지만 말이다.

평양 시내가 한눈에 내다보이는 1091호의 USM 프리츠 할러Fritz Haller가 설계한 크롬 모듈 의자에 앉아 있으니 이대로 호텔이 통째로 발사되어 우주로 날아갈지도 모른다는 우스운 생각도 들었다. 화장실 옆에 캡슐 모양의 일인용 전자담배 전용 E-Cig룸이 있고, '柳京(류경)'이라는 빨간 라벨이 붙어 있는 장식용 호텔 미니어처 재떨이는 훔치고 싶을 정도의 잇 아이템이었다.

외관과 내부 시설에 대한 경이로움과 달리 멜라토닌을 먹고 푸시업과 스쿼트로 몸을 움직인 뒤에야 새벽 3시를 넘겨

겨우 눈을 붙일 수 있었다. 보통 새벽 2시까지 연구와 공부를 하는 옥미에게 전화라도 하고 싶었지만 평양에 도착하고 나서는 내일 만날 약속을 확인하는 문자 외에는 더 이상 연락을 하지 않았다. 물리적 거리가 가까워지면 소통 매체를 통한 연락이 줄어드는 인간사의 심리가 반영된 것인지도 모른다.

꿈인지 각성인지 모를 상태에서 어디선가 금속판 위로 물방울 떨어지는 소리가 계속 들려왔다. 물방울의 가장 예민한 부위는 금속을 그대로 통과해 다른 차원으로 스며들지도 몰랐다. 평화협정 이후 제한적 도시 개방과 선군정치에서 선당정치로 체제 시스템이 완전히 바뀌었고 자유시장경제가 활성화되었지만 여전히 이곳은 누군가에게 폐쇄적이고 두려운 장소일 것이다. 잠자리가 달라지면 쉬이 잠을 이루지 못하는 내 몸의 자연 리듬과도 무관하지 않을 것이다.

류경호텔의 101층 전망대나 지하 카지노 내실에 비밀 야합 장소가 있거나, 김일성 장군과 김정일 국방위원장, 김정은 국무위원장의 생일과 같은 번호인 415호, 216호, 108호는 삼각형의 꼭짓점을 이루면서 전체 시스템을 제어하는 메인 서버 공간인지도 모른다는 일렉트로닉 아수라 영상들이 머릿속에 그려지는 것을 제어하기는 쉽지 않았다. 그곳은 상상 초월의 데이터가 카테고리별로 코드화되어 있고, 인간의 가청 음역대를 넘나드는 초자연 주파수들이 혼재되어 있는 주체적 토포스 모듈 포지션Topos-Module-Position인지도 모른다.

망상의 거위털 이불을 몸에 돌돌 만 채 늦잠을 자고 일어났다. 호텔 식당으로 내려오자 나와 비슷한 밤을 보냈을 것 같은 표정의 사람들이 보였다. 마지막 타임 조식을 먹은 뒤 혼자 레스토랑 테라스 정원으로 나가 서니체어에 앉았다. 머릿속과 피부의 먼지를 태우고 있을 때 과일 바구니를 든 호텔 종업원이 건네는 사과를 한 입 깨물고 나서야 지난밤에 펼쳐진 환몽의 거미줄을 어느 정도 걷어낼 수 있었다. 호텔에서 마련한 의례적인 서비스겠지만 아주 잠시나마 환대를 받고 호사를 누리고 있는 것만 같았다. "껍질째 드시는 거랍니다. 황해도 해주 사과가 으뜸입니다"라고 말하는 종업원의 말처럼 이전에 먹어본 사과와는 묘하게 다른 맛과 식감이었다. 이후 일정에 대한 어떤 기대감 때문인지 모르겠지만 부드럽게 씹히는 단맛이 혀에 감겼다. 미취학 아동 시절 입맛이 없으면 엄마가 사과의 윗동을 잘라 티스푼으로 조금씩 퍼서 입에 넣어주던 사과밥 맛과 비슷해 제주도에 있는 엄마에게 문자를 보내려다가 그만두었다. 여전히 걱정과 우려 속에서 내가 평양을 드나드는 것을 못마땅해하고 있었다.

상트페테르부르크에 있는 국립러시아박물관에서 구입한 말레비치의 「날으는 비행기Aeroplane Flying」 셔츠에 청바지, 나이키 러닝화로 갈아 신고 가벼운 마음으로 나왔다. 어제와 마찬가지로 이마를 드러낸 쪽 찐 머리와 흰 양복 적삼에 검정색 잔주름 치마를 입은 안내자가 호텔 로비에서 나를 기다리고 있었다. 사십대 중반에서 오십대 초반 사이의 나이로 짐작할 수 있었지만, 생각보다 더 젊을지도 몰랐다. 내가 인사를 하자 손목에 찬 노동당 시계와 로비의 커다란 삼각뿔 모양 시계를 번갈아 쳐다보았다. 안내자의 굳은 시선을 외면하기 위해 들릴 듯 말 듯 혼잣말로 중얼거렸다. 신경질적으로 비만한 삼각형.

"신경질적으로비만한삼각형"이란 이상李箱의 시 제목을 떠올린 것이다. 대학 시절 영화동아리에서 그 시 제목으로 단편영화를 만든 적이 있다. 장르는 아포칼립스 SF 코믹물. 엄마 삼각형의 핀잔을 듣고 트라이앵글 별을 떠나 지구에 도착한 삼각형 외계인 아이가 지구에 있는 모든 삼각형을 흡입한다는 이야기였다. '하지만나의생애는원색과같이풍부하도다.' 급속도로 노화가 되고 신경질적으로 비만해진 삼각형은 마지막 삼각형을 보고 이상 시를 인용해 말한 뒤 지구와 함께 폭발한다. 그 당시 류경호텔을 알고 있었다면 분명 일루미나티 삼각형이 아닌 류경호텔을 지구 최후의 삼각형이라고 보여주었거나 삼각형 외계인의 지구 기지쯤으로 만들었을 것이다.

류경호텔 근처의 건설역에서 지하철을 타고 평양역에서 내려 역전거리를 따라 미래과학자거리 쪽으로 내려가는 동안에도 검은 낯빛의 안내자는 어제처럼 별다른 말이 없었다.

"류경호텔 잠자리는 어떻게 좋습디까?"

"양각도 평양국제영화회관에서 열리는 제1회 아리랑국제영화제에서 나운규와 문예봉이 입체 홀로그램으로 등장해 백두호랑이상을 발표한다는 것을 알고 계십니까?"

이런 말까지는 바라지도 않았지만 안내자는 갱핏한 얼굴에 입을 닫고 최소의 말과 행동 외에는 하지 않는다.

'갱핏하다'는 까무잡잡하게 메마른 모습이라는 북한 말이다. 2018년 4·27 남북정상회담을 기점으로 급물살을 탄 남북 화해 분위기 속에서 우여곡절 끝에 북미 회담이 성공하고 남·북·미가 수차례 만나 종전 선언과 평화협정에 합의했고, 제한적이지만 경제 교류가 활성화되었다. 식당과 노래방, 숙박 시설을 갖춘 '만남의 장소—산솔'이 판문점 도보 다리 옆에 세워져 간단한 서류 절차를 밟아 이산가족과 탈북자·월북자 가족이 만날 수 있었고 남·북한 사람들이 어렵지 않게 전화와 영상통화를 할 수도 있게 되었다. 작년부터 대학 입시에서는 '북한 역사'가 선택 과목으로 지정되었다. 방송국에서도 북한의 정치·문화와 생활과 관련된 프로그램이 지속적으로 제작·편성되었고, 〈평양 일주일 살기〉 같은 프로그램의 공개 모집에도 상당히 많은 사람이 몰렸다. 스포츠인과 예술가, 연예인의 교류도 활발해졌고, 아직 뛰어난 작품은 나오지 않았지만 남북 합작 영화도 심심치 않게 볼 수 있었다. 신문사 일에 치이면서도 언젠가 북한을 배경으로 과학환상소설을 쓰고 싶은 나는 나대로 틈틈이 북한 말을 배우고 자료를 모으고 있었다.

주체사상과 종자론種子論을 바탕에 두고 설계되었겠지만 모던하고 미래지향적인 평양 시내의 건축물을 직접 보고, 양자재료금속 연구를 하는 옥미와 대화를 할 때마다 나의 과학적이고 문학적인 상상력 수치가 올라가고 있었다. 심지어 지금 내 앞의 안내자까지 동식물계가 교란된 초자연과학 소설에 등장하는 인물처럼 여겨진다. 옷을 벗으면 플라스마를 발산하는 무지개 털로 뒤덮인 의외로 귀여운 동물의 몸일지도 모른다. 물론 우울한 귀여움일 것이다. 검은 낯빛 속에 숨길 수 없는 우울함이 퍼져 있는 것을 느끼는 것은 나만의 감각은 아닐 것이다.

안내자가 신은 검은 구두 뒤축이 닳았는지 걸을 때마다 바닥을 끄는 소리가 들린다.

미래과학자거리에 다다르자 옥미가 웃으며 손을 흔들고 있었다. 옥미 역시 가벼운 차림이었다. 민트색 셔츠에 남색 칠부 통바지, 그리고 흰색 아디다스 운동화를 신고 있다. 왼쪽 어깨에는 작년 평양에서 열린 국제수학자대회 필즈상 에코백이 걸려 있다.

옥미와 내가 서로 손을 잡고 반갑게 인사를 나누는 틈을 깨고 안내자가 옥미에게 몇 가지 지시 사항을 형식적으로 당부한 뒤 사라졌다.

"함께 자유주의 하지 마시오."

개인 행동에 대한 주의를 어김없이 강조했다. 하지만 말투에는 의미가 결여되어 있었다. 굽이 닳은 구두로 땅을 질질 끌며 걸어가는 안내자를 눈으로 잠시 좇았다. 착각의 시선 속에서 안내자의 엉덩이에 달린 무지개색 꼬리가 우울하게 흔들리고 있었다.

"저 분 너무 우울해 보여요. 여기에도 우울증을 앓는 사람이 많나요?"

"어릴 적 슬픔병은 미제자본주의의 질병이라고 배웠어요. 이제 우리도 자본주의 옷을 벗을 수 없으니 슬픔병에 대한 연구가 활발해지고 있습니다. 작년에는 과학기술전당 '11차원 과학 세계 심포지엄'에서는 '암흑물질과 슬픔병'이라는 주제로 연구자들의 발표가 있기도 했지요. 당이 규정한 슬픔병에 대한 아다먹기식 고집들이 아직 있어 많은 논란이 있었습니다. 오래전부터 슬픔병 약이 많이 팔리고도 있습니다. 자본주의의 피로감에 더해 여전히 경제에 허덕이고, 수심 가득한 얼굴로 고난의 행군 중인 사람이 많지요. 이제 당의 안내자도 없어질 알직업입니다."

나도 모르게 튀어나온 즉흥적인 질문에 옥미가 생각보다 구체적이고 똑 부러지게 대답해 놀라웠다. 몇 년 전 슬픔병이라는 말을 처음 들었을 때는 그 추상적인 표현에 피식 웃고 말았었다. 우울과 슬픔은 전혀 다르다고 생각했는데 이제 그 말의 경계가 모호해진 것만 같다.

스카이프로 대화를 할 때 결혼 이야기가 나오자 대충 얼버무렸던 기억이 났다. '그럼 갔다 왔습니까? 난 안 갈 겁니다'라는 옥미의 단호한 말에 나는 미소를 지을 뿐이었다. 사회생활에는 별문제가 없다고 생각했지만 타고난 예민함과 우울함이 내 안에도 잠재되어 있었다. 이른 나이의 결혼과 두 번의 유산, 그리고 이혼으로 인해 3년 전 신문사에 휴직계를 내고 신경정신과에서 상담과 약물 치료를 받을 정도로 우울증이 심해졌고, 한국을 떠나 세 달 동안 유럽을 떠돌아다니기도 했다. 지금도 그 후유증이 주기적으로 찾아와 문득문득 조울 상태, 말 그대로 기쁨슬픔의 시간에 빠지곤 한다. 여름이라는 나의 이름이 무색할 정도로 긴 겨울이었다. 대학 시절 꿈이었던 소설을 쓰려는 것도 그런 감정 상태의 영향에서 많은 부분 비롯되었다고 할 수 있다. 내 마음에 휘몰아치는 회색 눈보라를 어느 정도 받아들인 뒤 신문사로 복귀해 이전부터 일하고 싶었던 과학지식부로 옮겨 과학 기사를 쓰면서 조금씩 삶의 리듬을 되찾아가고 있다. 결정적인 것은 신문사의 북한 과학자 인터뷰 연재를 위해 평양을 방문하게 된 것이다. 옥미와는 얼굴을 보기 전에 전화와 메신저, 스카이프를 통해 연락을 하고 평양에 두번째로 방문했을 때 짧게나마 만났었다. 스물여덟 살로 나보다 다섯 살이 어리지만 친구 같고 언니 같은 옥미를 알게 된 것도 내 삶의 터닝포인트로 훗날 기록될 것이다. 옥미가 어떤 사람인지 더 겪어봐야 하고, 우리의 만남이 상대방에 대한 불신으로 멀어져 영원한 타인으로 되돌아가더라도 지금은 옥미와의 아슬아슬한 거리가 오히려 친밀감을 불러오고 기분을 상승시키고 있다. 새리새리한 기분에 기쁨슬픔의 두 다리를 맡겨도 좋다.

오늘은 2023년 6월 12일. 기온은 높지만 햇살이 피부에 적합한 온도와 자외선 지수를 발산하고 더 먼 곳으로부터 엷은 가능바람이 불어온다. 옥미와 내가 동시에 꺼내 비교해본 휴대폰의 실시간 대기 환경 측정 앱의 자외선 지수는 5.41와 5.47이다. 나는 남한 표준 앱을, 옥미는 연구소 과학자들이 공유하는 앱을 쓰고 있다. 오차는 0.06에 불과하다. 평양역 앞 전광판에서 본 자외선 지수는 5.23이었다. 우리는 서로의 휴대폰을 비교해 보며 미소를 지었다. 무엇보다 우리를 기분 좋게 한 것은 41과 47이라는 숫자 때문이다. 소수점을 빼도 541과 547이었다. 모두 소수 아니, 홀로수였다.

직접 얼굴을 보기 전 두번째로 스카이프로 이야기를 나누다가 옥미가 '고여름 기자님은 소수를 좋아합니까?'라고 대뜸 물어보았다. 무슨 말인지 몰라 의아한 표정을 짓고 있는 나에게 옥미는 손가락으로 화면 속의 나와 배경을 가리키며 말해주었다.

"옷걸이에 걸린 갈음옷은 다섯 개. 가시대에 보이는 그릇은 세 개. 벽에 걸린 『신나는 땅나라의 앨리스』의 하양 토끼 거꾸로시계는 11시 41분. 그리고 고 기자님 맨낯짝의 점은 일곱 개. 5, 3, 11, 41, 7. 모두 소수이지요. 다 합하면 67. 그것도 소수이지요. 나는 소수를 좋아합니다. 인민학교 다닐 때 선생님이 소수는 홀로수라고 말해주었지요. 씨수라는 말 대신 홀로수라고 했지요. 홀로수. 외롭지만 엄청난 에

네르기를 가진 강한 수라고 생각했습니다. 고난의 행군 시절이어서 어머니와 아버지는 집 안의 물건들과 나물과 버섯을 따 들고 장마당으로 나갔지요. 나는 어둡고 눅눅한 집 안에 홀로 남아 홀로수를 세곤 했습니다. 홀로수. 그 말이 좋아 지금까지 숫자를 세고 따져보는 버릇이 있습니다. 물리학부에 다닐 때는 리만의 수수께끼를 풀어보려고 머리통을 쥐어짜기도 했지요. 집과 연구소의 물건들도 소수로 갖춰놓았어요. 내 책상의 책들은 언제나 소수로 남겨두지요. 자, 보세요. 고 기자님도 소수를 좋아합니까?"

그 말을 듣자 옥미와 내가 풀리지 않은 소수의 비밀처럼 눈으로 볼 수는 없지만 전류가 흐르는 수만 가닥의 끈으로 연결되어 있다는 생각이 들어 손이 닿지 않는 어딘가가 스멀스멀 간지러웠다. 그것은 거울뉴런 속의 아주 가느다랗고 질량이 0에 가까운 마음 물질 코어이자 코드일 것이다.

나 역시 어릴 적 외할아버지와 함께 소수를 만들어보는 놀이를 했던 기억이 있었다. 아마 199나 211, 어쩌면 311 언저리까지 만들어보았을지도 모른다. 엄마의 말을 확인할 수는 없지만 뛰어난 수학자였던 외할아버지는 1970년대 후반 박정희 대통령 직속의 국방과학연구소에서 핵개발 연구원으로 일하다가 불미스러운 사건으로 고초를 겪고 난 뒤 도망치듯 고향인 제주도로 내려갔다. 1980년대 말 서울로 다시 올라와 노량진에서 수학 선생을 했다고 한다. 외할아버지의 기대와 달리 중학교 이후 나는 수포자의 길을 가게 되었지만 소수의 난제인 리만 가설과 컴퓨터 아스키코드의 전자 암호들이 소수로 이루어졌다는 것을 알게 되었을 때쯤 소수와 돌아가신 외할아버지를 다시 떠올렸을 것이다. 옥미에게는 '나도 이제 다시 소수, 아니 홀로수를 좋아해볼게요'라고 말했다. 그날 이후 홀로수가 인간의 기쁨슬픔병의 비밀을 풀 수 있는 암호가 아닐까 하는 수학적이고 망상적인 회의에 빠지고, 홀로수에 대한 옥미와 나의 귀여운 집착이 시작된 것이다. 스카이프 화면을 통해 옥미의 책과 물건 들을 가늠해보고, 처음 만났을 때 평양 거리를 달리는 차량 번호를 더해 따져보기도 하고, 간판이나 데이터의 숫자가 홀로수인지 아닌지 수시로 확인하곤 했다.

내가 처음으로 쓰게 될 소설에 소수의 번호를 붙여 장 구분을 해야겠다는 아이디어를 얻은 것도 옥미의 소수 사랑과 외할아버지에 대한 기억에서 비롯된 것이다. 2장, 3장, 5장, 7장, 11장, 13장. 이 정도면 충분하지 않을까. 아니 어쩌면 무한히 늘어나는 소수처럼 이야기는 끝이 없을지도 모른다. 아직 2장도 시작하지 않았지만 말이다.

월요일 낮인데도 대동강 변에 사람들이 나와 산책을 하고 운동을 하는 모습이 심심치 않게 보였다. 학교에 있어야 할 학생들까지 눈에 들어와 옥미에게 물어봤다.

"학교에 안 가는 아이들이 많습니까?"

"한 달에 한 번씩 쉬는 학교들이 늘어나고 있습니다. 자율 교육에 큰 생각을 가지신 위원장 동지의 뜻을 받은 학교들이지요. 나 때는 상상도 못 할 일이지요."

반려견을 데리고 나온 사람들도 눈에 띄었다. 강아지들을 볼 때마다 옥미는 '옥돌아!' 하고 불렀다. 물어보지 않아도 옥돌이는 옥미가 키우던 강아지일 것이다. 자신이 키우던 반려동물이 죽으면 한동안 비슷한 동물을 볼 때마다 그 이름을 부르는 것은 모든 반려인들의 공통점일 것이다. 옥미는 연구소 아파트에서 동물을 키울 수 없어 아쉬워하면서도 동물과의 교감에 대한 과학적 연구가 우리 마음의 비밀을 풀 수 있을 거라 말했고 나 역시 공감했다. 어쩌면 아주 오래 전 동물과 인간은 제3의 언어로 자유롭게 소통하고 있었는지도 모른다고. 그 언어의 내력이 남아 있는 것이 동물을 부르고 어르고 달래는 혀의 굴림과 마찰 소리라고.

실제로 인공생물학에서는 인간과 동물 들의 성대 기관과 구강 구조 비교, 발음과 몸짓의 기호화, 아프리카와 동남아 지역에 남아 있는 소수 민족의 클릭음click language에 반응하는 동물의 코 찡긋하기와 귀 접기와 혀 내밀기, 벌들의 비행 경로를 의도적으로 바꿀 때 변하는 대기 환경과 실험실의 나비가 흔드는 날개의 진동수에 따른 사람들의 마이크로 맥박 리듬 변화 등의 데이터를 동·식물·자연계의 교감 언어로 분석·연구하고 있다. 인공 와우를 삽입한 청각장애 아동들이 아마존 검은산호초물고기의 소리흡수 주파수와 일치되는 언어코드 학습 능력을 갖고 있다는 독일 막스플랑크 뇌과학연구소의 발표도 있었다.

나의 감각을 감싸고 도는 자연계와 인공계의 소리를 따라 머릿속으로 글을 쓰면서. 글을 쓰면서. 글을 쓰면서, 걷고 있다. 대동강 변의 강폭은 한강과 비슷하지만 도로에서의 인접성과 설계와 조경을 보면 한강보다는 파리 센강을 떠올리게 한다.

3년 전, 당시의 시공간을 도저히 견딜 수 없어 정신건강의학과에서 처방받은 항우울제를 챙겨 무작정 한국을 떠났었다. 포르투갈과 오스트리아를 거쳐 프랑스로 갔다. 프랑스 리옹 대학에서 한국 문화를 가르치고 있는 지은 선배를 찾아갔다. 대학 시절 제일 친했던 지은 선배를 만나 신변과 농담, 국내외 정치와 영화에 대한 이야기를 나눈 것을 제외하면 남은 시간은 반벙어리 이방인이 되어 돌아다녔다. 이렇게 몇 년을 살다가 완전히 다른 사람으로 바뀌어 영영 사라져도 좋겠다는 우울한 상념에 사로잡혀 있던 어느 날, 황혼이 질 무렵 파리 센강을 거닐다가 울음이 터져 나왔고, 그 울음의 잔여물이 내 안에 남아 가방에 샌드위치와 볼빅 탄산수를 넣고 센강 거리를 계속 걸어 다니게 되었다. 한 달 가까이 그렇게 센강에서 울고 다니는 여자로 살다가 너무나 신비롭게 생긴 집시 여자에게 홀려 지갑을 도둑맞자 이상하게 내 안의 울음이 잦아들었고, 며칠 뒤 뤽상부르 공원의 아무렇게나 놓인 의자에 앉아 빛으로 가득한 오수의 시간을 가진 뒤에야 다시 서울로 돌아올 수 있었다.

대동강 변에도 황혼이 지면 어김없이 나타나 울고 다니는 사람이 있을까. 머리를 풀고 무지개색 양말을 신은 안내자가 "자유주의, 자유주의, 자유주의, 자유주의, 자유주의, 하지 마시오, 하지 마시오, 하지 마시오, 자유주의, 하시오, 하시오, 하지 마시오, 하시오, 하지 마시오, 하시오, 하지 마시오, 하시오, 하시오, 하시오, 자유주의, 자유주의, 하시오, 자유주의 하시오"라고 억눌린 슬픔으로 꽉 찬 말을 중얼거리며 걸어 다닐지도 모른다.

문득문득 떠오르는 어두운 기억 저편에서 흔들리는 푸른 촉수의 언어들이 망상의 이미지를 그려 보이며 나를 멈추게 하고 다시 나아가게 한다. 동물에게도 망상의 언어가 있다면 그 언어는 인간과 마찬가지로 기쁨슬픔의 자기장에서 발산되는 플라스마의 겹을 갖고 있을 것이다.

　입꼬리가 올라간 침묵 속에서 옥미와 함께 걸어가고 있
다. 서로의 다리가 정박자와 엇박자를 만들며 앞으로 나아
간다. 가끔 둘의 팔이 닿는다. 미세한 정전기가 일어난다. 몇
겹의 열풍이 강바람에 섞여 불어온다. 목이 마르다. 가방에
서 금강산 샘물을 꺼내 한 모금 마신다. 옥미의 머리카락이
흔들린다. 초록색 살구나무 잎 한 장이 공기의 입자에 출렁
이며 떨어지고 있다. 멜끈바지를 입은 여자아이가 엄마 손
을 꼭 쥐고 얼음과자 까까오를 먹으며 걸어간다. 여름이 온
것이다. 뜨겁지만 부드러운 공기를 흡입한 뒤 옥미가 나의
말을 받아줄 거란 생각으로 입을 열었다.

　"여름입니까?"

　"여름입니다."

　"여름이군요."

　"여름 여름 여름이 왔습니다."

　"옥미의 여름이 왔습니다."

　"여름 언니, 질문은 준비하셨습니까?"

　언니라는 옥미의 말에 이상하게 얼굴이 화끈거리고 아랫
배가 뜨듯해졌다. 아침에 먹었던 해주 사과의 맛이 다시금
입안에 감돌았다. 질문은 준비되었다. 나는 옥미를 향해 가

녑게 고개를 끄덕였다. 하지만 질문을 할 수 있을까. 내가 질문을 해도 답을 얻을 수 있을까. 심도 깊은 인터뷰를 기대하기는 힘들 것이다. 리현심 박사를 만나는 것만으로도 사심이 반영된 나의 목적에 만족해야 한다. 비밀 속에 있는 리현심 박사를 직접 만나는 것은 과학 분야 기자들뿐만 아니라 정치·사회부 기자들 사이에서도 부러워하는 일이었다.

리현심 박사는 김일성종합대학 물리학부에서 북한 핵물리학의 아버지로 불리는 도상록 교수 지도 아래 공부를 한 뒤 대학 전체 수석으로 졸업했다. '작은 퀴리'라고 불리며 30년 전 전류를 제어할 수 있는 특수합금을 개발해 유색금속재료공학 분야에서 일가를 이루었다. 열악한 환경 속에서 개발한 특수합금은 컴퓨터 하드디스크 제조와 우주 발사체 기술, 나아가 초전도 기술 발전의 문을 열어주었고 여러 분야에서 상용화되어 과학자를 우대하는 북한의 정책에 따라 김정일 국방위원장 훈장을 받고 인민 과학자가 되었다.

타고난 천재들이 간혹 가지고 있는 특이점인지는 모르겠지만 일체의 사교 활동은 하지 않고 평생 혼자 살면서 김책종합공업대학에서 후학을 양성하고 연구에만 매달렸다. 공식적으로 학교를 떠난 뒤로는 외부에 모습을 거의 드러내지 않았다. 연구소의 자문 요청과 과학 행사 초청도 거절했다.

과학과 공학 분야에서 한자리를 차지하고 있는 제자들의 배려와 염려에도 별다른 반응을 보이지 않았다. 핵개발을 과격하게 주장하는 강성 군인들과 당 간부들의 부름에도 리현심 박사는 정중히, 때로는 단호하게 거절했다. 국가 명절인 3·8부녀자의 날에 국가과학원에서 보내오는 꽃다발과 선물에 대한 답으로 손편지를 보낼 뿐이다. 편지 내용은 항상 같았다고 한다.

'감사합니다. 과학의 발전으로 민족의 평화와 인민의 행복을 기원합니다.'

은둔자의 삶 탓인지 근거를 알 수 없는 소문이 돌기도 했다고 한다. 오래전 룡림탄광의 특수합금연구소에서 전기접점 실험을 할 당시 쇳물이 튀어 경추 부위에 손상을 입었고, 당시 서른다섯 시간 이상의 대수술 끝에 의식을 회복했지만 나이가 들어 후유증이 생겨 근육 마비와 흉측한 피부병에 걸렸다는 말들은 러브크래프트의 심령과학소설에 나올 법한 이야기였다. 매일 계란랭채와 보리마죽으로 식사를 한 뒤에는 접시를 던져 깨버리고 이상한 신비주의에 빠져 헛소리를 하거나 고양이 흉내를 내고, 심지어 책을 갉아 먹는다는 소문이 돌기도 했다. 소문의 사실 여부를 떠나 집안일을 도와주는 아주머니들이 여러 번 바뀐 것은 사실이었고, 현재로서는 유일하게 옥미만이 리현심 박사의 집을 드나들고 있었다. 아닌 게 아니라 최근에는 치매 초기 증상을 보이고, 말을 하면 입에서 종이 타는 냄새가 난다며 거의 입을 다물고 있다고 옥미는 말했다.

처음 인터뷰를 요청했을 때도 계속 거절 의사를 밝히고 이후에는 아예 답이 없었다. 반드시 성사시켜보라는 편집국장과 주변에서의 응원도 있고, 개인적으로도 꼭 만나고 싶어 수소문 끝에 김영직사범대학의 과학철학 교수의 연결로 리현심 박사의 마지막 제자이자 무슨 연유인지는 모르나 수양딸처럼 지내고 있다는 옥미를 소개받을 수 있었다. 옥미를 알고 나서도 한참 동안 설득의 시간이 있었지만 리현심 박사는 완강했고, 결국 서면 인터뷰를 할 수밖에 없었지만 그마저도 쉽지 않아 보였다. 그러던 차에 옥미와 스카이프로 이야기를 나누다가 직접 인터뷰를 할 수 있는 계기가 마련된 것이다.

살아가면서 앞으로 이런 우연을 얼마나 더 겪을 수 있을지 모르겠다. 이런 때 신이 있다고 해야 하는 게 맞는 걸까. 신들의 주사위 놀이에 영문도 모른 채 초대되어 주사위를 한번 던질 기회가 생긴 것인가. 손바닥을 비비며 간절히 기도를 드리면 소원을 들어준다는 옛 조상들의 풍습이 떠올랐다. 손바닥의 마찰력이 서서히 자기장을 일으키고 자기장의 파형이 시그널을 만들어 누군가의 마음 물질을 움직이게 한 것일까. 아니면 거울뉴런 효과가 시공간을 넘어 옥미와 나 사이의 사물들을 재배치한 것일까. 어쩌면 유령이 된 죽은 자들의 초자연적 힘일지도 모른다. 잠시나마 유사 과학의 사변적 논리를 빌려서라도 유령의 존재를 믿고 싶은 마음이 절실했다. 그 유령의 이름은 크리스 마커Chris Marker다. 아니 유령은 크리스 마커뿐만이 아니다. 옥미가 다니던 인민학교의 홀로수 선생, 리현심 박사의 스승인 도상록 교수 그리고 나의 외할아버지가 유령의 소수 코드를 재조합해 세계의 질서를 살짝 변하게 만든 것이다. 신들의, 아니 유령들의 주사위가 머릿속에서 계속 굴러다니며 숫자를 바꾼다. 5. 2. 3. 이제 내가 주사위를 던질 차례다.

스카이프를 통해 보이는 내 책장을 가리키며 옥미가 말했다. "저 책을 꺼내보시지요. 네, 그거요. 맞습니다. 그 책입니다. 나의 눈이 맞았습니다."

옥미의 말에 따라 북한 관련 책들 위에 올려놓은 크리스 마커의 사진집 『북녘 사람들』을 꺼냈다. 프랑스 사진작가이자 영화감독인 크리스 마커가 1950년대 후반 북한을 방문해 찍은 사진들과 직접 쓴 글을 모아놓은 포토 에세이였다. 대학 시절 지은 선배에게 선물을 받은 뒤로 이사와 독립, 결

혼 그리고 이혼 등으로 이어지는 시간 동안 꾸준히 가지고
있던 아끼는 책 중의 하나였다. 언젠가 저 사진들을 가지고
뭔가를 써야지, 하고 생각할 정도로 즉물적이면서도 깊은
슬픔이 사진마다 서려 있었다.

"가운데를 펼쳐보십시오. 좀더 앞으로요. 아니 뒤로요.
아, 잠깐. 거기, 거기요. 맞아요. 맞습니다. 어머나, 오마니.
찾았다. 찾았습니다. 보세요."

평소와 달리 지나치게 흥분한 옥미의 감정 물질이 거울뉴
런을 통해 나에게 빠르게 전달되었다. 나 역시 알 수 없는 기
대감에 작은 물고기가 심장 속에서 팔딱대고 있는 것만 같
았다. 김일성광장으로 보이는 거리에 한 아이가 있다. 원근
법을 일부러 빗나가게 찍은 것 같은 구도였다. 사진의 거의
정중앙 흰 점선을 따라 네댓 살로 보이는 단발머리 여자아
이가 걸어가고 있다. 아이와 주변 사람들의 옷차림으로 보
아 여름임을 알 수 있었다. 왼쪽으로 살짝 기울어진 머리와
아동치마 아래로 뻗어 나온 통통한 다리. 뒤로 감춘 것인지
걸어가는 동작 때문인지 모를 보이지 않는 오른손. 왼쪽 머
리카락이 몇 가닥 솟아올라 있고, 왼팔을 들어 올려 작게 구
부린 손가락이 머리카락에 닿을 듯 말 듯 하다. 도톰한 볼과
이목구비. 어떤 감정의 표정인지 알 수 없었다. 치마 앞주머
니에는 인형인지 과자 봉지인지 모를 흰 뭉치 같은 것이 들

어 있다. 아이 뒤로 건물과 사람 들 그리고 자동차가 보인다.

"그 아이가 리현심 선생님입니다."

반사적으로 왼쪽 가슴을 오른손으로 살짝 움켜쥐었다. 심장 속에 있던 작은 물고기가 요란하게 팔딱거리다가 밖으로 튀어나오려 했다. 다시 사진을 유심히 들여다보았다. 거리들. 건물들. 자동차들. 사람들. 아이의 시선은 카메라와 카메라를 들고 있는 사람의 사이를 지나 나에게 닿고 있다. 단 하나뿐인 멋내기 옷과 단 하나뿐인 멋내기 구두를 신고 아이는 처음으로 시내 구경을 나온 것인지도 모른다.

크리스 마커는 정확히 1957년 북한을 방문하고 1959년 책을 출판했다. 원제는 "Coréennes ── 조선의 여인들"이다. 옥미의 말에 따르면, 리현심 박사는 그 사진을 아버지가 찍어준 것으로 알고 있었다고 했다. 일찍 돌아가신 아버지의 유일한 선물 같아 어린 시절부터 액자를 바꿔가며 소중히 간직했다. 궁핍한 삶에 다섯 자녀를 키우느라 정신이 없던 어머니는 사진에 대한 전후 사정을 모르고 있었다. 그날 아버지가 친구를 만나러 평양에 갈 때 따라가겠다고 보채 데려간 것인가, 근데 우리 현심이에게 그런 옷이 있었나, 하고 고개를 저었다고 한다. 그 사진은 오랫동안 리현심 박사의 학교 연구실 책상에 있었고 지금은 집의 서재에 있다. 아주 오랜 시간이 흐른 뒤에야 사진을 찍어준 사람이 누구인지 알게 되었다고 한다. 스위스 베른에서 공부하고 있던 제자가 고서점에서 크리스 마커의 사진집을 우연히 발견해 펼쳐 보다가 리현심 박사의 연구실 책상에서 본 사진을 발견한 것이다. 제자가 리현심 박사에게 책을 건네준 이후에 또 다른 제자와 연구원 들이 유학과 세미나로 유럽에 갈 때마다 크리스 마커의 새로운 책과 자료 등을 구해달라고 비밀리에 부탁했다. 한 번도 남에게 무언가를 부탁하는 일이 없는 리현심 박사가 유일하게 낮은 목소리로 원하는 일이었다. 인터넷을 쓸 수 있게 되자 리현심 박사는 크리스 마커로 추정되는 사람에게 이메일을 보냈지만 답장은 받지 못했다. 그리고 몇 년 후 크리스 마커의 부고 소식을 확인했다. 처음 리현심 박사로부터 그 이야기를 들었을 때 너무나 이상해서 지어낸 이야기만 같다고 옥미는 생각했다고 한다.

 "이상하게 0으로 수렴되는 이야기 같았습니다. 제가 하는 말이 맞는지 모르겠지만 꼭 그런 것만 같았습니다. 0으로 수렴되는 이야기. 원점으로 돌아가는 것이 아닌 0으로 수렴되는 이야기입니다."

 나 역시 그 말이 무슨 뜻인지 정확히 몰랐지만 공감할 수는 있었다. 0으로 수렴되는 이야기. 나는 그런 이야기를 알고 있을까. 크리스 마커는 1921년 7월 29일 프랑스 뇌이세

르센에서 태어나 2012년 7월 29일 파리에서 세상을 떠났다. 이것이 우리가 알고 있는 이야기의 시작과 끝이다.

"7과 29. 홀로수네요."

나의 말에 옥미가 잇몸을 보이며 소리 없이 웃었다.

내가 크리스 마커의 영화 「방파제La Jetée」 「아름다운 5월 Le Joli Mai」 「태양 없이Sans Soleil」 「올빼미의 유산L'Héritage de la chouette」 등을 봤고 제일 친했던 대학 선배가 프랑스에서 크리스 마커의 작품으로 박사 논문을 써 많은 자료를 공유할 수 있다고 하자 옥미가 반색하며 리현심 박사에게 전하겠다고 했다. 그리고 2주가 지난 후 그동안 쓴 나의 기사들과 앞서 인터뷰한 북한 과학자 두 명에 대한 글을 검색해 읽은 리현심 박사가 인터뷰에 응하겠다는 답을 주었다. 대신 서울에서 겨울 양말 하나를 사 오라고 했고, 질문은 한 가지만 받을 거라고 했다. 그 질문이 마음에 들면 한 가지 질문을 더 받을 거라는 이상한 제의가 추가되었다. 받아들일 수밖에 없는 입장에서 오히려 그런 요구가 나를 더 흥분시켰고, 리현심 박사에 대한 맹목적인 관심을 증폭시켰다.

어떤 양말을 말하는 걸까, 하고 옥미에게 물어봤지만 자신도 모르겠다고 마음에 드는 양말을 사 오면 될 거라는 답이 돌아왔다. 웹 쇼핑 검색을 해 겨울 양말을 찾느라 반나절을 보내고도 마음에 들지 않아 휴일에 직접 동대문 패션타

운으로 가 돌아다니다 발이 아플 때쯤 울 니트로 된 무지개색 양말을 구했다. 올겨울을 위해 나와 옥미의 것도 한 족씩샀다. 내 것은 옷장을 열어 작년에 망설이다 구입한 에르메스 그레이블루 캐시미어 코트 아래 놓아두고 옥미 것은 포장해 캐리어에 넣었다.

대동강 변 위의 인도로 올라가 휑뎅그렁할 정도로 탁 트이고 깨끗이 정돈된 거리를 걸었다. 장단색 외벽의 초고층 건물이 눈앞에 들어왔다. 리현심 박사가 살고 있다는 김책종합공업대학 교육자 아파트다. 과일 바구니 선물이라도 사기 위해 주변에 있는 '미래꽃 상점'에 들르려고 하자 옥미가 팔을 잡아당기며 강하게 만류했다.

"양말 챙겨 왔지요? 그거면 됩니다. 선생님한테 쫓겨나기 싫으면 내 말을 들어야 합니다."

필요에 따라 나 역시 고집을 부릴 줄 알지만 옥미 앞에서는 어쩔 수 없었다.

교육자 아파트 근처 주택단지 농구장에서 중학생 정도로 보이는 남자아이 세 명이 농구를 하고 있었다.

"농구 할 줄 압니까? 키는 훌륭해 보입니다."

갑작스러운 물음에 내가 고개를 흔들자 옥미가 어깨에 멘 에코백을 풀어 나에게 맡긴 채 농구장을 향해 가볍게 뛰어갔다. 옥미가 무슨 말을 하자 아이들이 깔깔거리며 옥미에게 농구공을 던져 주었다. 제법 폼을 잡고 농구공을 퉁기며 움직였다. 내 몸도 따라 농구장 쪽으로 점점 가까워졌다. 옥미가 살짝 몸을 들어 올려 팔을 뻗어 공을 던졌다. 골대에 맞고 바닥에 떨어진 농구공을 보며 아쉬워하는 옥미의 몸짓이 보였다. 아이 한 명이 공을 잡고 친구에게 던지려는 찰나 옥미가 순식간에 공을 낚아챘다. 거리를 두고 여유 있게 공 몰기를 시작했다. 두 손을 쓰면서 움직이기도 했다. 처음에는 얕잡아 보던 아이들도 점점 거세게 가로막기와 손치기를 하며 옥미의 공을 뺏으려고 했다. 그때마다 능숙하게 피하면서 저돌적으로 돌파했다. 옥미가 속임기술로 공을 던지려다가 다시 뒤로 몸을 돌린 뒤 빠르게 공 몰기를 하며 달려갔다. 왼쪽 구역 옆 선에서 허공돌기를 하며 공을 던졌다. 옥미의 에코백을 두 손으로 꼭 움켜쥔 채 나도 모르게 탄성을 질렀다. 공이 골대 가림판에 맞고 튕겨 토성의 고리 같은 링 위를 몇 번이고 맴돌다가 아슬아슬하게 그물망 속으로 떨어졌다. 나와 아이들이 동시에 박수를 쳤다. 옥미가 한 아이의 짧은 머리를 거칠게 쓰다듬은 뒤 다시 내 쪽으로 뛰어왔다. 이마와 목덜미에 땀이 맺혀 있었다. 가방에서 꺼내 준 휴지를 받은 옥미가 가볍게 이마를 두드리며 내가 묻기도 전에 입을 열어 말했다.

"나 농구 잘하지요? 오랜만에 공 만지니까 기분이 좋습니다. 초급중학교 시절 학교 대표였습니다. 농구보다는 공부를 택했지만 계속 농구를 했으면 제일 작은 국가선수가 될 수도 있었습니다. 남조선 김시온 선수와 같이 농구를 했을지도 모릅니다. 어릴 때부터 정말 팬입니다. 저랑 나이와 생일이 같습니다. 움직임도 좋고 얼굴도 귀엽습니다. 김시온 님 아십니까?"

"아니요…… 농구는 잘 몰라요."

"모르십니까……히힝."

"농구를 보고 있으면 지구의 중력에 고마움을 느껴요."

"맞습니다. 난 가끔 어느 날 지구의 중력장이 바뀌어 농구공이 땅을 뚫고 들어가거나 지구 밖으로 쏘아 나아는 상상을 합니다."

"나도 그런 생각을 한 적이 있어요. 아시모프의 「반중력 당구공The Billiard Ball」이라는 소설에서는 반중력 광선을 이용한 당구 시합을 해요. 당구공은 수학적 예측을 벗어나 반중력 광선에 닿게 되지요. 모든 중력 작용에서 벗어난 사물들은 무중력 상태처럼 느리게 움직이는 것이 아니라……"

"질량이 없는 물체의 속도, 빛의 속도로 움직이며 맞닿는 물체마다 폭발이 일어날 겁니다."

"반중력 광선 장치를 통과한 당구공은 결국 엄청난 속도로 사람의 가슴을 뚫고 가지요."

"내가 지금 농구공으로 공기 중에 떠도는 얼마나 많은 광입자를 잠재적 폭발 상태로 만들었는지 모릅니다."

"지금은 리현심 박사님이 저에게 반중력 광선이에요."

"오, 저는 언제나."

교육자 아파트로 들어가 엘리베이터를 타고 31층에 내려 옥미의 뒤를 따라 걸었다. 농구를 한 뒤로 기분이 훨씬 좋아 보이는 옥미는 긴장한 나를 위로하는 건지 놀리려는 건지 콧노래를 흥얼거렸다. 아는 노래라 나도 모르게 속으로 따라 불렀다. 'CNC는 주체공업의 위력/CNC는 자력생갱의 본때//과학기술강국을 세우자/행복이 파도쳐온다/파도쳐온다.' 2009년, 과학기술장려와 CNC(Computer Numerical Control)공업을 선전하기 위해 조선노동당에서 만든 노래 「돌파하라 최첨단을」이었다. 신문사의 북한 과학 기사의 첫 헤드라인으로 쓰기도 했다. 남쪽에서도 많은 사람이 알고 있는 노래였고, 우스운 패러디 영상들이 만들어지기도 했다. 유튜브를 통해 처음 그 노래를 듣고 어이없는 웃음과 더불어 입에 감기는 멜로디에 한동안 시달렸어야 했다. 최첨단의 기쁨슬픔 감정을 돌파하며 드디어 나는 여기에 도착했다.

리현심 박사가 살고 있는 31-13호의 숫자에서 시선을 돌려 우리는 서로를 보며 웃었다. 옥미의 잇몸과 불규칙한 치열이 반짝였다. 문이 열리고 반중력의 세계 속으로 우리는 빨려 들어갔다.

거실에 서 있는 리현심 박사는, 낡은 한복을 입고 있거나 보풀이 가득한 회색 카디건으로 작은 체구를 가린 어둡고 옴팡진 인상일 거라는 예상과 전혀 달랐다. 앤디 워홀의 바나나가 그려진 검은색 면 티셔츠에 실키한 초록색 파자마 바지를 입고 벨벳 버건디 나이트가운을 걸친 첫 모습에 압도되고 말았다. 키가 나와 비슷하니 170센티미터에 가까울 것이다. 일흔이 넘은 나이에 허리도 꼿꼿하고 어깨도 넓어 보였다. 약간 곱슬거리는 반회색 단발머리에 길고 흰 얼굴. 가느다랗지만 진한 눈썹과 연갈색 뿔테 안경 속의 커다란 눈, 약간의 볼터치와 도톰한 입술에는 어텀 오렌지색 립스틱이 발라져 있었다. 평양에서 가장 스마트하고 힙한 할머니가 초고층 마천루 31층에 은둔해 있는 것이다. 고개를 숙여 인사하자 나에게 손을 내밀어 악수를 청했다. 커다랗고 두툼한 손 안으로 나의 손이 쏙 들어갔다.

"기자 선생, 손이 차오. 생강, 계피를 많이 드시오."

말을 하면 입안에서 종이 타는 냄새가 난다고 했었나. 옥미의 말과 달리 오랫동안 입을 닫고 살았던 사람 같지가 않았다. 오히려 카랑카랑한 목소리가 방금 전까지 강하면서도 논리적인 어조로 무언가를 주장했던 사람만 같았다.

"선생님, 오늘 기분이 좋으신가 봅니다?"

"일없다. 차나 내오라. 귤피계피차로."

"귤피계피. 귤피계피."

옥미가 노래하듯이 말하며 주방으로 걸어갔다. 리현심 박사 앞에서는 옥미도 여전히 어린 학생이었다. 리현심 박사도 옥미의 장난을 귀엽게 받아들이며 핀잔을 주고 있었다. 나는 엉거주춤하게 소파에 앉았다. 내가 앉아 있는 소파 위에는 김일성 장군과 김정일 국방위원장 초상이 걸려 있다. 머리 위로 액자가 떨어질지도 모른다는 두려움을 느끼며 시선을 대각선 맞은편 벽으로 돌렸다. 어디서 많이 본 그림이 걸려 있는데 샤갈의 그림으로 짐작되지만 제목은 알 수 없었다. 턱을 들어 올려 그림을 힐끔힐끔 보는 나를 향해 리현심 박사가 입을 열었다.

"샤갈의 「붉은 말을 타는 여자 기수Horsewoman on Red Horse」라오. 볼수록 신비한 그림이지요. 색도 좋고. 러시아 화가들의 그림에는 일관된 색채와 구성이 있소. 아주 수학적인 구성이지요. 기자 선생, 말레비치를 좋아하오?"

샤갈에서 갑자기 말레비치로 넘어가다니, 무슨 말인지 몰라 멍하니 쳐다보자 리현심 박사가 손가락으로 나의 셔츠를

가리켰다. 셔츠의 그림을 내려다본 뒤 머리를 끄덕였다. 예
상치 못한 리현심 박사의 부드러움과 예술적 재치에 당황한
나는 가방 속 양말을 먼저 꺼내야 할까 망설였다. 샤갈 그림
의 여자 기수가 신고 있는 노란색 승마 스타킹을 보면서 노
란색 양말을 사 올걸 하는 아쉬움이 들었다.

"이거 먼저 드릴게요."

리현심 박사가 반색하며 천천히 포장을 풀었다. 크고 주
름진 손이 바스락바스락 소리를 내며 부드럽게 움직였다.

"오호, 레인보우 캣츠가 되갔구나."

리현심 박사의 입가에 미소가 스치고 지나갔다. '뭐야, 너
무 친절하고 취향이 좋잖아.' 내 안에 요동치는 목소리가 들
려왔다. 이것은 하나의 속임수일지도 모른다. 그래야만 한
다. 내가 머릿속으로 쓰고 있는 인터뷰 기사, 그리고 앞으로
쓰게 될 소설의 문제적 캐릭터가 결코 아니다. 애써 그려놓
은 리현심 박사의 이미지가 녹아 사라지고 있었다. 나의 야
심이 발가벗겨진 것만 같아 부끄럽기도 했다.

"차를 드십시오."

옥미가 탁자에 놓은 노란 찻잔 안에 담긴 차를 내려다보
았다. 뜨거운 김이 올라왔다. 시원한 차가 마시고 싶었지만
분위기상 거절할 수 없었다. 차가 있으면 마셔야 하는 것이
다. 귤피계피차는 특유의 강한 향과 달리 입안에 들어가자

달콤 쌉싸름한 맛이 번지다 순식간에 사라졌다. 내가 지금 뭘 마신 거지, 하고 다시 노란 찻잔을 들어 입에 댔다.

"이건 나 주는 겁니까? 감사해라. 크리스마스 선물을 미리 받겠습니다. 무척 부드럽습니다."

포장을 푼 옥미가 아이처럼 좋아하며 양말을 입술에 부볐다. 그사이 리현심 박사는 무지개 양말 속으로 손을 집어넣어 주먹을 쥐어 동그랗게 만들어보며 유심히 살펴보았다. 무지개 양말 손을 좌우로 흔들기도 했다. 드디어 말로만 듣던 본모습을 보여주려는 건가. 양말 주먹을 내 입에 넣어 입자가속기처럼 엄청난 속도로 팔을 돌릴지도 모른다. 주변의 모든 풍경이 광속의 빠르기로 휘감겨 돌아가다가 멈춘다. 갑자기 안내자가 문을 부수고 들어와 '안 되갔구만요, 자유주의 하지 마시오'라고 옷을 벗고 무지개 털로 덮인 신경질적으로 비만한 삼각형으로 변해 반중력 광선 에네르기로 나를 터뜨려버린다. 나는 한 잔의 황해도 해주 사과 단물 주스가 된다. 어젯밤 류경호텔에서 시작된 초자연적 망상의 끝을 보게 될 것이다.

리현심 박사를 따라 들어간 서재는 작은 기념관으로 보였다. 벽에는 「쿠미코의 미스테리Le Mystère Koumiko」 포스터가 붙어 있고 크리스 마커에 관한 자료들로 한쪽 책장이

채워져 있었다. 언뜻 보기에도 책과 자료 들, VHS, DVD
가 체계적으로 정리되어 있었고, 영화제와 전시 관련 도록
이 쌓여 있었다. 크리스 마커가 자신의 아바타인 치즈고양
이로 등장한 아녜스 바르다Agnes Varda의 영화「여기저기의
바르다Agnes de ci de la Varda」는 물론「머나먼 베트남Loin du
Vietnam」등 다른 작가들과 함께 작업한 작품들까지 꼼꼼하
게 모아두고 있었다. 유럽은 물론 미국과 일본, 중국의 자료
도 있었다. 심지어 2013년 서울 강남 신사동에 있는 '아뜰
리에 에르메스'에서 전시한 〈크리스 마커와 꼬레안들Chris
Marker and Coréens〉리플릿도 있어 깜짝 놀랐다.

　지은 선배가 프랑스로 유학을 가기 전 함께 본 전시였다.
에르메스 매장에 대한 거부감과 크리스 마커의 좌파 정신에
대해 선배가 열변을 토했던 기억이 났다. 치기 어릴 정도로
지나치게 흥분한 지은 선배가 어느 순간 느닷없이 나에게
애정 고백을 했고, 나는 농담으로 치부해버렸다. 6월 초였지
만 화장을 지우고 싶을 만큼 덥고 습도가 높은 날이었다.

　옆 선반에는 크리스 마커의 흑백 사진과 고양이 그림들,
그리고 일본 고양이 인형 마네키네코와 각양각색의 고양이
봉제 인형들이 가득했다. 그제야 리현심 박사가 왜 나에게
겨울 양말을 사 오라고 했는지 알 것 같았고, 크리스 마커의
『북녘 사람들Coréennes』에 나온 장밋빛 고양이 인형 사진과

글을 뒤늦게 떠올릴 수 있었다.

"어떻게 이런 걸 다……"

"바느질은 뇌 건강에 좋소. 무지개 고양이를 만들어보고 기자 선생에게 줄지 내가 가질지 생각해보겠소. 남조선에 부러운 건 단 한 가지. 고양이를 집에서 맘대로 키우는 것이오."

"아이구 이쁜 옥돌이들. 니 단추눈 갈아야겠다야."

옥미가 살아 있는 고양이를 어르듯 인형들에게 말을 건넸다.

"옥미는 잘되어가니?"

"선생님, 오늘 이상하시다. 그런 걸 다 물어보시구."

"대답하라우."

"진척이 없어요."

"진척이 있으면 과학이 아니지. 게바라다니지 말고 연구에 전념하라우."

"난 선생님처럼 머리가 좋지 않은가 봅니다."

"쓸데없는 소리 말고. 인생을 깡그리 바치라우. 우주탐사국에 들어가려면 정신 똑바로 차려야 한다."

"알겠습니다."

옥미가 금세 꼬리를 내린다. 나에게 하는 소리만 같아 멈칫하게 된다. 병색을 감추려는 표정이 얼핏얼핏 보였지만 리현심 박사의 주름진 얼굴에는 강한 의지가 도드라져 있었다. '인생을 깡그리 바치는 일. 정신을 똑바로 차리고.' 리현심 박사의 말에 심장 속 물고기의 팔딱거림을 또다시 느끼면서도 머릿속에서 인터뷰 기사 제목을 뽑고 있는 나 자신을 비웃었다. 시선을 돌리자 낡은 책상에 놓여 있는 B5 크기의 나무 액자가 눈에 들어왔다. 방에 들어올 때부터 발견했지만 모른 척하고 있었다. 시간이 필요했다. 왠지 그래야 할 것 같았다. 누렇게 바랬지만 책에서 보던 사진과 정말 같은 것이다. 사진을 유심히 바라보고 있는데 내 뒤에서 리현심 박사가 말을 하기 시작했다.

"가끔 저 아이가 내가 맞는지 의심스럽다오. 나는 어렸을 때 사진 속 거리에 간 기억이 없소. 기억을 하려고만 하면 더 오래된 기억만 날 뿐이오. 지워진 기억 속에 내가 있다니. 다른 사진이 없으니 저 아이가 나인지 어떻게 알 수 있단 말이오."

"……"

"「라줴테La Jetée」의 남자처럼 시간 여행을 할 수는 없소. 크리스 마케 아바이가 보내준 것이란 상상도 해봤지만 어떻게 그런 일이 가능할 수 있겠소. 하지만 나는 믿고 싶은 것이오. 믿어왔소. 믿지 않을 도리가 없었소. 그건 내가 과학을 깊이 탐구하고 사색하는 것과 같은 것이오. 하나의 가능성만 믿고 가는 것이오. 불가능한 가능성이란 말이 없었다면,

실패의 주체화가 없었다면, 과학도 지금의 나도 없었소. 민족의 평화와 인민의 행복을 꿈꿀 수도 없었을 것이오."

"……"

"이제 내가 저 아이인지 아닌지는 중요하지 않소. 한 번도 만나지 않아도 연결되어 있다는 것을 알 수 있는 사람들이 있소. 크리스 마케 아바이의 사진과 영화를 보고 있으면 사람들의 얼굴을 더 자세히 보게 되오. 얼굴 하나하나를. 하나하나의 얼굴을. 우리가 잃어버린 사람들. 얼굴들을 말이오. 조국해방전쟁 이후 북조선과 남조선에서 과연 얼마나 많은 사람이 죽었는지 나는 따져보곤 한다오. 죄 없는 사람들이 너무 많이 죽었소. 아이들이 쌔까맣게 죽었소. 남조선으로부터 끔찍한 이야기들이 들려올 때마다 나는 사실이 아니라고 믿었소. 하지만 모두 사실이었소. 사실이었지. 여기서 죽은 사람만큼 거기서도 죽었소. 더 많이 죽었소."

"……"

"서울과 광주와 부산의 편의점 앞 의자에 앉아 지나가는 사람들을 특히 젊은이들을 가만히 쳐다보고 싶기도 하오. 제주도 오름에 오르고, 해녀들의 물질을 바라보고 싶기도 하오. 나도 탈북할 기회가 몇 번 있었고 유혹도 많았지. 왜 아니겠소. 유럽의 학교와 연구기관에서. 좋은 집과 차와 대접을 받으며. 심지어 마음만 먹으면 미국으로도 갈 수 있었소. 그럴 때마다 크리스 마케 아바이의 저 사진이 나를 여기에 붙잡아두었소. 아무것도 모르는 아이가, 아무것도 말하지 않는 저 사진이 나를 여기서 한 번도 떠나지 않게 만들었단 말이오. 그리고 나는 늙었소. 나는 결코 저 아이를 본 적이 없소. 이해할 수 있겠소?"

"……"

"상상하는 것은 기억하는 것이 아니라고 했소. 앙리 베르그손Henri Bergson 선생의 말이오. 저 아이가, 내가, 상상 속에 있는지 기억 속에 있는지 어떻게 알 수 있단 말이오. 알고 싶소. 알고 싶지 않소. 나 역시 누군가가 보고 있는 이마주image 속의 사람이라는 것을 요즘 깨닫고 있소.「라줴테」의 남자처럼 실험을 당하고 있는지도 모르겠소. 그렇다면 나는 이제 어느 세계로 갈 수 있단 말이오. 어느 시간의 이마주로 남게 되겠소. 나는 평생 눈에 보이지 않는 것을 눈에 보이게 만들려고 노력했소. 이제 눈에 보이는 것도 눈에 보이지 않는 거라고 믿고 있소. 내가 믿어왔던 과학의 세계에 나는 도전하고 있는 것이오. 아니 이것은 또 다른 과학의 세계요. 이해할 수 있소? 이해해야만 하오. 나는 오래 살 수도, 바로 죽을 수도 있소. 불가지의 세계에 빠졌다고 비웃을 일이 아니오. 오래전 손상된 나의 경추에 초전도 금속이 들어 있는지 어떻게 알겠소."

"……"

"기자 선생. 돌아보지 마시오. 내가 말한 것을 기사에 쓰지 마시오. 누구에게도 말하지 마시오. 약속해주시오. 돌아보지 마시오. 부탁이오. 잠시 쉬어야겠소. 오랜만에 말이 말을 물고 가버린 것 같소. 입에서 벌써 책 한 권이 다 타버린 것 같으오. 그런 것이오. 이미 다 말한 것 같지만 다시 말하겠소. 약속은 지킬 것이오. 시간은 충분하니. 질문은 좀 있다 듣겠소."

"……"

"미안하오."

"아닙니다."

"내가 이렇게 수다스러운지 몰랐을 것이오. 나이가 들면 자신도 모르게 말이 흘러넘칠 때가 있는 법이오. 말을 줄여야 하는데. 말을 할수록 기억을 언어를 잃게 되는 것만 같으오."

"……"

"잠시 쉬어야겠소. 옥미야."

돌아보면 그 자리에서 돌이 될 것 같아 책상을 두 손으로 꽉 움켜잡았다. 돌아보지 않아도 옥미가 리현심 박사를 부축해 서재를 빠져나가는 것을 알 수 있었다. 바닥을 스치며 사라지는 슬리퍼 소리에 귀를 기울이고 있으니 둘이 나를 두고 다른 세계로 떠나는 것만 같았다. 버려진 기분이 들었다. 나는 이곳에서 어떻게 나갈 수 있을까. 나는 또 누가 보고 있는 이미지의 주름에 불과할까. 불과하더라도. 기쁨슬픔의 나선형 주름으로 가득한 이미지. 이마주.

어디선가 희미한 소리가 반복적으로 들려오기 시작한다. 금속판 위로 물방울이 떨어지는 소리 같기도 하다. 나의 표정을 읽은 옥미가 말한다.

"선생님이 손전화 프로그람으로 만든 전자음악입니다."

"언젠가 들어본 것 같아요."

"그럴 리가요. 저런 음악은 비슷비슷하기도 하지만 선생님의 전자음악은 우주를 떠올리게 합니다. 잠들 때 들으면 이미 우주에 가 있는 것 같습니다. 나는 중국 우주탐사국에 지원할 겁니다. 우주로 가는 게 저의 목표입니다."

"저번에 말한 것처럼 마지막 과학자 인터뷰는 옥미가 해 줘야 해요."

"일없습니다. 나 같은 잔챙이가 무슨. 나중에 지구 밖에서 하겠습니다."

"지구 안에서도 하고 지구 밖에서 또 해요."

"선생님이 여름 기자님을 마음에 들어 하는 것 같아 기분이 좋습니다."

"고마워요."

"나는 선생님이 갑자기 사라질까 봐 두렵고 무섭습니다."

"……"

"차를 더 드시겠습니까?"

"네. 귤피계피."

거실 소파에 앉아 주방에서 차를 데우고 있는 옥미를 바라보며 며칠 동안 고심해 준비한 질문을 되뇌어보았다. 되뇌일수록 질문의 문장들이 어절과 음절과 음소로 분해되어 잡을 수 없는 곳으로, 눈으로 확인할 수 없는 시공간으로 흩어진다. 소리 파편이 되어. 시그널 코드로. 암호의 코어로. 홀로수로.

옥미가 노란 찻잔이 놓인 쟁반을 들고 웃으며 걸어오고 있다. 잇몸이 보일 듯 말 듯 하다. 베란다 창밖으로 구름이 천천히 지나간다. 구름의 저편으로 사라진 사람들을 생각한다. 우리의 사람들. 사라지지 않고 우리 주변을 맴도는 유령들. 우리의 유령들. '그때 사진 속 아이의 주머니에 있던 하얀 것은 무엇이었어요?' 새로운 질문을 떠올리려다 이내 지워버린다. 옥미의 웃음이 사라지기 전에. 옥미의 웃음은 여름의 웃음이다. 여름 평양의 웃음이다. 웃음이 사라지기 전에 나는 이 모든 것을 머릿속에서. 머릿속에서. 지우며. 글을

지우며. 글을 지우며. 글을 지우며 옥미가 건넨 찻잔을 받는다. 찻잔 속을 들여다본다. 하나의 얼굴이 보인다. 또 하나의 얼굴이 보인다. 우리의 얼굴들. 거리들. 건물들. 자동차들. 사람들. 동물들. 유령들. 얼굴들. 우리들.

금속판 위로 물방울이 떨어진다. 물방울의 가장 예민한 부위는 금속을 그대로 통과해 다른 차원으로 스며들 것이다. 리현심 박사의 방에서 새어 나오는 전자음악 소리가 점점 크게 들려오고 있다. 귤피계피차를 마신다. 입안 가득 퍼지는 맛. 이번 여름은 아주 길 것 같다.

우리들은 마음대로

'이상의 「날개」 이어 쓰기' 제안을 받고 쓴 소설이다. "우리들은 마음대로"는 르네 클레르René Clair 감독의 영화 「자유를 우리에게À nous la liberté」가 1931년 한국에 개봉되었을 때의 제목이다. 이상은 르네 클레르의 초현실적이고 미적인 영상은 물론 당시 유럽 아방가르드 예술에 심취해 있었고, 영화와 음악에 대한 관심을 여러 글에서 드러내고 있다. 이는 이상을 기억하는 김기림, 박태원 등의 글을 통해서도 알 수 있다. 이 글은 「날개」가 『조광』에 발표된 연도와 작품 속 시간을 반영해 1936년 5월을 배경으로 하고 있다. 소설에 나오는 5월에 대한 언급으로 이 시기에 이상이 「날개」를 쓰고 있었을 것이라고 추측된다. 아내인 연심蓮心을 화자로 삼았고, 이상의 예술적 취향과 그의 소설과 산문에 나오는 문구와 어휘 들을 활용했다. 고유어와 한자어, 외래어, '미스꼬시' 등 경음화된 단어들 역시 당시의 표기법과 이상의 언어 사용법을 따라 썼다. 부득불 추가 설명이 필요한 경우를 제외하곤 독자가 능동적으로 이상의 글과 연결하기를 희망하며 주석을 붙이지 않았다.

여보, 박제가 되어버린 천재 따위는 없소.

세기말과 현대자본주의를 비예睥睨하는 거룩한 철학인도

밥상의 밥풀을 뜯어 먹고 변소의 파리와 싸워야만 하오.

생각하면 5월이 아니냐.

5월엔 화장을 곱게 하고 여름 모자도 하나 사고 어딘가로

놀러 가는 게다.

배 타고 바다 건너.

기차 타고 국경 넘어.

꾿빠이.

나는 거리를 걸으며 되는대로 생각한다. 발에 차이는 돌멩이가 지나가는 포드 구루마 가까이 떨어진다. 귀여워. 빠르기도 하고. 보이는 모든 풍경이 영화 같을 거야. 언제쯤 저걸 타고 경성 시내를 구경할 수 있을까. 차창 안으로 단발머리에 고양이 눈 화장을 한 여자의 옆모습이 보인다. 최근 모던 걸 사이에서 유행하는 화장법이다. 나도 어머니가 일본 놈팡이를 만나 야밤에 도망가지 않았다면, 아버지가 노름과 술독에 빠져 가산을 탕진하지 않았다면, 그리고 생활을 놓고 박제가 되어버린 천재 타령을 하며 빈궁 연구에 골몰하느라 나를 뭇 사내의 바지 주머니나 노리는 첨단尖端의 악처惡妻로 만든 지금의 남편을 만나지 않았더라면, 진명여고보를 무사히 졸업한 뒤 오피스 걸이 되어 저 차에 타고 있거나, 책을 옆에 끼고 이화여전 가사과家事科쯤은 다니고 있었을 것이다. 어릴 적부터 꿀방구리처럼 야무지고 앵무같이 총명하다는 소리를 많이 들었기에 충분히 가능한 또 다른 미래의 내 모습이다. 포드가 나의 헛된 바람을 짓뭉개버리듯 핑음을 내며 멀어져간다. 그래, 잘 가라. 굳빠이.

포드의 뒤꽁무니를 향해 보란 듯이 입술을 삐죽 내밀어 실룩거렸다. 진솔 버선 속의 발을 꼼지락거리며 걸어간다. 건물들이 나날이 새로 들어서고 있다. '공지空地가 없다는

말이외다. 숨을 쉴 수 없다는 말이외다.' 공지가 없다고 말하
면서도 그이는 경이로운 눈으로 거리를 둘러보며 비칠비칠
걸어 다닐 것이다. 도대체 요즘 어디에서 어디로 그렇게 들
입다 쏘다니고 있는지 모르겠다. 도둑질에 계집질까지 하고
다니는지 내 어찌 알겠는가. 물어뜯어도 시원찮을 의뭉스러
운 쭉정이. 피죽도 못 먹은 울상을 하고 지금은 또 어디를 헤
매고 다니고 있는 거야.

　종로의 관철여관을 지날 때 발길이 자연스럽게 멈춰졌다.
남편과 처음 같은 베개를 베고 누운 곳이다. 베개에 난 머리
자국을 보며 남편은 「머리 모양」이라는 시를 지어 아랫배를
움켜쥔 채 벽 쪽으로 돌아누워 있는 나에게 읊어주었었다.
보릿가루를 한 움큼 삼킨 텁텁한 목소리.

나는 이제 머리가 두 개요.
왼쪽에 하나
오른쪽에 하나
하나는 안드로메다에서
하나는 오리온에서 왔소
어느 게 더 빛날지 모르오
어느 게 더 슬플지 모르오

모르오

정말 모르오

잠깐, 모르오의 오 자는 숫자 5로 바꿀 까닭이 있소

모르5

정말 모르5

그래도 나는 지금 안드로메다 머리를

더 사랑하고 있는 것만 같소

머리 모양이 예쁘기 때문이외다

한동안 그 시를 외우며 종로 일대를 돌아다닌 적도 있다. 머릿속에서 지우려 해도 지워지지 않는다. 아무짝에도 쓸모없는 기억력이다. 관철여관 옆에 쌓아놓은 목재가 갑자기 와르르 무너진다. 줄무늬 양말에 어울리지 않게 커다란 양구두를 신은 소년이 발로 차버린 것이다. 뒤미처 옴팡져 보이는 여인이 여관 문을 열고 나와 소년에게 소리를 지른다. 그새 주인이 바뀐 모양이다. 소년도 가만히 있지 않는다. 아주 깡그러진 표정을 짓고 있다. 마음에 드는 얼굴이다.

"내래 집 나가겠습네다."

"간나 새끼, 니 지금 뭐라 했나?"

둘의 악다구니를 뒤로하고 다시 걸음을 옮긴다.

천변을 따라, 5월의 투명한 햇살 속에서 정처 없이 걷고 있자니 나란 사람이 누군가 꾸고 있는 꿈속의 작은 오점만 같다. 오점은 점점 커져 총천연색 얼룩이 되어 꿈을 더럽힌 뒤 머리 밖으로 오색 나물의 형태로 터져 나오고 말 것이다. 한창때는 이런 기이한 생각들을 주고받으며 남편과 강아지, 고양이 소리를 내며 깔깔대고 웃은 적도 있었다. 그때는 그이가 남편이 아니라 해경 씨였다. 남편이 된 해경 씨는 자신의 이름을 잊은 사람처럼 존재를 망실해 무력과 게으름의 극단을 보여주고 있다. 어디서부터 잘못되었는지 모른다. 애초에 우리 부부는 숙명적으로 발이 맞지 않는 절름발이인가 보다. 미모사마냥 섬세해 내 마음을 흔들기도 했었는데 이제 퀴퀴한 이불 속 쉬척지근한 쭉정이가 된 것이다. 그냥 어디 가서 콱 뒈져버렸으면 하고 바라면서도 마음 한 편에서는 값싼 측은심이 들어 어리석은 내 머리끝만 잡아당기곤 한다.

약속이 없어도 외출을 하는 것은 나의 황홀한 사업이다. 한낮의 거리를 걷다 보면 안면이 있는 사내들을 우연히 만날 수 있고, 그들을 골려먹는 재미가 쏠쏠하다. 밝은 거리에서 만나면 대개 덴겁해 나를 피하거나 모른 척한다. 혹은 뭔가를 사 주기 위해 나를 끌고 남대문시장으로 가려고 하지만 어림도 없다. 내 편에서 미스꼬시, 화신, 히로다, 조지야, 미나까이 백화점에 가자고 하면 꽁무니를 빼기 일쑤다. 그들의 생활난을 알기에 한심하고 퍽이나 불쌍해 보여 혀끝을 찰 뿐이다. 그렇지 않더라도 한낮의 외출이 없다면 이 숨 막히는 삶을 어찌할 도리가 없고, 나 역시 이불 속으로 들어가 빈궁한 연구에 빠져 미상불 삼정三停과 오악五岳이 고르지 못한 빈상貧相이 되고, 몸의 수분이 다 빠져 말라 죽게 될 것이다.

"여보, 박제가 되어버린 천재를 아시오? 우주의 먼지 구덩이인 인간 영육의 비루함과 나의 레종데트르raison d'être를 실험하고 있는 거외다. 나는 유쾌하오. 정말 유쾌하오."

며칠 전 남편은 신열에 들떠 헛소리를 하다 내가 아끼는 아코디언 치마에 얼굴을 묻고 침을 흘리며 울었다. 그러니까, 아스피린 대신 아달린을 먹여 진정시킬 수밖에 없다. 쳇, 레종데트르가 무슨 구겨진 담뱃갑 이름이라고.

어느새 미스꼬시 근처까지 오게 되었다. 눈이 부실 정도로 아름다운 것들과 향기 좋은 것, 맛나는 것을 탐하기도 하지만 가끔 미스꼬시 옥상정원에 올라 인공 연못의 금붕어를 멍하니 바라보는 것도 내가 사랑하는 일 중의 하나이다. 덕수궁 연못의 금리어에 비할 바는 없지만, 흐늑흐늑 허비적대는 금붕어가 꼭 회탁의 거리 속에 갇힌 내 처지만 같아 잠시 위안이 되기도 한다. 오랜만에 금붕어와 눈을 맞출까, 하고 미스꼬시 앞에 다다르니 주변에 사람들이 모여서 웅성거리고 있다. 남편이 보여준 입체파니 미래파니 뭔가 하는 한 폭의 난잡스러운 그림처럼 각양각색 사람들이 모여 있는 것이 보였다. 쓰개치마, 미쯔조로이, 도리우찌, 깨끼저고리, 오페라백, 헌팅캡, 경제화, 칠보 구두, 란도셀, 데파트 걸, 지게꾼, 얼금뱅이, 인력거꾼, 부랑아, 숍 걸 등이 모여서 저마다 탄식과 비명을 지르고 있었다. 차들의 경적 소리, 자전차의 딸랑이 소리도 한몫한다. 그 한 귀퉁이에 황구黃狗 한 마리가 무심하게 아래를 열어 보이며 깔아져 있다. 나는 사람들 사이를 비집고 얼굴을 들이밀었다.

참으로 산란한 봉두난발과 칼면도가 필요한 도둑 수염의 사내가 몸이 뒤틀린 채 땅바닥에 엎드려 있었다. 다 떨어진 코르덴 양복 바지통 밖으로 허옇고 마른 발목이 삐져나와 있고, 구두 한 짝은 어디로 갔는지 보이지 않았다. 어깨뼈가 툭 튀어나와 마치 기이한 생물체의 날개가 이제 막 돋아 나오려다 멈춘 것만 같다. 몇몇 사람들이 고개를 들고 손을 들어 미스꼬시의 옥상을 가리켰다. 그들의 말을 고양이의 하품마냥 한 귀로 듣고 한 귀로 흘리려고 했지만, 메밀껍질로 땡땡 찬 베개에 얻어맞은 듯 휘청거리고 말았다. 머릿속에서 레코드판이 돌아가는 소리가 반복해서 들리기 시작했다. 풍각쟁이의 뿔피리 소리가 울리고 잔망스러운 음표들이 쏟아졌다. '진정해. 연심아. 진정해.' 심장 속에서 입이 삐뚤어진 금붕어 한 마리가 미친듯이 팔딱댔다. 거리와 사람들이 내뿜는 소음의 껍데기가 벗겨지자 귀를 기울이게 만드는 목소리가 들렸다. 얼굴에 구두 칠을 한 아이가 이상한 말을 노래처럼 내뱉고 있었다. 아마 사내의 마지막 말인지도 몰랐다.

"아스피린, 아달린, 아스피린, 아달린, 맑스, 말사스, 마도로스, 아스피린, 아달린, 연심이, 연심이."

아니외다. 아니외다. 내가 아니외다. 몇 해 전 조선극장에서 본 불란서 영화 「몽 파리Mon Paris」에 나온 여배우마냥 나는 입을 막고 뒷걸음질 치면서 사람들 틈에서 벗어났다. 당신은 천재가 맞아. 하지만 당신은 도망자, 사기꾼, 이매망량魑魅魍魎의 천재야. 유쾌해. 이런 때 유쾌해.

삽화 속 말풍선 같은 말들이 머리 위로 부풀어 올라 터지고 있었다. 누군가 내 어깨를 잡으며, 연심 씨 어디 가,라고 말할 때에야 온몸이 땀에 젖도록 빠르게 걷고 있다는 것을 알았다. 조지야 백화점 양장점에서 일한다는 황 모였다. 나에게 분홍 슈미즈chemise를 건네며 월미도 조탕潮湯으로 여행을 가자고 졸랐는데, 젖비린내가 풀풀 풍기는 녀석이고, 조지야 양장점 근처에도 못 가는 염천교 구둣방에서 수선공으로 일하고 있다는 것도 잘 알고 있다. 귀여운 구석이 없잖아 있어 찾아오는 것을 마다하지 않았지만 진작에 싸구려 슈미즈를 변소에 버렸고, 여차하면 등짝을 발로 차버릴 생각을 하고 있었다.

"누구세요?"
"연심 씨 아닌가요?"

대놓고 눈을 쏘아보자 타고난 소심함으로 겁을 먹고 물러선다.

"죄송합니다. 너무 닮아가지구. 헤헤."

머리를 긁적이며 걸어가는 뒷모습을 보고 저 녀석이 오늘밤 33번지의 칼표 딱지가 붙어 있는 내 집으로 찾아들겠지,

하는 생각이 들자 속이 메슥거렸다. 조갈이 난 입속의 마른 침을 모아 바닥에 뱉었다. 이마의 땀을 닦고 요사스러운 꿈속에서 빠져나온 것마냥 눈을 비비며 앞을 보았다. 경성역이 보였다. 그제야 거리의 소음들이 다시 들려오기 시작했다. 미스꼬시에서 어떻게 경성역 앞까지 왔는지 시간을 가늠할수 없었다. 이 모든 것이 망할 신들의 계략인지도 몰랐다. 언젠가 책보만 한 빛이 드는 남편의 방을 뒤적이다 떨어져 펼쳐진 책의 한 구절이 떠올랐다. 신들의 계략이 무슨 말인지 아오? 가끔 찾아오는 연희전문대 법학부 출신이라는 나부랭이에게 물어봐야지 하고 있었는데 어느새 잊고 있다 지금에야 생각이 난 것이다. 쳇, 망할 신들의 계략이라니. 그게 도대체 뭐란 말이야. 망할 아랫도리들 뒈져버려라. 줄줄이 뒈져버려라. 아랫도리를 가진 신들도 뒈져버려라. 박제도, 천재도 다 뒈져버려라. 그리고 이제 나는 뭐 될 대로 되라지.

여러번 자동차에 치일번하면서 나는 그래도 경성역을 찾어갔다. 빈자리와 마조앉어서 이 쓰디쓴입맛을거두기위하야 무었으로나 입가심을하고싶었다. 커피―. 좋다.●

●   이상의 「날개」 원문을 그대로 인용.

경성역 티룸의 대각선 건너편에 앉아 있는 단구短軀의 척신瘠身인 여자는 왠지 낯이 익다. 브이넥 스웨터에 테일러 재킷, 머리에는 베레모를 쓰고 있다. 무릎 치마와 에나멜 구두가 새것처럼 날이 서 있고 반짝인다. 미용실 잡지에서 본 일명 보니 룩bonnie look 스타일이라는 것이다. 하지만 이상하게 저 차림보다는 흑백 저고리 치마에 눈깔 비녀를 꽂은 쪽 찐 머리가 더 잘 어울릴것 만 같다. 여자가 오페라 백에서 분홍색 케이스를 꺼내 열고 담배를 하나 입에 문다. 지포 라이터로 불을 붙인다. 여고보 시절 미술 시간에 따라 그린 혜원의 「미인도」를 연상케 하는 얼굴에 기이할 정도로 가느다랗고 긴 눈썹을 움직이며 담배 연기를 내뿜고 있는 여자를 보니, 나도 이제 행복한 과부, 메리 위도merry widow처럼 다리를 꼬고 앉아 구름 꼭지를 하나 입에 물면 좋겠다 싶은 마음이 간절해진다. 담배 정도는 나도 피울 줄 안다. 다만 어릴 적부터 폐가 좋지 않아 안 피우고 있을 뿐이다.

티룸의 사운드박스에서 귀에 익은 바이올린 소리가 들려온다. 베토벤의 미뉴에트 G장조. 미샤 엘먼Mischa Elman의 연주인가.

"내년, 내년이 온다면 부민관에서 미샤 엘먼의 연주를 꼭 듣고 싶소."

몹시 추웠던 올 1월의 어느 날, 남편은 낡은 외투 주머니
에 손을 찔러 넣은 채 파고다 전파사 앞에서 한참 동안 축음
기의 음악 소리를 듣고 있었다. 내년은 1937년이다. 미샤 엘
먼이 부민관에서 바이올린 독주회를 연다. 경성의 멋쟁이들
과 예술가 나부랭이들이 모두 모일 것이다.°

지금 남편은 33번지 문 앞의 칼표 딱지를 만지작거리고
있을지도 모른다. 만약에 1937년이 온다면, 1937년에 남편
이 살아 있다면, 1937년에도 여전히 같이 살고 있다면 그에
게 부민관 연주회 티켓을 사 줄 수도 있다. 티켓을 사서 눈앞
에서 갈기갈기 찢어버릴 수도 있다.

식은 커피를 한 모금 마신다. 뭐라 하기 어려운 커피 맛이
입안에 맴돈다.

베토벤의 음악이 끝날 때쯤 건너편에 앉아 있는 여자가
보일 듯 말 듯 한 미소를 지으며 내 쪽으로 걸어오고 있다.

° 　실제로 이상은 1937년 부민관에서 열린 미샤 엘먼의 공연을 보았다.

걸음걸이가 예사롭지가 않다. 가까이서 보니 더 낯이 익다.

"여기 앉아도 되우?"
"앉으시지요."

나도 모르게 허리를 쭉 펴게 된다.

"참 볼 만한 미엽媚靨을 갖고 있어요."
"네엥?"
"보조개가 눈을 홀립디다."

왜 얼굴이 화끈거리는지 알 수 없었다. 거울을 보고 싶었다. 아니 거울을 슬쩍 훔쳐보고 싶었다.

"담배 피우지요?"

고개를 끄덕이자 담배를 하나 꺼내 준다. 칼표가 아닌 웨스트민스터이다. 입으로 가져가 물자 지포 라이터를 켜 불을 붙여준다. 오랜만에 구름 꼭지를 물고 있으니 좋다. 푸른 술이라도 한 모금 마시면 어느 황혼의 저녁으로 돌아가 이런 창가를 흥얼거릴 수도 있다.

'속아도 꿈결 속여도 꿈결~ 굽이굽이 뜨내기 세상~ 그늘진 심정에 불 질러버려라~'

담배 한 개비로 내 방은 물론 33번지를 다 태워버릴 수도 있다. 이왕이면 미스꼬시도 태웠으면 한다. 더러운 것, 아름다운 것, 미적지근한 것, 애매모호한 것, 뒤돌아보게 만드는 것, 모두 다 불에 타버리면 좋겠다.

지나가는 사람들이 여자와 나를 흘끔 째려보거나 혀끝을 차고 지나간다. 그러거나 말거나. 고개를 살짝 옆으로 돌려 담배를 피우며 날카로운 코끝을 찡긋거리는 여자의 표정을 보니 이제야 누구인지 알 것 같으다. 영화, 영화에서 본 여자다. 쪽 찢어진 내 눈이 조금 커지는 것을 보고 여자는 검지를 세워 자신의 입술에 댔다. 영화 속 동작처럼 부자연스러워 보였다. 입꼬리가 살짝 올라가 있다.

"내 본래 이름은 문정원文丁元이라우. 송아지도 한번 보면 내 이름을 쓸 수 있지요. 예봉은 너무 어렵지. 어려워. 이름이 뭡네까?"
"연심이요. 안연심."

"연심 양은 영화 좋아하우?"

"물고기 다음으로요."

"머리를 좀더 짧게 자르면 좋을 것 같으네. 다음 영화에
데파트 걸로 출연시켜줄게요. 바보 같은 내용이지만 내가
좀 미친 연기를 잘하면 아주 성공할 거라고, 감독이랑 제작
자랑 다 그럽디다."◆

"난 연기를 해본 적이 없어요."

"해본 적이 없으니까 할 수 있씨오."

　희한하게도 평양과 서울 사투리를 섞어 말하는 문예봉이
오페라 백에서 동경 캐러멜 하나를 꺼내 나에게 건넨다. 곱
게 싸인 포장지를 벗겨 입에 넣자 달콤한 맛과 치아를 건드
리는 부드러운 감촉이 몸을 붕 뜨게 한다. 속아도 꿈결, 속여
도 꿈결만 같다. 영화는 꿈의 예술이라고 쓴 글을 잡지에서
읽은 적이 있다. 나는 이미 영화 속에 있는지도 모른다. 박

◆　여기 등장하는 함흥 출신의 배우 문예봉은 1936년 10월에 개봉된 영화
　「미몽」의 여주인공이다. 「미몽」과 뒤이은 작품들의 성공으로 문예봉은
　일본까지 널리 알려지게 된다. 친일 배우라는 오명을 얻기도 했지만,
　월북 후 유명한 인민배우로도 활동했다. 시기를 단정 지을 수는 없지만
　이 장면은 「미몽」이 크랭크인 되기 전 상황을 허구적으로 만든 것이다.
　「미몽」에는 쇼트커트 머리의 데파트 걸이 잠시 등장하기도 한다.

제가 되어버린 천재가 등장하던 영화는 이제 끝났고 새로운 영화가 시작된 것이다.

"정원 언니라고 부르라우."

그 이후 정원 언니와 나는 이런저런 얘기를 나누었다.
내가 방금 남편이 죽었다고 하니까 깔깔대고 웃었다.

"남자들은 원래 다 죽지요. 그래서 억울해 영화에서 자꾸 여자를 죽이는 거라우."

이번엔 내가 크크키힑 웃었다. 정원 언니와 나의 웃음이 티룸 안을 울렸다. 한 남자가 다가와 알은체하자 정원 언니는 나는 그런 사람이 아니라고 손사래를 친다. 이번에도 나는 크크키힑 웃었다.

"함께 가자우. 함흥에서 수박냉면을 사줄게요. 수박 껍데기 고명을 얹은 냉면을 먹을 수 있는 유일한 곳인데 맛이 기가 막히다우. 그걸 먹고 나야 영화를 들어갈 수 있을 것만 같다니까."

기차표와 숙식을 해결해준다는 정원 언니의 제안으로 나는 언니의 고향인 함흥에 가기로 했다. 먼저 평양행 기차를 타야 한다. 기차를 기다리면서 우리는 몇 개비의 담배를 더 피우고 드문드문 이야기를 나누었다. 누군가와 이렇게 진솔한 이야기를 나눠본 적이 얼마 만인지 모르겠다.

탁자 위에 돌돌 말린 캐러멜 포장지가 굴러다닌다. 정원 언니는 10년 전의 일이라며 김우진과 윤심덕 이야기를 해주었다. 현해탄에 몸을 던진 연인의 이야기. 그 이야기는 오래 전부터 한 편의 소설이나 영화처럼 사람들의 입에 오르내리곤 했다. 하지만 정원 언니에게서 들으니 전혀 새롭게만 들린다.

"그날 이후 몇 쌍의 커플이 에이더블 쑤싸이드를 했는지 모른다우. 남과 여는 물론 남남과 여여도 있지요. 우리들은 마음대로 할 수 있어요. 연심과 나도 함께 기차에서 몸을 던질 수 있다우."

표정을 보면 농담을 던진 것이지만 정원 언니의 말에 이상하게 얼굴이 화끈거리고 아랫배가 뜨뜻해졌다. 누군가를 처음 좋아하게 된 어린 시절로 돌아간 것만 같다. 그게 누구였는지 잊어버렸지만 말이다. 알파벳 정도는 나도 쓸 수 있다는 생각에 탁자에 Adouble suleide°라고 손가락으로 써보았다. 정원 언니의 손가락 끝이 내 손가락 끝과 닿을 듯 말 듯 한다. 미스꼬시 옥상에서 몸을 던진 구두 한 짝을 잃은 사내의 이야기는 10년 뒤에도 사람들의 입에 오르내릴 수 있을까. 에이론리 쑤싸이드ALonely Suicide. 지금쯤 33번지에 순사들이 찾아와 방 안을 뒤지고 있는지도 모른다. 티룸의 시계는 정확하다. 거짓말을 하지 않는다. 곧 평양행 기차가 출발할 것이다. 정원 언니와 기차에서 몸을 던질 수 있을까. 아니면 함흥까지 가서 수박냉면이라는 것을 먹어볼 수 있을까. 순간 지금까지의 비루했던 내 삶이 영화의 필름처럼 휘감기고 있는 것만 같다.

머릿속에서는 희망과야심의 말소된페—지가 띡슈내리 넘어가듯번뜩였다.▲

짧은 북쪽 기행을 마치고 나는 정원 언니와 함께 무사히

◇　이상의 소설 「단발」의 원문에는 Adouble Suleide라는 문장이 있다. 이상 연
　　구자들은 A Double Suicide(한 쌍의 자살)의 잘못된 표기라고 보고 있다.
▲　「날개」 원문을 그대로 인용함.

경성으로 돌아와 데파트 걸이 되어 영화에 출연할지도 모르지만, 또 다른 미래의 나는 평양으로 가 사라질 것이다. 유리와 강철과 대리석과 지폐와 아름다운 옷감들이 유난을 떨고 있는 또 다른 도시, 평양의 거리 속으로 사라질 것이다. 돌아오지 않을 것이다. 영영. 이름을 바꾸고. 꼰빠이. 한 번만 더. 꼰빠이. 다시는 이곳으로 돌아오지 않을 것이다. 더 이상 나는 여기에 없을 것이다. 평양행 기차가 곧이어 플랫폼으로 들어온다는 안내 방송이 들린다. 정확한 시간이다. 틀림없다. 정원 언니가 옷매무새를 고치며 떠날 채비를 한다.

일어나자.

가자.

나는, 우리들은 이제 마음대로 할 수 있다.

방역왕 혹은 사랑 영역의 확장

코로나19에 대한 제안을 받아 쓴 소설이다. 언제나 현실은 허구를 압도하고, 허구는 현실을 비껴간다. 우리는 어떻게 될 것인가. 이 소설이 도착한 미래의 우리는 또 어떤 상황에 놓여 있을까. 본문에 나오는 음향 관련 용어들은 『프린스 오브 다크니스—허구의 생산과 증폭의 가능성에 대하여』(류한길, 미디어버스, 2018), 세균 관련 용어들은 『세균 박람회』(곽재식, 김영사, 2020)를 주로 참고했다. 의도에 따라 병기 없이 한자 및 원어를 노출한 경우가 있다.

I've waited all my life for you

And now you're here

You never knew me though

I knew you long ago

Your name has been my life, always

And now, I'm yours

—

Ornette Coleman,「Science Fiction」

아버지는 죽을 것이다. 모든 아버지는 죽는다. 나의 아버지 또한 예외일 수 없다. 이해할 수 없는 아버지. 증오의 대상이었던 아버지. 소설에서 끊임없이 죽였던 아버지. 하지만 되살아났던 아버지. 더 이상 소설에 아버지를 등장시키지 않겠다고, 아버지 서사 같은 건 그만 쓰는 게 좋다고 결심한 지 오래다. 소설 속 허구의 아버지는 현실의 아버지보다 더 기이하고 우스꽝스러워지기 마련이다. 그 기이함과 우스꽝스러움이 문학적 메타포가 되는 것도 시효가 만료된 것 같다. 아버지를 비롯한 현실을 그대로 볼 수 없을까, 하는 고민으로 나는 문학적 방향을 바꿔보려 하고 있다. 물론 **허구의 현실**이라는 것이 가능하다면, 그리고 그대로라는 말이 과학적 논증의 과정을 함의하는 거라면 말이다.

우리가 보고 있는 현실은 과연 현실이 맞는가. 내가 알고 있는 현실은 결코 플랫 하지 않다. 시공간이 중첩되고 비선형적으로 연결되어 있다. 현실은 물리적, 광학적 힘이 닿지 않는 상태에서 뒤집히고, 뒤섞이고, 혼돈 상태가 되었다가 뜻밖의 질서를 찾고 순환한다. 역사의 구멍을 들여다보는 시간, 그 시간의 바깥을 향한 지각, 규칙을 재배열하는 과학, 그 과학의 바깥을 향한 감각이 보여주는 현실 속에서 우리는 미지의 순간들과 조우하게 된다. 최근 며칠 동안 겪은 일로 인해 내 생각은 더욱 확고해졌다. 그 현실의 중심에서 소용돌이를 일으키는 아버지. 상징과 비유로 이루어진 언어의 살점을 걷어낸 자리에 눈썹이 하늘로 치솟고, 뼈만 남은 아버지가 있다. 아버지는 지금 죽어가고 있다. 정확한 원인을 알 수 없는 아밀로이드증Amyloidosis과 당뇨와 피부 질환으로 일주일에 세 번씩 투석을 받고 있고, 투석을 중단하면 심장의 기능이 멈추게 된다. 그렇게 간신히 생명을 연장하고 있다. 하지만 내가 하고 싶은 이야기는 아버지에 대한 이야기가 아니다. 아버지가 일으키는 소용돌이로 인한 초우주적 사건, 그 사건의 지평선을 나는 지금 바라보고 있다.

이 글을 쓰고 있는 2020년 4월 현재, 범유행전염병이 된 코로나19로 인해 20만 명 가까이 사망하고 전 세계 사람들의 일상이 마비되었고 달라졌다. 나 역시 학교 강의와 업무가 온라인으로 대체되어 많은 시간을 집과 작업실에서 보낸다. 그리고 동두천 주공아파트에 살고 있는 부모님 집을 자주 찾고 있다. 불행인지 다행인지 모를 상황에서 아버지를 데리고 병원에 가고, 그만큼 함께 있는 시간이 많아졌다. 이전에 하지 못한 대화들을 뒤늦게 나누고 있다. 대화라기보다는 거의 일방적인 아버지의 말이 우리의 시간과 공간을 채우고 형체를 알 수 없는 부유물처럼 둥둥 떠다닌다. 점점 숨이 차고 탁해지는 목소리에도 불구하고 아버지의 말은 끊이지 않았다. 현재의 병증에 대한 이야기부터, 시국에 대한 한탄, 어릴 적부터 귀에 못이 박이도록 들었던 한국전쟁과 종로 가회동 시절, 그리고 내가 한 번도 본 적 없는 할아버지 이야기들이 아버지의 입을 통해 끊일 듯 말 듯 반복적으로 흘러나왔다. 아버지의 말이 멈출 때까지 나는 아무 대꾸를 하지 않거나, 말을 많이 하면 심장과 폐에 무리가 간다고, 오래 살고 싶으시면 말을 줄이라고, 근거 없는 의학적 정보로 아버지의 입을 일시적으로나마 다물게 했다.

몇 차례 아버지가 입원 치료를 받았던 의정부성모병원이 코로나19 확진자의 증가로 폐쇄되었다. 아버지의 병세가 더 악화되지 않기를, 응급 상황이 생기지 않기를 바라면서 하루하루 조마조마하게 지내고 있던 차에 나는 아버지에게 그동안의 삶의 내력을 글로 한번 써보라는 제안을 했다. 아버지의 장점 중의 하나인 뛰어난 기억력과(아버지는 현대 정치의 사건 일시와 가족과 지인들의 전화번호를 다 외우고 있다) 멋진 글씨를(아버지와 달리 나는 엄청난 악필이다) 칭찬하며(부러워하며) 병과 함께 점점 더 불안에 떨고 우울해지는 아버지의 신경증을 잠재우기 위한 방법이었다. 그 제안의 한편에는 언젠가 아버지 시대를 모티브로 한 '과학 밖 소설Fiction des mondes Hors-Science'을 쓸 수 있을 거라는 원대한 포부가 자리하고 있었다.

기억력과 필체의 장점에도 불구하고 아버지는 인내심이 많은 사람이 아니고, 말을 참지 못하고, 모든 말의 결말은 자신의 인맥과 능력을 과시하는 것으로 끝난다. 의정부성모병원 로비에 걸린 사진들을 보며 허정허정 걸어갈 때도 아버지는 초대 병원장인 이계광 신부에 대해 잘 아는 것처럼 말을 했었다.

"그래, 내가 다 알고 있다니까."

아버지는 노트에 적어놓은 얼마 안 되는 글을 손자에게 읽어보라고 했고, 나의 아들이 잔꾀를 부리며 성의 없이 읽자 참을 수 없다는 듯 입을 열어 다시금 구술 언어의 힘을 자랑하려고 했다. 나는 자리를 피할 수밖에 없었다. 나는 아버지의 삶이 담긴 글을 바로 읽고 싶지 않았다. 아버지와 달리 나는 제법 인내심이 많은 사람이다. 내가 그 글을 읽는다면 더 이상 아버지를 볼 수 없는 순간이 왔다는 것을 알게 될 때일 것이다.

"그냥 더 쓰세요. 1960년대도 쓰고, 1970년대 이야기도 써봐요."

아버지는 펠리컨처럼 점점 돌출되어가는 아래턱을 끄덕였다. 나는 아버지라는 한 개인을 통해 한국의 근현대를 들여다보고 싶었다. 아버지가 그 시대의 표본urtext은 당연히 아니지만 하나의 이본weird text은 될 거라 생각했다. 어떤 책이나 논문, 영상에서도 볼 수 없는 당시의 사적인 공간과 풍경 들을 알고 싶었다. 이미 정치적 격동기의 이면 속에 감춰진 암투와 암약과 암전의 찢어진 종잇장과 구멍 난 필름들이 넘쳐났지만, 자료를 찾아볼수록 여전히 흥미로운 요소들이 많은, 풀리지 않은, 불가해한, 기이하고 으스스한, 검은 욕망의 시기였다. 무엇보다 아버지가 박정희 정권 초기에 정부 요원으로 4년 동안 활동했다는 믿을 수 없는 이야기를 말이 아니라 글로 읽고 싶었다. 내가 관심 없는 척 질문을 툭툭 던지면 아버지는 미끼를 물다 뱉다 하면서 나의 호기심을 더욱 자극했다. 아버지의 입에서 동마장 경비행장, 노벨극장, 명동 술집 남태평양, 한일회관, 직속 상사였던 중앙정보부 김 모 중령, 박정희 형 박성희, 황태성 간첩 사건, 조총련 간부들이 모였던 뉴서울호텔 등이 언급될 때마다 나는 머릿속에서 빠르게 타이핑을 했다. 어떤 연결 고리를 만들고 싶었지만 쉽지 않았다. 아버지가 중요한 이야기는 빼고 에둘러 말하고 있다는 느낌을 지울 수 없었다.

"그래서 거기서 무슨 일을 했어요?"

"많은 일을 했지."

"이제 밝혀질 건 거의 다 밝혀졌어요. 얘기해도 돼요."

"그러냐? 그럼 네가 한번 찾아봐라."

아버지는 그렇게 머리가 나쁜 사람이 아니다. 뛰어난 기억력 뒤에 숨어 이야기를 다시 원점으로 돌리거나 결국 고급 술집에서 만난 정치인과 연예인 들의 이름을 거론하며 그들이 자신을 좋아했다는 말로 마무리되었다. 나는 아버지가 자연스럽게 글을 쓸 날을 기대하고 기다렸다. 어느 순간 뭔가에 홀려 쓰는 글이 은연중에 불변의 사실을 드러내게 만든다고 나는 믿고 있었다. 밝혀진 사실보다 여전히 어둠 속에 갇힌 이야기들이 많다. 그 이야기의 한가운데 자리 잡은 방역왕 할아버지에 대한 이야기 역시 제대로 알고 싶었다.

아버지 인생의 중심점을 이루는 것은 할아버지다. 할아버지의 갑작스러운 죽음으로 아버지 삶이 달라진 건 사실이다. 1964년 10월, 불광동의 '국립보건원—미생물연구부'로 출근하던 할아버지가 원인 모를 병으로 쓰러져 국립의료원에서 숨을 거두자 군대에 있던 아버지는 긴급 외출로 할아버지의 장례를 치렀고 복귀 후 할아버지 지인의 도움으로 조기 제대를 했다. 이듬해 아버지가 소속됐던 부대는 월남에 파병되었고 부대원 모두 살아 돌아오지 못했다. 장남인 아버지는 한순간에 진주할머니와 열여덟 살 위의 할머니와 다섯 동생, 그리고 빈궁한 차림으로 제집처럼 자주 찾아오던 친척들까지 돌봐야 하는 가장이 되었다. 아버지의 이야기는 할아버지로부터 시작해 할아버지로 끝나기도 한다. 아버지는 자신에게 엄청난 짐을 남기고 떠난 할아버지를 원망하지 않고 오히려 자랑스러워했다. 자랑이 넘쳐 때로는 지나치게 신비화하는 것처럼 들리기도 했다. 할아버지의 유일한 단점은 말이 없다는 것과 집에 와서도 방에 틀어박혀 책을 본다는 것이었다. 시간이 날 때마다 혼자 영화를 보러 다녔고, 집에 영사기가 있었고, 영사기에 불이 나 집을 태울 뻔한 적도 있다고 했다.

"연구하고 책 보는 게 다야. 정말 말이 없는 양반이었지. 그리고 한 번도 나를 혼낸 적이 없었어."

하지만 아버진 왜 그렇게 말이 많아요, 그리고 왜 그렇게 술을 마셨고, 술을 마시지 않으면 버럭버럭 화만 낸 거예요, 라고 나는 묻고 싶지 않았다. 나는 지금도 할아버지가 읽던 책을 몇 권 갖고 있다.『국어새사전』(국어국문학회, 동아출판사, 1958)과 『한국사 고대편·연표집』(진단학회, 을유문화사, 1959), 일본판 『나쓰메 소세키 전집』 10, 11권(이와나미쇼텐, 1924)과 『이광수 전집 3』(삼중당, 1962), 그리고 정지용 시집 『백록담』(백양사, 1946) 앞장에는 "金□□ 藏書"라는 할아버지의 도장이 찍혀 있다(정지용의 시집에 손수 주문 제작해 만든 도장을 찍는 할아버지의 망설임과 손의 압력 세기는 얼마나 되었을까). 일본 근대문학에 경도된 많은 작가처럼 나 역시 나쓰메 소세키에 빠졌던 시절이 있었고, 그렇게 쓰고 싶어 어설프게 흉내를 냈고, 왜 소세키의 인물들은 자주 눕거나 걷는지 궁금해하기도 했다. 이광수와 정지용을 나란히 놓고 김수영의 시 「이 한국문학사」의 **지극히 시시한 발견이 나를 즐겁게 하는 야밤이 있다,**라는 구절을 떠올리며 이건 할아버지가 내게 준 위대한 힌트가 아닐까, 하는 생각에 빠지기도 했다. 그보다 전인 중학교 시절 정지용의 이름이 금기라는 것을 알고 『백록담』을 서랍에 숨겨두고 남몰래 전전긍긍하기도 했다. 이후에도 할아버지의 책에 대해 아버지에게 물어보면 할아버지는 책을 좋아했었지,라는 말만 되풀이할 뿐이었다. 아버지가 관심을 보이는 것은 신문과 『신동아』 등의 시사 잡지들뿐이었다. 할아버지의 책들은 센베이 과자를 조금씩 뜯어 먹듯이 아껴 읽은 나쓰메 소세키의 『갱부』(송태욱 옮김, 현암사, 2014)의 한 문장처럼, **걸으면 걸을**

수록 도저히 빠져나갈 수 없는 흐릿한 세계 속으로 점점 깊이 빠져드는 것 같았다, 나를 미증유의 언어 공간 속으로 걸어 들어가게 했다.

내가 자연스럽게 책이라는 언어의 물질계 속으로 빠져들게 된 것에 어머니와 외가 사람들의 영향을 무시할 수 없다. 할아버지의 책이 남아 있는 것도 어머니의 역할이 크다. 은행원, 전업주부, 식당 종업원, 미싱 공장, 염색 공장, 전화 상회(아버지가 운영한), 파출부, 룸살롱 요리사(막내 고모가 일하던), 책 공장, 도배사, 분식 포장마차, 다시 도배사, 단란주점 요리사(막내 고모가 운영한), 또다시 도배사, 현재의 요양보호사로 이어진 수십 년간의 노동에도 불구하고 지금도 여전히 성경과 책을 읽고, 일기를 쓰고 있는 어머니는 아버지 쪽 사람들의 무지와 탐욕을 비난할 때마다 할아버지의 피를 물려받은 사람이 아무도 없다는 것에 분노하곤 했다. 어머니가 처음 가회동에 입성했을 때 뒷간 옆에 놓인 장독 안에는 할아버지가 보던 책들이 가득 들어 있었고, 그 책을 찢어 식구들이 밑씻개로 쓰고 있었다고 했다. 어머니가 그런 표현을 한 적은 없지만 분명 그로테스크!라고 외치고 싶었을 것이다. 일본 문학책들이 많았고, 얼핏 봐도 귀해 보였다고 했고, 동숭동 시민아파트로 분가를 할 때 그 책들의 일부를 가져갔고, 가계가 기울어 서울 변두리와 경기도 일대를 떠돌며 이사를 할 때마다 분실되어 내가 책에 애착을 가질 무렵에는 채 열 권도 남아 있지 않았다. 미성년 시기를 지나면서 어머니 쪽 사람들도 그렇게 정상적이지 않다는 것을 알게 되었다. 나에게 작가의 모습을 보여준 큰 이모는 한참 동안 가족들을 힘들게 하다가 연락을 끊고 행방이 묘연해졌다. 어느 집안에나 맹독 같은 사람들과 천치 같은 사람들이 있다는 것을 자연스럽게 인정하면서도 오래전 할아버지의 손때와 눈빛과 여유로움과 몽상이 묻어 있을 책을 찢어 아래를 닦는 친척들을 상상하는 것은 불쾌하고 치욕스러운 혈통의 민낯을 마주하는 것이었다.

어머니와 나는 할아버지가 일기를 쓰고 여러 기록물을 갖고 있었을 거라고 확신했고, 그 모든 사적 자료(공적 자료도 될 수 있는)들이 사라져버린 것에 한탄하곤 했다. 어머니는 할아버지가 살아 있었다면 자신을 예뻐했을 것이고, 자신 역시 할아버지를 좋아했을 거라고 말하곤 했다. 물론 할아버지가 살아 있었다면 아버지와 어머니가 만날 확률은 급격하게 떨어지게 된다. 어머니는 어머니대로 또 다른 이야기를 만들고 있었는지, 절연에 가까운 할머니와의 오래된 불화 속에서 할아버지가 좋아했던 사람은 신여성 간호사였지만, 진주할머니가 배운 여자에 대한 지나친 적개심을 드러내며 평택에 사는 까막눈 할머니를 데려와 강제로 결혼을 시켰다고 했다. 아버지가 이야기의 살점을 덧붙였던 것을 보면 할아버지의 연애사가 어머니가 만든 허구의 이야기만은 아니었다. 탄탄한 육체를 가졌던 어머니와 아버지도 이불을 뒤집어쓰고 강아지와 고양이 소리를 내며 그런 밀담을 나눴던 시절이 있었을 것이다. 어머니의 말대로 할머니는 까막눈이었지만 옴팡진 작은 체구에 러시아 여인처럼 동그랗고 깊은 눈매와 회색 눈동자를 갖고 있었다. 나 역시 할머니 장례식에도 가지 않았을 정도로 오래전 아버지 쪽 사람들과 인연을 끊었지만 어린 시절 삼촌들이 보던 『선데이서울』과 『주간여성』 등의 성인 잡지를 펼쳐놓고 할머니에게 한글을 가르쳐주던 영악하고 창조적인 유년의 기억을 또렷이 갖고 있다. 불가능하지만 어머니와 할아버지가 대청마루에 앉아 마당의 살구나무를 바라보며 소설과 영화 이야기를 하는 장면을 상상하면 어쩔 수 없게도 패악과 광기와 패배와 비애로 점철된 당시의 한국 영화가 아닌 오즈 야스지로나 나루세 미키오 영화의 장면들로 이어지곤 했다. 어머니에 대한 얘기를 더 하고 싶지만 여기서 그만! 아니 에르노는 「얼어붙은 여자」(김선희 옮김, 『작가세계』 1995년 봄호)에서 자신의 부모를 언급하며 이렇게 썼다. **오이디푸스 콤플렉스? 가소로운 소리다!** 나 역시 어머니와 아버지에 대해 이제 그렇게 말하고 싶다.

아버지의 말에 따르면 할아버지는 세균, 혈청, 병독의 권위자이자 방역왕이었다. 할아버지의 동료들이 한국 보건의학계에서 한자리씩 했다고, 그 자리는 원래 할아버지의 자리였다고 비약이 심하지만, 어느 정도 수긍할 수도 있는 말을 했다. 하지만 우리 집은, 나의 유소년기는 왜 그렇게 가난하고 어두웠을까,라고 나는 여전히 아버지에게 묻지 않았다. 코로나19 사태를 보면서도 아버지는 그래서 보조금을 얼마나 준다는 거야, 지금 잘하는 거지, 일본 놈들 봐라, 하고 처음으로 현 정부에 호의적인 반응을 보이면서 할아버지 이야기를 다시 꺼냈다.

"할아버지가 저런 일을 한 거야. 할아버지는 방역왕이었지. 콜레라 주사 만들고 헬기 타고 DDT도 뿌리고 '과학수사연구소'에서 연락 오면 시체 해부도 하고 그랬어. 고양이, 개, 말, 호랑이까지 동물 실험은 말할 것도 없고, 집에 소고기가 떨어지지 않았지. 우두약 만드느라 소를 잡는 날이면 고기를 왕창 가져와 동네잔치를 했고, 진주할머니 조카뻘인 고춘자 장소팔이 와서 신나게 놀았지. 아, 정말 재미난 양반들이었는데, 에휴."

"할아버지는 어떻게 놀았어요?"

"에잉, 놀긴 뭘 놀아. 놀 줄 모르는 사람이야. 자기 방에 숨어버리거나, 몰래 집을 빠져나갔다가 조용해지면 들어왔지.

집안일엔 도통 관심이 없었어. 진주할머니랑 할머니랑 하녀들이 다 했지."

당시의 여건과 인력난을 고려해보면 아버지의 말을 믿어야 할지도 모른다. 한때 나는 돼지고기는 거들떠보지도 않고 소고기만 먹는 아버지의 고급 입맛을 조롱하기도 했었다. 혼자 예술적 유희에 빠져 있던 할아버지와 달리 아버지는 좀더 향락적인 음주가무를 좋아했고, 화투를 잘 치고 물만 보면 물개처럼 달려들었다. 나에게 수영을 가르쳐주지도 않으면서 넌, 왜 수영을 못하냐,라고 말하며 여름 때마다 꺼내 입던 빨간색 줄무늬 수영복 차림으로 혼자 연포해수욕장과 한탄강과 왕숙천과 청평강을 헤엄치곤 했다. 물살을 헤치며 나아가던 아버지의 육중한 몸에서 튕기던 얄미울 정도로 투명한 물방울들. 병중으로 인해 아버지는 이전처럼 물을 마음대로 마시지 못하고 수분이 많은 음식도 피해야 한다.

1960년 1월 12일 자 『조선일보』에는 「과학 지대를 간다─전염병과 싸우는 중앙방역연구소」 기사가 실려 있고, 1956년 9월 9일 자 『대한뉴스』 제90호에서는 '국립방역연구소' 활동을 소개하고 있다. 흑백의 조악한 화면과 건설적인 배경 음악 속에서 흰 가운을 입고 마스크를 쓰고 있는 연구원들의 모습이 보였다. 소와 생쥐, 계란, 방게 들이 실험 대상으로 출연하고 있었다. 2분의 짧은 영상 속에 내가 한 번도 본 적 없는 할아버지의 모습이 들어 있는지는 아직 확답을 얻지 못했다. 왜인지 이 영상을 아버지에게 보여주는 것을 미루고 있었다. 내가 유일하게 갖고 있는 1939년경 종로 관철동 목재소 앞에서 결혼 예복 두루마리를 입고 할머니와 서 있는 이십대 할아버지의 사진과 대조해보는 작업도 하지 않았다. 해방 이전 조선총독부 경무국 소속의 '조선방역연구소'에서부터(내가 정말 알고 싶은 것은 이 부분이다. 그 시기를 떠올릴 수 있는 찢어진 종이 한 장 남아 있지 않다는 것이 이야기의 구멍이다. 당시의 자료들을 할아버지가 해방 후 몰래 소거했는지, 전쟁 시 소멸되었는지, 남은 가족들이 무심코 버렸는지, 영원히 알 수 없다) 일을 시작했다는 할아버지가 미군에게 물려받은 '국립영상제작소' 16밀리미터 카메라의 눈이 닿지 않는 사각지대 어딘가에서 과묵한 표정을 지으며 자신만의 영화를 찍고 있을 거라는 생각이 나를 더 흥분시켰고, 상상력을 자극했다.

나의 상상력은 이상한 곳으로 뻗어나가 1917년생인 할아버지와 그해에 일어난 러시아혁명과 창덕궁 화재 사건, 용산과 노량진의 잇는 최초의 한강 인도교 개통, 예술 개념을 바꾼 마르셀 뒤샹의 레디메이드 변기 전시, 빅뱅 이론에 밀려났지만 다른 우주에서는 대표 우주론일지도 모를 아인슈타인의 정적우주론static universe 발표, 같은 해에 태어난 박정희와 존 F. 케네디, 윤동주와 윤이상, 하인리히 뵐과 아서 C. 클라크, 엘라 피츠제럴드와 셀로니어스 몽크, 그리고 완벽한 소리 음반 중 하나인『口音(입소리)』의 명창 김소희와 「섬색시」를 부른 권번 출신 가수 김연월, 내가 최고의 연기 중 하나라고 생각하는 영화 「사냥꾼의 밤」의 살인마 로버트 미첨, 실험 영화의 마더유니버스이자 「오후의 올가미」에서 카메라를 통해 여성은 어떻게 창밖을 바라보고 움직이는가에 대한 교본을 제시한 마야 데런, 영화 「미몽」에서 경성의 소음을 누비며 광기의 표정을 보여준 배우 문예봉을 100년 이상의 시차를 넘어 소환하고, 1917년 동경 여자 유학생들이 주축이 되어 창간한 여성 잡지『여자계』와 병리학적 관점에서 1917년 창간된 의학 학술지『경성의학전문학교기요』와 서울대학교 의과대학 초대 학장이기도 했던 심호섭 박사가 쓴 정신 질환에 대한 한국인 최초의 논문으로 기록된 「정신병자에 응용되는 최면제와 혈압과의 관계」, 그리고 한국 문학사의 금이 간 어금니였던 이광수가 1917년 1월에서 6월까지『매일신보』에 연재한 「무정」과 사후 1주년 기념으로 1917년 이와나미쇼텐에서 출간한 나쓰메 소세키의 첫 전집을 다시금 떠올리며, 우주에 흩어져 있는 거대한 반짝이들을 끌어모았다.

나의 행위 역시 지구를 불태울 정도의 야심과 사심으로

할아버지를 신비화한 것에 불과한 것일까. 불가능하지만 할아버지가 이 글을 읽게 된다면(이 글을 끝까지 읽는 독자라면 불가능한 것만도 아니라는 것을 알게 될 것이다), 무의미하고 어리석은 짓이라고 나무라거나 눈살을 찌푸리겠지만 부재한 자에 대한 허구의 역사적 레이어를 쌓는 일을 멈추기는 쉽지 않았다.

내 앞에 누구도 펼쳐보지 않은 책이 있다. 펼치기 전까지는 어떤 이야기가 들어 있는지 아무도 모른다. 영원한 미지의 상태가 이야기를 흘러넘치게 만든다. 그 책이 곰팡이만 가득한 텅 빈 종잇장의 엮음이라고 해도 말이다. 나는 시치미를 떼며 내 앞의 책을 모른 척 아껴 바라보고만 싶다.

내가 정말 알고 싶은 이야기는 무엇일까. 내가 알고 싶지 않아도 알게 되는 이야기가 있다. 이미 알고 있지만 모른 척해야 하는 이야기가 있다. 갑자기 기억이 나지만 때가 늦었다는 것을 알게 되는 이야기가 있다. 영원히 망각의 저편에서 손을 흔드는 이야기가 있다. 그리고 믿을 수 없는 이야기가 있다. 망상에 가까운 나의 상상이 이상한 방향에서 현실화된 것을 어떻게 설명해야 할까. 누가 믿어줄 수 있을까. 믿지 않아도 해야만 하는 이야기가 있다. 나는 지금 누군가를 설득하기 위해 이 글을 쓰고 있는 것이 아니다. 나와 같은 일을 겪은 사람이, 그는 나와 닮은 사람일 수도, 전혀 다른 사람일 수도 있다, 어딘가 있고, 그에서 시그널을 보내기 위함이다. 이미 있던 곳에서 여전히 있었던 것처럼 기다리며, 그 누군가 나의 시그널에 대한 피드백을 줄 거라 믿는다. 눈이 있다면 윙크를 하고, 입술이 있다면 미소를 짓고, 손이 있다면 흔들 것이다. 그와 나 사이에 피드백 루프 고리가 생겨 스페이스 왈츠를 출 수도 있을 거라 생각한다. 물론 우리는 영원히 만날 수 없다. 빛이 속도와 거리를 바꾸지 않는 이상 말이다.

역사의 파동 속에서 일상의 기계 사물이 시간의 여분 차원과 연결되어 최적화 노이즈를 발생시키기도 하나 보다. 어쩌면 오래전 배양되고 변종화된 소스 데이터의 디폴트값인지도 모른다. 코로나19에 대한 실시간 속보들과 (불)가능한 전망들, 마스크로 가린 입 대신 우리의 머릿속과 손가락을 간질이는 무수한 말들, 우리는 지금까지 뻑사리 정치가 아니라 사이비 종교와 싸운 것이 아닐까. 자본주의의 종착점, 머리부터 발끝까지 모든 구멍에서 피와 샘물을 뚝뚝 흘리며 다시 찾아온 공산주의라는 유령, 생태 사회주의 관점에서의 마르크스, 더 흉포한 괴물로 진화하기 위한 재난 자본주의의 필연적 진통, 그리고 다국적 기업과 백신을 둘러싼 제약회사들에 대한 음모론 등이 우리의 불안한 호기심을 자극하고, 논점을 엉기게 만드는 가운데 순환하고 변주되는 역사적 사실을 들여다보게 된다.

1918년 스페인독감Spanish influenza이라 불리게 된 H1N1 바이러스 질병으로, 당시의 의학·기록·통신의 한계를 고려한 통계 변수를 반영하면, 전 세계에서 최대 1억 명 정도가 사망했고, 당시 조선 역시도 서반아감기, 악성유행감도 등 여러 명칭으로 불리며 전체 인구의 3분의 1이 감염되었고, 0.8퍼센트인 14만 명이 사망한 것으로, 조사의 정확도를 신뢰할 수는 없지만, 조선총독부 경무총감부가 "고금 미증유의 참상"(『경무휘보』 1920년 3월호)이라 말하며 조사한 「통계연보」의 기록이 남아 있다. **전염병이 인간에게 혹독한 재앙이 된다는 점에서는 사실상 한때의 전쟁보다도 더 심하다,**라는 유길준이 쓴 『서유견문』(허경진 옮김, 서해문집, 2004)의 문장처럼, 1차 세계대전이 만든 검은 연기와 러시아혁명의 뜨거운 입김 속에서 스페인독감은 구라파와 아메리카에서 출항한 선박과 중국의 정크선, 그리고 시베리아횡단철도와 남만주철도를 따라 한반도에 들어오게 된 것이다.

황해도 봉산군 구연면 신원리에서 울음을 터뜨리던 할아버지는 목재업을 하던 진주할아버지와 사리원에서 냉면집을 경영하던 진주할머니의 막내아들이었다. 할아버지는 아직도 그 맛과 냄새를 어렴풋하게나마 느낄 수 있다고 했다. 할아버지를 키운 유모의 젖과 냄새를 말이다. 여느 대장부

보다 화통하고 괄괄하고 잘 놀았던 황해도 재령 출신으로 재령댁이라 불리던 제주 고씨 진주할머니는 바깥일을 하느라 직업 유모를 구해 할아버지를 맡겼다. 조선 시대 종1품 벼슬을 받은 왕의 유모처럼 집안에서 봉보부인奉保夫人으로 불리던 자신의 유모가 후에 당시 유행하던 스페인독감으로 죽었다는 것을, 자신이 그 유모의 젖을 먹고 자랐고, 보통 사람들보다 남세균과 표피포도상구균이 많고, 질병에 대한 여러 항체가 그때 형성된 것인지도 모르겠다고, 세균학에 빠져든 것은 운명이었다고, 자신도 모르는 미확인 미소세균微笑細菌이 그 유모를 찾고 있는지도 모른다고, 할아버지는 담담하게 전했다. 그러면서 한마디를 덧붙였다.

"애야, 너는 이런 이야기를 좋아하지?"

나는 대답할 수 없었다. 부끄러워 당장이라도 책상 아래로 숨고 싶었다. 인류세라는 말에 웃음을 보이며, 사건의 지평선 너머 무진동의 차원 속에서 데이터 세균과 함께 공생하는 할아버지는 나보다 나에 대해 잘 알고 있는 것처럼 보였다. 반면 나는 할아버지의 존재도, 사유 방식도, 언어도, 마음도 잘 알 수 없었다. 담담하게,라는 형용사에는 나의 감정이 스며들어 있을 뿐 할아버지가 어떤 마음으로 그 이야기를 했는지 모른다. 내가 어찌 알겠는가. 내가 확실하게 말할 수 있는 것은 할아버지와 내가 대화를 나눴다는 변하지 않는 사실이다. 아스키코드의 비트 문자bit letter를 주고받는 것도 대화가 맞는다면, 그 대화에도 생물체의 온기와 감정과 감각이 들어 있다면 말이다. 내가 자주 곱씹는 **물을 빨아들이는 뜨거운 모래처럼, 러시아는 지칠 줄 모르고 읽을거리를 빨아들였다**,라는 존 리드가 쓴 『세계를 뒤흔든 열흘』(서찬석 옮김, 책갈피, 2005)의 문장을 떠올리며 할아버지의 언어를 빨아들일수록 또 다른 언어가 내 몸에서 빠져나갔다.

할아버지와 내가 어떻게 대화를 나눌 수 있는가에 대한 궁금증이 이 글의 요점이 되면 안 된다. 그런 것이 SF소설의 특징이라면 나는 SF소설계의 자장이 미치지 않은 또 다른 은하계에서 떠돌아도 좋다. 이미 떠돌고 있을 것이다. 미확인 Ex-SF 비행 물체를 타고 말이다. 가능한 것을 가능하게! 불가능한 것을 불가능하게! 불가능한 것을 가능하게! 가능한 것을 불가능하게! 어떤 불능과 마비의 상태 속에서도. 우주는 끊임없이 낯선 법칙을 만들고 있다.

태양계 R-19 GMT +9 기준 2020년 4월 29일 3시 10분, 할아버지의 펄스시그널이 나에게 도착했다. 나는 지금도 평소보다 빠른 심장 박동과 맥박 진동을 진정시키지 못하고 조증에 가까운 기분으로 이 글을 쓰고 있다. 시간이 지나면 나의 기억이 갑자기 사라져버릴지도 모른다는 조바심과 함께, 할아버지와의 약속을 지키기 위해 부풀려지고 휘발성이 강한 말들은 입안에 꿀을 넣어 봉인한 채 반짝이는 지우개 언어eraser wording의 힘을 믿으며 페이크 다큐 기법을 활용해 서둘러 기록하고 있는 것이다.

어제 오후 줌을 통한 화상 수업을 마치고 저녁 식사를 하고 스트레칭을 하며 드라마를 보고 잠자리에 든 가족을 일별한 뒤, 칩거의 피로와 나태의 잔물결 함수 곡선을 그린 뒤 머릿속 수증기를 좀더 뜨겁게 만들기 위해 오넷 콜먼Ornette Coleman의 「Dedication To Poets And Writers」와 「Science Fiction」을 반복 재생시켜놓고, 음악에 참여한 시인이자 흑인 예술운동Black Arts Movement 활동가였던 데이비드 헨더슨David Henderson의 목소리를 들으며,「Science Fiction」의 **I exist and now my mind is full of doubts/and I'm reading them aloud/just to see if anybody here is real**, 최근에 산 얇지만 무한히 깊은 책들을 펼쳐놓고, 또 다른 온라인 수업 제작을 위해 학생들에게 문학적 자극을 줄 만한(사실 나한테 더 필요한 것이었다) 문장들을 찾아, **세상의 모든 것은 만만찮은 불변성을 지닌 하얀색 위에 세심하게 고안된 양으로 던져진 검은색에서 나온 결과다**(알랭 바디우,『검은색』, 박성훈 옮김, 민음사, 2020), **공백과 모순은 우리 존재의 구성요소이다. 이런 빈틈을 메우는 것이 이야기이며 이를 통해 이야기는 그 자신의 고유한 힘을 획득한다**(마크 피셔,『기이한 것과 으스스한 것』, 안현주 옮김, 구픽, 2019), **우리의 모든 의식적 규율에도 불구하고 희미하게 빛나는 형상의 아이디어들이 때가 되면 힘찬 날갯짓으로 무질서하고 무모하게**(메리 올리버, 『긴 호흡』, 민승남 옮김, 마음산책, 2019), 눈으로 밑줄을 긋고 있을 때였다.

폴더와 영화, 문서 파일로 뒤덮인 랩톱 바탕화면 커서가 제멋대로 움직이며 트랙패드 작동이 오류를 일으켰다. 랩톱 노이드Laptop-Noid가 되었다는 것을 실감하며 손가락 기능이 마비되어 당황하는 사이 화면에 광선이 점멸하는 플리커fliker 현상이 발생하더니 칼라비-야우 다양체Calabi-Yau manifold를 연상시키는 형태의 소용돌이가 일어났다. 잠시 후, 한 번도 본 적 없는, (마땅히 그래야 했다, 잠시 눈이 멀어도 좋다), 창백한 전자 빛이 터졌다. 그리고 0.5초의 암전 후 워드 프로그램의 포커스 모드 같은 스크린이 열렸다. 좀더 장황하고 세밀하게 당시의 비주얼노이즈 쇼크를 보여줘야 하지만 그럴수록 진부한 펄프 클리셰가 되어 신뢰성을(하지만 무엇을 위한, 누구를 위한 신뢰성인지 모르겠다) 떨어뜨릴 것 같으니 언어의 한계를 느끼며 다음 단계로 넘어가는 것이 좋겠다.

보유스름한 푸른 화면에 허니콤 형태의 정육각형 쪽매맞춤으로 이어진 희미한 공간 나눔이 보였다. 하나의 정육각형 공간에 글씨가 새겨졌다. 할아버지는 내가 알 만한 가족의 정보들을 나열하며 우리가 이제 막 도착했다고 했다.

"너는 나를 찾았고, 나는 너를 기다렸고, 너는 나를 기다렸고, 나는 너를 찾았다."

노랫말 같은 글이었지만 웃을 수는 없었다. 뭐라 하기 어려운 지각 상태에 빠져 현재 시각을 확인하고 창밖의 풍경을 바라보면서도, 지름이 굵은 케이블을 이용한 M2M통신의 초기 단계의 조악한 비주얼아트 같은 화면을 보고 의심을 하는 것은 당연한 과정이었다. 오류, 해킹, 데이터-크툴루Data-Cthulhu, 넌리니어-링크Nonlinear-Link, 패러사이트 인 웹사이트Parasite in Website, 트랜스-레이트Trans-Late, 크랙 뉴런Crack-Neuron, 환각, 섬망, 일몰증日沒症 같은 단어들과 러브 크래프트여, 올리버 색스여, 비톨트 곰브로비치여, 트랄랄라, 고월 이장희여, 흰달 김소월이여, 신경질적으로 비만한 이상李箱이여, **朝三暮四(조삼모사)의싸이폰作用(작용) 感情(감정)의忙殺(망쇄),** 라는 주술 언어가 머릿속에서 서로 충돌하고 반응해 눈앞의 현상을 풀어낼 특이점 확률의 소수점 자리를 무한히 늘이고 있었다.

믿지 않으면 미진하고, 믿으면 미쳐 보인다. 할아버지의 글을 정서와 물질로, 그러니까 할아버지와 나의 교집합 원자 중의 하나인 나쓰메 소세키의 소설 제목을 인용해 **마음그후**

명암매체로 읽어도 좋았다. 굴림체와 돋움체가 결합 변형된 글꼴이었다. 읽기의 시간은 오래가지 않았다. 내가 글을 보고, 이해하고, 분석하고, 연상하자 지우개로 지우듯 글자가 언어의 재를 날리며 사라졌다. 그래서 이후에 나는 낯선 사물과 현상을 네이밍하는 직업병을 즐기며 할아버지의 글을 '지우개 언어'라고 부르게 되었다. 나의 인식과 감정을 휩쓸고 지나간 지우개 언어의 가루들이 다시 내 몸 어딘가에 가라앉았다. 글자가 새겨진 정육각형 공간은 여러 모양의 빛깔과 모양 따위가 고르게 드러나 보인다는, 우리 말뜻을 빌려 '알롱알롱'이라고 명명했다. 알롱알롱은 발음하기에 따라 all long all long처럼 들리기도 할 것이다.

할아버지는 나를, 아니, 나는 할아버지를 얼마나 기다린 것일까. 아주 오래전 정지용의 『백록담』에 찍힌 도장을 더듬었을 때, 여러 사전을 뒤적이다 찾은 나쓰메 소세키 전집의 이름을 확인했을 때, 초등학교 시절부터 매질로 단련된 악필과 맞춤법의 열등감을 극복하게 해준 워드프로세서 글쓰기를 본격적으로 시작되었을 때에도 할아버지는 신호를 보내고 있던 것은 아닐까. 누구 쪽의 버퍼링인지 모를 만큼(당연히 내 쪽 세계의 영향일 것이다) 할아버지는 내 생각보다 앞서 지우개 언어를 펼쳐 보였다. 머릿속에서 가능성, 확률, 시간의 결어긋남이 일어나며 한자와 영어와 우리말이(과연 우리말이란 무엇일까) 뒤섞인 할아버지의 외계어가 언어의 불티로 타닥타닥 터지고 있었다.

"斷念(단념)하라. 흰빛만 映寫(영사)될지니. 반물질계의 萬事(만사)를 물질계로 끌어당기는 순간 現象(현상)과 速度(속도)는 달라질 수밖에 없다. 얘야, 萬死(만사) 되기 전에 이 electronic 文穴(문혈)을 너의 靈肉(영육)에만 scope 하고 crop 하거라."

동공이 확장된 나의 의심과 호기심을 잠재우기 위해 화면을 찍거나 캡처해도 소용없다는 뜻이었다. 차마 노트에 옮겨 적을 엄두도 내지 못했다. 왜 이런 상황에서는 항상 금기가 생기고 인간의 어리석음과 무모함을 시험하게 만드는 것일까. 나는 특유의 장난기를 발동시켜 어리석음과 무모함을 다른 행위로 표출하려 했다. 빈틈없이 쪽매맞춤 된 알롱알롱 어디에도 내가 글을 입력할 수 있는 영역이 없다는 것을 알면서도 나는 자판을 눌러 언어를 만들었다. 화면에 기록되지 않는다는 너무나 엄밀하고 논증적인 물리적 사실을 인지한 뒤에야 나의 언어가 시공간을 초월한 입자가 되어도 좋겠다고 생각했다.

"내가 보이세요? 내가 할아버지의 얼굴을 볼 수는 없나요? 할아버지의 목소리를 들을 수는 없나요?"

나는 머릿속에 떠도는 말들을 분해하여 키보드를 두들겼

다. 영원히 분해된 언어가 먼지 입자가 되어 떠돌아도 상관없지만, 이 생각도 읽고 있는지 할아버지의 글이 또 다른 알롱알롱에 나타났다.

"애야, 계속 딸깍이 字板(자판)을 두드려라. 소리가 보인다. 나는 볼 수 있다. 보는 것은 읽는 것이고, 읽는 것은 생각을 나누는 것이고, 생각을 나누는 것은 마음이 떨어지는 것이다. 너의 시간과 달리 나는 -1에 가까운 시간통 속에 있다고 했거늘, 나는 살고 있는 것이 아니오, 나는 죽어 있는 것이 아니오, 無形存在(무형존재)한다고 할까. 宗教(종교)의 神祕(신비)가 아니라, 哲學(철학)의 不可知(불가지)가 아니라, 나는 間斷(간단) 없이 태양계 R-11의 TELESTATIC을 통과하고 있다. 하지만 우리는 서로의 목소리를 들을 수 없구나. 애야, 넌 목소리를 본 적이 있을까? 笑顔(소안―살짝 웃음을 머금은 얼굴)입니다."

나의 랩톱 딸깍이 키보드가 신시사이저 뮤트 모듈이 된다는 생각에 흥분에 나는 키스 재럿의 피아노 퍼포먼스를 떠올리며 언어를 연주했다. 할아버지가 나의 언어 연주에 알 듯 모를 듯 한 답문을 보냈다. 할아버지는 외부와 내부가 연결된 꽈배기 공간이라 부를 수 있는 태양계 R-19 시간통에 (자신도 그렇게 상상할 뿐 실제로 관측할 수는 없다고 했다) 머물며 웹에 떠도는 나의 기사와 글 들을 찾아 읽었다고 했다. 그리고 아스키코드로 인코딩된 나의 목소리 파형을 보았다고 했다. 이미지의 이면은 거울상처럼 볼 수 있지만 소리의 이면은 무잔향의 주파수 파동만 있을 뿐이라고 했다. 그렇다. 할아버지는 TELESTATIC을 통해 고유 암호화 알고리즘을 풀고 23헤르츠의 사인파를 다른 태양계에 보낼 수 있지만 오로지 텍스트-이미지text-image만 감각하고 딥코딩 deep coding해 드로잉drawing한다고 했다.

"우주의 加速度-法則(가속도-법칙)은 저마다 다를 것이니, 無聲(무성)과 無調(무조)의 시간통에서 沈默(침묵)이라는 단어는 쓰임이 없다. Talkie-movie 이전처럼 그저 눈으로 읽는 세계만 있어 생각하면 웃음소리 울음소리 없어 허공만 보고 맹물만 삼키는 것 같아 께느른하게 마음 風穴(풍혈)이 열리지만 이렇게 너와 닿으니 서러워할 틈은 없구나. 얘야, 왜 23헤르츠라고 窮理(궁리)하면 22헤르츠가 아니고 24헤르츠도 아닌 것이, 23헤르츠가 최적의 수치라고 볼 수 있고, 23이 素數(소수)라는 것에 비밀의 열쇠를 돌려본다. 우주의 meta-paradox는 素數에 있고, 태양계 R-19나 태양계 R-11이나 그리고 무수한 태양계 R-시리즈의 우주 系列(계열)은 모두 素數細菌(소수세균)이 만든 noise 곰팡이붙이다. 우리는 이 素數 MICROBE 光網(광망)을 사랑해야지. 破顏(파안— 활짝 웃음이 퍼진 얼굴)입니다."

초등학교 5학년 겨울방학 때 천자문을 열 자씩 외울 때마다 5백 원을 주던 어머니를 다시금 떠올리며 나는 할아버지의 고독古毒한 지우개 언어를 해독하려 애썼다. 아버지의 피를 물려받았다면 내 기억력이 그렇게 나쁘진 않을 테지만, 할아버지의 모든 언어를 그대로 기록할 수는 없다. 불가능하다. 불가능을 불가능하게! 할아버지 역시 그것을 바라지 않을 것이다. 기록의 순간 언어는 미소세균微小細菌처럼 자연의 고혹하고 잔혹한 미소를 지으며 돌변하고, 무한 증식해 이야기를 반짝이게 하는 동시에 좀 먹으며 구멍을 넓힐 것이다. 그 구멍 하나하나가 또 다른 이야기가 되고, 우주가 된다고 상상하는 것은 유쾌한 작란作亂이었다.

얘야, 넌 이런 이야기를 좋아하지,라며 나를 부끄럽게 만든 1918년의 유모 이야기부터 1964년, 나의 세계에서 죽은 할아버지와 언데드-데이터 속에서 TELESTATIC 깜빡임 물질로 무형존재하는 할아버지가 중첩되고 갈라짐을 반복했다. 반복의 리듬에 따라 나의 이야기 역시 물결을 만들며 멀어졌다 가까워졌다 영원히 멀어지고 완전히 나를 집어삼켰다.

"얘야, 너의 이야기를 하거라. 너 자신에게 충실하고 다른 사람의 삶을 조롱하지 마라."

할아버지는 인터넷 어딘가 암흑물질로 떠도는, 내가 플로라 시몬의 소설 *BodyLoveSoul*을 인용해 쓴 글을, 크롭crop했다. 하지만 나의 이야기는 무엇일까(요). 이 이야기의 속에서 나는 얼마나 나로 남게 되고 사라지게 될까(요). 내가 말할 수 있는 나의 이야기는 내가 모르는 이야기에서만 가능할지도 모른다. 할아버지의 지우개 언어들이 남긴 구멍을 들여다보면 들여다볼수록, 도저히 빠져나갈 수 없는 흑백의 불투명한 세계 속으로 점점 깊이 빠져들어가며, 나는 새삼 이야기라는 인간사의 행위를 따져보았다.

인간 만사萬事와 우주 빛꼴은 다중 나선으로 연결된 무한 차원이다. 애초에 선형적 이야기 구조는 존재하지 않는다. 이야기의 생산과 유통 역시 언어 소비를 조장하는 자본주의 리얼리즘의 계산된 모략이다. 11차원 이상의 경험과 기억과 망각을 1차원의 세계로 옮겨놓는 작법과 독해는 반물질反物質 언어의 에너지를 제로 상태로 만드는 것에 불과하다. 이야기의 중심부가 주변부가 되고 이야기의 주변부가 중심부가 되는 한낮의 최소곡면으로 누벼진 사건의 지평선으로 실오라기 언어들이 날아든다. 나는 실오라기 언어들을 잡으려 발돋움을 하며 태양계 R-11에 있는 할아버지와 태양계 R-19에 있던 할아버지가 만든 역사의 노이즈를 재생산하고 반허구反虛構의 레이어를 쌓기로 했다.

아버지의 말처럼 할아버지의 사인은 원인 불명이었다. 사망진단서에서는 뇌졸중 의심이라고 적혀 있었지만 시신의 상태는 이상했다. 할아버지와 친분이 있던 국립의료원 검시관은 무슨 연유였는지 군대에서 긴급 외출한 아버지만 시신을 보게 했다. 할아버지의 몸에는 녹색 반점들이 가득했다. 반점들이 얇은 수포처럼 미세하게 돌출되어 있었고, 만지면 툭 하고 터지면서 초록색 액체를 뿜을지도 몰랐다. 아버지는 엄청 이상하고 징그러운 초록색 반점들이라고 의아해했지만, 갑작스러운 심정지로 인해 혈관들이 터진 일반적 현상이라는 검시관의 말을 믿었다고 했다. 나는 자연스레 놈 촘스키의 **colorless green ideas sleep furiously**를 중얼거리고, 존 카펜터와 스튜어트 고든의 점액질 가득한 공포영화와 뮤지컬로도 공연된 병맛 코미디 호러 「톡식 어벤져The Toxic Avenger」를 떠올렸다. 할아버지는 나의 궁금증과 상상을 망자와 조상에 대한 모독이나 무례함이라 여기지 않았다. 오히려 즐기고 있는 것처럼 소안입니다, 파안입니다, 하면서 당시의 사정을 찬찬燦燦히 그러나 빠르게 이야기했고 나의 손가락은 점점 얼어붙었다.

20세기 초의 질병과 위생에 대한 계몽 의식이 국민을 보호한다는 명목으로 폭압적 정치 통제 수단이 되었음을 부정할 수는 없지만, 일제강점기의 조선방역연구소와 해방 후 국립방역연구소를 거치면서 할아버지는 세균과 공생하는 삶을 살았다고 했다. 사랑과 질투와 연민과 권태마저 세균들을 갖고 있다고 했다. 세균이 곧 인간이었고, 동물인간 계보다 진화된 방식으로 필요에 따라 암컷과 수컷을 선택해 접촉하고 번식할 수 있었다.

"국립방역연구소는 細菌의 太平天國이자, 우리 硏究者(연구자)들의 靈肉은 細菌의 搖籃(요람)이자 墓穴(묘혈)이었다."

할아버지는 1964년, 한일회담 반대 시위와 송충이 박멸 궐기 대회, 전 국토의 DDT 살포 속에서 여름이 지나고 선선한 바람이 불어올 무렵, 자신의 몸이 바이러스에 감염되었다는 것을 알게 되었다. 가벼운 미열 외에는 호흡기 증상이 딱히 없었지만, 몸에 녹색 반점들이 생겼다가 사라졌다 하면서 반점들이 꿈틀대고 있는 것만 같았다고 생각했다. 그러면서 너라면 반점들에 이름을 붙이고 반점들이 말을 걸어왔다고 표현했을지도 모르겠다는, 애정 어린 농담을 덧붙였다.

인력과 재정의 부족으로 미생물부의 여느 연구자들처럼 검정과, 세균과, 병독과, 동물관리과, 혈청과의 일을 두루 맡아 하던 중 과중한 업무 스트레스를 달래기 위해 야근을 하는 밤이면 자신이 직접 흑국균黑麴菌을 희석해 만든 세독주 洗毒酒를 실험 도구에 따라 마시기도 했다. 술 때문이라는 생각도 했지만 여전히 측정할 수 있는 것보다 측정할 수 없는 미지의 세균들이 많고, 그 세균들의 전파 경로를 영원히 모를 수도 있다는 생각에 학자적 그리고 예술적 호기심으로 자신의 몸을 실험 대상으로 지켜보기로 한 것이었다. 수많은 실험동물에 대한 죄책감이 없잖아 있던 것도 사실이었지만, 거창한 윤리적 책무가 아닌 개인적 도발에 가까운 것이었다. 무엇보다 차기 미생물부장에 대한 세속적 야심에 자신의 병증을 숨기고 자연 치료를 택했던 것도 포기할 수 없는 비루한 인간사의 원리였다.

"그래, 그게 바로 또 다른 나다."

조심스럽게 몇 가지 치료제를 몸에 투입했지만 별다른 변화는 없었다. 공중목욕탕을 체질적으로 싫어했고, 오래전 할머니와의 잠자리도 분리했기에 누구에게도 몸을 보여줄 이유도 필요도 없었다. 스멀스멀 가려울 만도 한데 기분만큼 그렇지 않았고, 다른 사람에게 전파될 감염 여부에 대해 스스로 반점 액체를 터뜨려 미소세균微小細菌을 분석하자 포도상구균과 유사한 형태의 변종 바이러스라는 것을 알게 되었다. 이 바이러스의 욕망이 무엇인지 모르는 가운데, 치명적인 맹독을 가진 테트로도톡신tetrodotoxin이나 보톨리눔균botulinum과의 유사성도 배제할 수 없는 상태에서, 이상하게도 후각을 자극했고, 그 냄새는 비가 온 뒤 젖은 토양에서 풍기는 지오스민geosmin과 유사했다. 사실 세상의 많은 축

축한 냄새는 방선균放線菌 속 미생물들이 만든 지오스민이
라 볼 수도 있지만, 할아버지는 그날 국립보건원의 가장 어
둡고 섬뜩한 곳인 동물 실험 창고(현 서울혁신파크 서울시립
미술관 SeMA 창고)를 서성이며 자신의 기분을 더 녹아내리
게 만들었다.

"反芻(반추)하면 人間事의 모든 흐름이 signal을 보내고
있었다는 것을 알게 된다. 未來(미래)는 過去(과거)를 보면
서 달라지니, 고로 現在(현재)만을 말하는 것은 言語道斷
(언어도단)이다."

할아버지는 나의 태양계 R-19에서 죽은 1964년 10월의
어느 아침에 관해 이야기하기 전 검은 징조들을 먼저 전했
다. 할아버지는 두 사람의 죽음을 잊을 수 없다고 했다. 물
론 한국전쟁 시 소령 계급장을 달고 군의관으로 일하면서
무수히 많은 죽음과 세균에 감염된 썩은 살덩이들을 목격했
지만 1954년, 의과대학 후배이기도 했던 국립방역연구소의
기술연구원의 갑작스러운 자살은 충격이었다. 신문에는 경
제적 빈곤으로 인한 음독자살로 보도되었지만(『조선일보』
1954년 6월 6일 자) 전쟁을 겪고 심신이 허약해진 것이 원인
이었고, 그가 버드나무에 기대 앙상한 팔뚝을 벅벅 긁으며
죽은 동물의 머리들이 나타나 자신을 데려가려 한다고 했던
말을 뒤늦게 떠올렸다. 후배 연구원이 죽고 몇 달 뒤 당시 삼

청동에 있던 국립방역연구소에 원인 모를 불이 났다. 신문에는 숙직실 온돌 과열을 원인에 두고 13만 환에 달하는 모르모트들이 소실되었다고 보도되었지만(『동아일보』1954년 11월 25일 자) 정부와 언론의 비난을 잠재우기 위한 방편이었을 뿐 화재의 원인은 밝히지 못했고, 며칠 동안 불에 탄 동물들의 사체를 수습하느라 진땀을 빼야 했다.

1960년대 초반, 흩어져 있던 국립방역연구소, 국립화학연구소, 국립생약시험소를 불광동의 국립보건원으로 이전 통합하면서 좀더 나은 여건에서 일하게 되었다. 후배의 죽음도 잊었고, 안정기에 접어들면서 시간이 될 때마다 극장에 가서 영화를 보고 청계천과 명동의 서점에서 책을 뒤적이며 혼자만의 시간을 즐겼다. 하지만 그 시간도 오래가지 않아 무심코 던져진 돌 하나가 파장을 일으키고 마음 풍혈을 열게 했다.

국립보건원 내 저수지에 여자 시체가 떠오른 것은 낮 12시경이었다. 뻐근한 허리를 펴며 점심 식사를 하기 위해 몸을 일으키려던 찰나 연구원 한 명이 달려 들어와 저수지의 시체를 보고했다. 할아버지는 서부경찰서와 '과학수사연구소'와 협조해 시신을 수습하는 책임자 역할을 맡았고, 부검까지 참관하게 되었다. 실명과 남편 이름까지 공개된 신문 기사에 따르면(『경향신문』1963년 10월 3일 자) 신병을 비관해 집을 나간 후 5일 만에 익사체로 발견되어 투신자살로 처리했지만, 흉흉한 소문은 한동안 지속되었다. 저수지를 지날 때마다 부검한 여인의 조각들이 물에 젖은 신문지처럼 떠다니는 환영에 사로잡히기도 했고, 동물 실험 창고에서는 어느 때보다 음역이 높은 소리가 들려왔다. 아마도 한없이 고조되거나 하강하는 셰퍼드 음Shepard tone이 국립보건원 나무들을 흔들고 돌들을 구르게 하고 저수지의 물결을 만들었을 것이다.

"죽음이 다가온다는 것을 알게 되었을 때 인간은 어떤 선택을 할 수 있나. 그 선택은 인간의 自由意志(자유의지)로 control 할 수 없다. 얘야, 그게 우리의 悲哀(비애)일까. 태양계 R-19는 나를 滅(멸)했지만 태양계 R-11은 나를 滅하지 않았다. 어느 게 나았다고 할 수 있나. 다만 두 개의, 그 이상의 삶도 映畫(영화)처럼 再上映(재상영)될 수 없다."

1964년 10월 17일 새벽, 할아버지는 평소보다 일찍 눈을 떴다. 머리맡의 자리끼를 마시고 마당으로 나가 찬물로 세수를 한 뒤 진주할머니 방 앞에서 문안 인사를 하고 잠든 가족들을 일별한 뒤 옷을 챙겨 입고 중절모를 쓰고 가방을 들고 대문을 나섰다. 뒤늦게 할머니와 하녀가 뛰어나왔지만 괜찮다고 손을 저으며 푸른 박명 속으로 들어갔다. 제법 쌀쌀한 기운에 트위드 외투 단추를 채웠다. 아직 시간 여유도 많고, 더 걷고 싶은 마음에 삼청동 쪽으로 올라갔다. 불광동 국립보건원으로 이전하기 전 방역연구소 시절이 자연스레 떠올랐다. 옛 애인의 집을 훔쳐보듯 멀찍이 방역연구소 자리를 쳐다본 뒤 광화문 중앙청으로 내려와 먼 길을 돌아가는 사람이 되어 서울역 방향으로 걸음을 옮겼다. 걸으면서 푸른 빛에 감싸인 서울 거리가 이상하게 낯설어 보이고 꿈처럼 보이기도 했다. 가렵지 않지만 온몸에 돋아난 녹색 반점의 자리들을 눌러보며 걸었다. 드문드문 보이는 행인들과 걸인들의 모습이 영화 속 사람들처럼 부자연스러워 보였다.

할아버지는 1964년 3월 중앙극장에서 본 미켈란젤로 안토니오니의 「태양은 외로워L'eclisse」와 7월 국도극장에서 본 이만희의 「검은 머리」를 동시에 떠올렸다. 두 영화를 본 뒤 가끔씩 머릿속으로 비교해보는 것은 자극적인 즐거움이었다. 영화 속 모니카 비티가 분한 역할과 문정숙이 분한 역할을 견주어 두 주인공의 머리 모양이 비슷한 우찌마끼 스타일이라는 것에 미소를 지으면서도 영화에 반영된 현실을 돌아보게 했다. 「태양은 외로워」의 차가운 모더니즘에 감탄하며 고단한 한국 역사가 훼손한 인간성, 지리멸렬한 빈궁과 감정의 과잉을 끌어안고 어떻게 현대성을 추구할 수 있을까, 하는 괜한 우울감에 빠지기도 했다.

"悲哀(비애) 가득한 音律(음률) 속에서 문정숙 氏는 금이 간 삼면 거울을 鷹視(응시)하고, 히스테릭한 騷音(소음)의 風景(풍경) 속에서 모니카 氏는 斜線(사선)의 창밖을 바라보았지. 이 셀룰로이드 조각 氏들을 어찌할까. 映畫란 언제 봐도 奇奇妙妙(기기묘묘)한 技藝(기예)다."

두 여인의 대비뿐만 아니라, 숲속에 죽은 듯 널브러져 있는「검은 머리」속 청년들의 무기력한 모습과 갑자기 서사의 진행을 멈추고 마지막 5분 동안 삭막한 거리의 풍경만 보여주다가 끝을 맺는「태양은 외로워」의 도발적인 영화 장치가 세계의 미래처럼 보였다고도 덧붙였다.

"얘야, 넌 아버지와 영화 구경을 간 적이 없지? 난 아들과 영화 구경을 간 적이 없다. 소안입니다."

"저 역시 소안입니다."

나는 얼어붙은 손으로 천천히 딸깍이 자판을 눌렀다. 하지만 나는 웃을 수 없었다.

할아버지는 서울역에서 기차를 타고 어딘가로 가고 싶었다. 부산도 좋고 대전도 좋고 가까운 인천도 좋았다. 결혼 전 만났던, 결혼 후에도 문득 문득 떠오르는 여인과 함께 월미도 조탕潮湯에 가자고 약속하고 지키지 못한 기억이 다시금 떠올랐다. 매표소 앞에서 멍하니 서 있다 밖으로 나와 전차를 탔다. 좀더 걸어도 좋고 버스를 타도 좋지만 오랜만에 전차를 타고 싶었다. 차가운 아침 빛을 가르며 전차가 천천히 움직였다. 중림동 언덕의 약현성당이 보였고, 종소리는 들리지 않았다. 바로 서대문에 내려 버스로 갈아타야 불광동 국립보건원에 갈 수 있다. 전차가 서대문에 닿을 무렵 전차 밖으로 한 여인이 보였다. 순간 심장이 얼어붙는 것만 같았고, 몸에서 지오스민 냄새가 풍기기 시작했다. 여인은 할아버지와 손을 잡았던 옛 연인으로 보였고, 더디게 가던 전차가 갑자기 빠르게 속도를 냈고, 멈춰주오,라는 말이 목구멍으로 차올랐지만 입 밖으로 나오지 않았다. 서대문에 멈춰서 서둘러 길을 돌아갔다. 당연히 여인은 보이지 않았다.

"영화처럼 그랬단 말이지. 너와 내가 지금 이렇게 contact 하는 것보다 나는 그때의 일을 믿을 수 없다. 그 여인은 나와 헤어지고 渡日(도일)했다. 때로는 허깨비를 믿어야만 살 수 있다. 얘야, 넌 정말 이런 이야기를 좋아하느냐?"

나는 여전히 대답할 수 없었다.

할아버지는 심장을 움켜쥐고, 자기도 모르게 코를 킁킁거리며 버스를 타기 위해 힘겹게 걸음을 옮기던 중 쓰러지고 말았다. 선량한 시민들이 할아버지를 인근의 적십자병원으로 옮겼고, 할아버지의 신분을 확인한 의사는 국립의료원으로 할아버지를 긴급 이송했다.

여기서부터 태양계 R-11과 R-19, 그리고 또 다른 태양계 R-시리즈의 할아버지 운명이 달라진다. 태양계 R-11의 할아버지는 응급처치 후 자신의 녹색 반점과 함께 살아가게 되었다. 할아버지는 그간의 오욕을 씻기 위해 자신의 몸을 임상실험 하게 허락했고, 임상실험에 대한 아름다운 글인 이상의 수필 「秋燈雜筆4─寄與(추등잡필4─기여)」를 반복해서 읽으며 시간을 견뎠다. 별다른 특이점이 발견되지 않은 상태에서 녹색반점들은 점차 사라져 일상으로 돌아갔지만, 이후의 삶은 자신이 녹색점병綠色點病의 숙주로 사는 것이라 여겼다. 이듬해 월남에 파병 간 아버지가 시신으로 돌아왔다. 아들을 먼저 보낸 슬픔을 감내하며 더욱더 자신만의 세계에 빠졌던 할아버지는 1968년 6월, 잡지에 발표하는 시들을 찾아 보고 있던 시인 김수영 氏의 느닷없는 죽음에(『동아일보』 1968년 6월 18일 자─「아깝게 간 늘 젊은 詩人」) 시집 『달나라의 장난』(춘조사, 1959)를 꺼내 비가 오고 있다 여보 움직이는 悲哀를 알고 있느냐, 로 시작하는 「비」를 읽고, 그해 12월, 대한극장에서 「닥터 지바고」를 보다가 트램을 타고 가던 지바고가 창밖의 라라를 보고 심장마비로 쓰러지는 마지막 장면에서 숨이 멎는 것 같았고, 다시금 지오스민 냄새에 휩싸이기도 했다. 그렇다고 축축한 감상에 젖어 생활을 놓을 수는 없었다. 피로감 속에서도 연구에 매달리고, 국가 조직의 통제를 받아들이며 국립보건원 부원장 자리에 올랐다. 할아버지의 태양계 R-11과 나의 태양계

R-19는 곁어긋남을 보이며, 1972년 김대중 대통령이 당선되어 한국에 민주주의가 좀더 빨리 뿌리를 내렸고, 남북이 서로를 국가로 인정한 후 교류가 활발해졌고, 광주 5·18은 일어나지 않았고, 공권력에 의한 억울함 죽음은 거의 사라졌다. 하지만 다른 태양계처럼 우주의 엔트로피에 따라 여러 재난과 사건 사고로 많은 사람이 희생되고 질서와 무질서를 오가는 긴 역사의 여정을 갖게 된다. 할아버지는 퇴직 후 북한산 인근으로 이사를 했고, 매일 아침 진관사 입구로 천천히 올라가 자신만의 아지트를 찾아 무언가 잡힐 듯 말 듯 한 생각에 빠졌다 돌아오곤 했다. 어느 날 산에 올라가고 있는데 자신이 몸이 점점 축소되고 있다는 것을 알게 되었다. 소리를 지르고 몸부림을 쳤지만 소용없었다. 할아버지의 몸이 사나운 페니실륨—녹색공(penicillium—綠色球)이 되어 포스트 인간사의 시간으로 一百年 동안 숲을 구르고 있었다. 녹색공은 점점 납작해져 녹색원綠色圓이 되었고, 다시 一百年이 되자 녹색원의 면面은 사라지고 녹색고리[綠色環]만 남았고, 녹색고리 사이로 광학적 눈으로도 볼 수 없는 미소세균들이 들락거리며 녹색고리의 차원을 증가시키고 변화[換]시켰다. 하지만 이 모든 기나긴 가속의 시간이 할아버지에겐 눈 깜작할 사이였고, 그동안의 모든 역사적 사변적 감정이 휘몰아치며 몸이었던 것과 곳이 뒤틀리는 감각을

인지했다.

"기쁨은 기쁨의 반죽으로, 슬픔은 슬픔의 반죽으로. 내 몸은 꽈배기나 도넛이 되어도 좋았다."

정신과 자각이란 말이 여전히 쓰일 수 있다면, 할아버지가 정신을 차린 후에는 자신의 형상은 없었고 다차원의 숫자와 기호, 그리고 빛무리의 꿈틀거림이 보였다. 영원한 허깨비[幻]에 갇힌 것인가, 생각할 틈도 없이 그것들이 수많은 태양계의 인류가 기록한 메타 데이터들이란 것을, 그것을 보고 읽을 수 있다는 것을, 심지어 다른 태양계에 펄스시그널을 보낼 수 있다는 것을 바로 알 수 있었다. 그렇게 할아버지는 -1차원의 TELESTATIC이 된 것이다.

"얘야, 태양계 R-시리즈에서 너는 드물게 存在한다. 그러니까 소안입니다."

"저는 파안입니다. 그러면."

한결 부드러워진 마음에 나는 조심스럽게 딸깍이 자판을 두드렸고, 나의 물음에 할아버지는 조선방역연구소 시절의 이야기를 한 문장으로 보여주었다.

"無面無慘(무면무참), 不忍言(불인언—차마 말로 옮길 수 없고), 不忍聞(불인문—차마 귀로 들을 수 없다)."

나머지 이야기는 내가 찾아야 한다. 그 이야기를 기록할 수가 있을까. 내가 인용한 글들이 내가 인용하고 싶은 글들을 가려주는 작용을 하는 것처럼 내가 기록한 글들은 내가 기록하고 싶은 글들을 가려주는 작용을 한다. 내가 기록하고 싶은 글은 언제나 기록한 글의 이면에 자리하면서 어딘가로 신호를 보내고 있다. 그 신호에 피드백을 받을 수 있을까. 받을 수 없다고 하더라도.

"얘야, 괜찮다. 우리의 難解(난해)한 contact가 다른 태양계에서는 가벼운 보스락장난이 되어 있다. 태양계 R-13에서 너는 여성이고 음악을 하고 있다. 정약용의 『樂書孤存(악서고존)』과 아프리카의 Khoisan Click Language를 槪念-style(개념-스타일)로 전자음악을 연주하며 세계를 돌아다닌다."

하지만 그 여성이 저라는 것을 어떻게 알 수 있어요?라고 나는 더 이상 묻지도 궁금해할 이유도 없었다.

"얘야, 너의 태양계만 발생한 코로나19는 인간이 범한 재난이다. 영원 미지의 상태로 있어야 할 생물 영역이 있다. 그게 자연이다. 소안과 파안 속에서. 부디 자연 하라."

나는 한자 표기를 일부러 안 쓴 할아버지의 의도를 읽었다. 지우개 언어가 되어 사라진 마지막 메시지가 머릿속 쏙 독새Nighthawk의 눈동자와 깃털이 되어 반짝인다. 나는 이제 다른 밤을 지새우는 사람이 될 것이다.

허구의 현실, 그런 게 여전히 가능하다면, 그 시간으로 돌아오는 것은 어렵지 않았다. 랩톱의 바탕화면을 멍하니 바라보다가 워드 문서를 열어 문장을 쓰기 시작하면 된다. 그래서 나는 썼다.

나는 거울을 보았고, 창밖의 풍경을 보았고, 푸른 새벽의 공기 중에 떠도는 미소세균을 보았고, 허공을 쳐다보는 나를 보았고, 맹물을 마시는 나를 보았고, 이불 속으로 들어가 어떤 혼탁한 꿈도 없는 깨끗하고 깊은 잠에 빠져든 나를 보았다.

하루가 지났고 수치로 환산된 코로나19 현황표를 보면서 할아버지의 말을 다시금 떠올렸다.

"때로는 허깨비를 믿어야 살 수 있다."

우리가 지금 보고 있는 허깨비는 무엇일까. 허깨비는 사라지지 않는다. 눈에 보이는 허깨비도 눈에 보이지 않는 세균으로 뒤덮여 있을까. 나는 랩톱의 딸깍이 자판을 손바닥으로 쓸어보았다. 먼지의 결 사이사이로 녹색고리가 반짝이는 것이 보였다.

이틀이 지났고 5월이 되었다. 의정부성모병원의 폐쇄조치가 풀렸고, 다음 주에는 투석관 삽입술을 위해 아버지와 병원에 가야 한다. 할아버지의 말에 따르면, 태양계 R-13의 또 다른 나의 아버지는 중앙정보부 요원으로 계속 활동했고, 1979년 10·26사태 이후 끌려가 고문을 받은 뒤 술로 세월을 보내다 1982년 사망하게 된다. 나의 태양계 R-19 GMT +9 기준 1964년 10월 22일 아버지는 호주 상속을 받았고, 다시 군대로 복귀했다. 며칠 뒤, 월남 파병을 위한 무장 훈련 중이었던 아버지는 조기 제대를 명받게 된다. 행정실을 나와 군 위병소에 다다르자 할아버지의 시신을 확인한 검시관과 정부 요원이 기다리고 있었다.

"아버지는 뇌졸중으로 사망한 것이다."

남자의 말에 아버지는 고개를 끄덕였다. 그리고 어딘가 모를 곳에서 또 다른 훈련과 교육을 받게 된다. 나는 아버지의 말을 믿을 수 있고, 믿지 않을 수도 있다. 아버지가 계속 무언가를 쓰기를 기다린다. 설령 그 이야기가 지루하고 과장된 것이라 해도 말이다. 일전에 아버지가 쓴 글을 읽어주었을 때 첫 부분 역시 한국전쟁으로 시작했었다.

"재동국민학교 4학년 6월 달에 일어난 이야기 1950년 6월 25일 이날 살구씨를 가지고 재동국민학교 후문에서 안국동으로 가는 길에 淸國요릿집 옆에 재동한약방이 있다 살구씨를 주면 백반과 교환하여준다 교환하고 50미터 앞에 왔을 때 하늘에 요란한 소리가 들리어 쳐다보니 비행기(적기)가 날라와 우리 공군 비행기와 서로 교전하며 요란하게 서로 소리를 냈다 나는 사람들이 전쟁이 났다고 소리친다 단

숨에 뛰어 집에 와보니 할머니 어머니가 라듸오 방송에서
북측에서 인민군이 쳐들어왔다고 한다 우리는 항상 할머니
께서 미수가루(찹쌀)를 준비하여 집에서 먹고 그랬다 아버
지는 국립방역연구소에 갔다 오더니 육군 소령 계급장이 달
린 여름 각기복을 입고 오셨다"

  닳고 닳은 지리멸렬한 이야기라고 생각했는데 아버지의
어색한 문장은 생소하고 신선했다. 살구씨를 백반으로 바꾸
기 위해 한약방에 간다는 이야기는 처음 들었다. 내가 알고
싶은 이야기는 그런 것이다. 거대한 역사의 소용돌이 속에서
꿈틀대는 미소세균 같은 언어들. 아버지는 인촌 김성수 손
자와 친구였고 가회동 5번지인 그의 집에 가서 살구를 땄다
는 말을 덧붙였지만 그것보다 나의 머릿속에는 살구 향이 풍
기는 오래된 거리 풍경이 펼쳐지고 있었고, 지금도 아버지가
살구사탕을 좋아한다는 것에 새삼 의미를 부여하게 되었다.

  며칠 만에 나온 거리는 활기에 차 있다. 전 지구를 흔들고
있는 팬데믹의 폭풍 속에서 일시적일지도 모르지만, 국내
확진자의 감소와 참을 수 없이 맑은 날씨에 밖으로 사람들
이 쏟아져 나온 것이다. 가벼운 미열 같은 공기가 감돈다. 나
뭇잎이 흔들린다. 작은 새가 날아간다. 걸어가는 사람들. 반
려견을 데리고 걷는 사람. 자전거를 타고 가는 사람. 유모차
를 끌고 가는 사람. 휠체어를 타고 가는 사람. 팔뚝과 종아리

를 드러낸 사람들. 모두 마스크를 쓰고 지나간다. 이제 바로 앞에서 사람이 다가올 때 서로를 피하려고 머뭇거리는 행위는 일어나지 않을 것이다. 그만큼 거리를 두며 걸어가고 있다. 걷다 보면 뒤늦게 알게 되는 것이 있다. 가끔 마스크로 입을 가린 사람들의 미소를 어렴풋하게 느낄 수 있다. 우리가 떠난 자리에 우리의 눈빛이 남아 허공중에 부딪히고 세균이 고리를 만든다. 그 사람 역시 나처럼 태양계 R-11의 누군가와 TELESTATIC 교신을 했을 거라 믿는다. 그렇게 우리는 미소세균 같은 내밀한 영역을 우주로 확장하고 있다.

나는 지금 불광동 서울혁신파크 서울시립미술관 SeMA 창고 앞에 서 있다. 마른 풀잎들이 흔들린다. 안으로 들어가려면 몇 겹의 시간을 통과해야 한다. 시간을 통과하는 동시에 내 몸으로 풀잎들의 세균이 옮겨붙을 것이다. 세균의 마음씨와 꿍꿍이, 그리고 검은 욕망을 영원히 알 수 없지만 그렇게 나는 계속 변하고 다른 사람이 된다. 서늘한 어둠 속으로 빛이 따라 들어온다. 나는 걸어온 길을 돌아보지 않는다. 앞으로 걸어가는 것은 뒤를 돌아보는 것이다. 어떤 길은 길어졌다 짧아졌다 멀어졌다 가까워지면서 무한의 차원을 만든다. 길 위의 사람들. 우리들은 이제 어떻게 될까. 살짝 웃음을 머금은 얼굴로. 활짝 웃음이 퍼진 얼굴로. 자연 하라. 축축한 냄새. 고조되는 소리. 일렁이는 물결. 그리고 사랑.

낮을 위한 착각

아이는 식탁보 구멍에 손가락을 끼워 넣어 크기를 넓히고 있었다. 아주 탁월한 버릇이다, 아주 탁월해, 이모의 자식이 틀림없어. 이모를 잘 알지도 못하면서 나는 속으로 생각했다. 강원도 원주 치악산 기슭의 한적한 곳. 초여름의 낮. 우리는 야외 식탁에 마주 앉아 있다. 이런 풍경 속에 들어가 있게 될 줄은 몰랐다. 뜨겁지도 차갑지도 않은 적당한 바람이 불어와 온몸을 가볍게 만들지만 내 머릿속은 어떤 기억과 의심 그리고 설명할 수 없는 혼란으로 가득 차 있다. 내 앞에 큰 사람과 작은 사람이 앉아 있다. 크기가 다른 두 개의 머리가 있는 것이다. 그들의 머릿속을 들여다볼 능력이 나에게는 없다. 그들의 생각이 궁금한 것은 아니다. 나는 그들을 바라보고, 그들 사이에 있던 이모의 자취를 찾아보려고 한다.

"이름이 뭐니?"

별로 궁금하지 않았지만 믿을 수 없는 친족의 책임감을 느끼며 나는 입을 열어야 했다. 어색한 자리에서 인간이 하는 일 중의 하나가 이름을 물어보는 것이다. 이름을 물어보기 위해 우리는 닫혀 있던 입을 애써 열어야만 한다. 입을 여는 순간 침묵 속에서 지켜왔던 서로에 대한 신뢰와 기대감은 순식간에 사라지고 만다. 하지만 아이가 먼저 내 이름을 물어볼 수는 없지 않은가. 그래, 그런 일은 일어나지 않는다. 일어날 수 없지. 내가 바라는 것은 일어날 수 없는 일이 견고한 일상의 막을 찢고 스멀스멀 기어 나오는 것이다. 황토와 통나무로 만든 집이 있고, 집 앞의 정원이 있는 낯선 이 공간, 초대받지 않은 상태에서 초대받은 것처럼 나무 식탁 앞에 앉아 있는 지금 이 순간에도 나는 어떤 일이 벌어지기를 기다리고 있다. 물어보지 않아도 나무 식탁은 이 집주인이 만들었을 것이다. 그렇다면 식탁보는 누가 짰을까? 식탁 의자에 앉아 식탁보를 짜고 있는 작고 마른 손을 상상한다. 작고 마른 손을 가진 사람의 얼굴이 잘 떠오르지 않는다.

예쁘게 생겼네,라는 말을 아이는 많이 들었을 것이다. 밀가루 반죽 같은 허연 얼굴이었다. 이마와 귀의 반을 덮은 단발머리와 길게 찢어진 눈, 그리고 얇지만 석류처럼 붉은 입술이 이모를 닮았다고 말할 수 있을까. 석류처럼이라니. 석류처럼 붉은이라니. 석류처럼 붉은 입술이라니. 아이를 묘사할 능력이 나에게는 없다. 아이는 묘사의 영역 바깥에 있다.

"이름이 뭐니?"

나의 물음에 아이는 하던 일을 멈췄다. 아이의 이름보다 내가 더 궁금했던 것은 식탁보 구멍 속에 들어간 아이의 손가락이었다. 하지만 그 부분에 대해 어떻게 관심을 표명해야 하는지 모르겠다. 적당한 말이 떠오르지 않는다. 그렇게 하는 게 좋으니? 바보 같은 질문이다. 어떻게 말해도 아이는 내가 원하는 답을 주지 않을 것이다. 내가 원하는 답이라니. 애초에 그런 것은 없다. 아이의 손놀림이 멈추지 않게 좀더 지켜보는 게 좋을 것이다. 아이가 고개를 들어 나를 잠시 쳐다본 뒤 나의 바람대로 손가락 놀이를 다시 시작했다.

식탁보의 구멍과 아이의 손가락이 팽팽히 맞서고 있다. 구멍의 크기는 쉽게 넓혀지지 않는다. 그래도 계속해라, 계속해. 아무것도 너를 방해하지 않을 것이다. 너는 지금 한낮의 정신을 시험하고 있는 것이다. 무모한 도전일수록 무의미의 본질에 다가갈 수 있다. 어째서 무의미인가. 무의미를 탐구하는 것은 내가 할 일이지 아이가 원하는 것이 아니다. 아니다. 놀랍다. 아이는 무의미를 생각하지 않으면서도 무의미한 짓을 하고 있다. 인공적인 질료로 자연의 운동을 만들어내고 있는 것이다. 아이는 자신이 지금 무슨 놀이에 빠져 있는지도 모를 것이다. 단지 부끄러움을 감추는 동시에 드러내고 있는 것이다. 나도 저런 시절이 있었을 것이다. 내가 분명 가져본 몸의 형태와 움직임을. 나는 무엇에 부끄러워했고, 부끄러움에서 달아나기 위해 어떤 몸짓을 했었나. 기억이 나지 않는다. 영원한 잠 속에 빠져버린 기억이 있다. 며칠 동안 잠을 제대로 못 잤다. 이곳에 오기로 결정하고나서부터다. 어떤 기대 때문이었나. 어떤 기대를 갖고 있었어도 식탁보 구멍에 손가락을 넣어 크기를 넓히고 있는 아이보다 놀라운 것은 없다.

아이의 아버지, 그러니까 믿을 수 없지만 나에게 이모부가 되는, 짧은 머리에 개량한복을 입고 있는 남자가, 아이의 납작한 뒤통수를, 납작한지 만져본 것은 아니지만 아마 납작할 것이다, 어릴 적 잠들어 있는 이모의 뒤통수를 보며 납

126

작하다, 납작해, 어쩜 저렇게 납작할 수가 있지,라고 속으로 생각했던 기억이 남아 있다, 쓰다듬으며 말했다.

"엄마가 죽은 뒤로 말을 하지 않아요. 의사 말로는 정신적 외상으로 인한 일시적 현상이라고 했는데 반년이 다 되어 가는데도 변함이 없네요."

그가 길게 한숨을 내쉬었다. 말을 하지 못할 뿐 아이의 귀는 멀쩡할 것이다. 아이는 아버지의 말을 듣고 무슨 생각을 하고 있을까. 식탁보 구멍에 들어간 손가락을 빼서 귓구멍을 막을 수는 없을 거야. 아이는 집을 떠날 때까지 말을 하지 않을 거야. 나는 생각했다.

"이름이 같아요."

그가 말했다. 이름이 같다니 무슨 말일까? 나는 그를 쳐다보았다.

"이두하입니다. 공교롭게도 저도 이씨입니다. 애 엄마가 지었지요. 처음엔 같은 이름인 줄 몰랐어요."

어쩌자고 이모는 나의 이름을 아이에게 붙여주었을까. 정확히 말하면 나의 필명이다. 머리 두頭에 아래 하下인데 머리 아래로 글을 쓰겠다는 어처구니없는 나의 포부가 섞여 있지만, 그것보다 인간적인 사연을 품고 있는데 고등학교 시절 제일 친했던 친구인 최두하의 이름이기도 했다. 문학이란 쓸모없지만 시작하면 빠져나가기 힘든 진흙탕 중의 하나라는 말을 나에게 알려준 친구는, 녀석은 어떻게 그런 말을 알고 있었을까. 고등학교를 졸업하고 재수 시절에 교통사고로 죽었다. 친구의 말이 유언처럼 예언처럼 악담처럼 나를 괴롭히게 될 줄은 몰랐다. 친구가 살아 있었다면 나는 작가가 되지 않았을 것이다,라는 위악을 떨고 싶지는 않지만 내 삶의 첫번째 통증이었고, 소설로 치면 진부한 이야기의 시작이었다. 그리고 지금 나는 다른 소설의 진부한 시작점에 놓여 있다.

두하야,라고 그는 아이를 부르지 않는다. 두하야,라고 이모는 수도 없이 아이를 불렀을 것이다. 두하야,라고 나는 아이를 부르지 못할 것이다. 소설가가 된 나의 행적을 좇고 있었을 이모를 생각하니 가벼운 소름이 돋았다. 지금도 식탁 옆에 있는 빈 의자에 앉아 우리를 쳐다보고 있을 것만 같다. 빈 의자가 소리를 내며 움직인다. 두하야. 이모는 나를 그렇게 부른 적이 없다. 돌이켜보면 나 역시 이모를 이모라고 부른 적이 없었다. 부를 수 없었다. 이제 부를 수도 없다. 나의 원래 이름이, 이름을 갖고 있던 시절이 까마득하게 느껴진다. 그때는 어리석은 삶을 살았다. 지금은 더 어리석은 삶을 살고 있다. 두하 이전과 두하 이후로 내 삶은 쪼개질 수 있다. 그리고 지금 두하 이후의 삶의 축소판 같은 또 다른 두하의 삶을 마주하고 있다.

"그렇군요. 이두하라니."

나의 목소리에 아이가 엷게 미소를 짓는 것이 보였다. 들켰다, 이놈아. 아이의 순진함은 예기치 않은 순간에 발각된다. 그러나 과연 그것이 순진한 미소라고 어떻게 믿을 수 있을까. 미소는 금방 사라졌고, 사라진 미소의 힘으로 아이는 계속 식탁보 구멍과 손놀이를 하고 있다. 그는 이미 아이의 버릇을 알고 있을 것이다. 그는 아들의 이상한 버릇을 방관하는 무심한 아버지일까? 아들의 슬픔을 이해하는 속 깊은 아버지일까? 그만두라고 하면 더 하게 되는 아이의 심리를 파악해 포기한 것일지도 모른다. 실어증과 손놀이는 달라붙어 있는 정신적 외상의 발현인가? 실어증으로 구멍 난 언어의 속살을 아이는 식탁보의 구멍을 통해 만지고 있는 것일까?

"이제 마셔도 됩니다."

그가 식탁 위의 찻주전자를 들어 내 앞에 놓인 찻잔에 따랐다. 나에게 묻지도 않고 차를 우려놓은 것이다.

"애 엄마가 직접 따 말린 국화차입니다. 이것도 얼마 남지 않았네요. 두통에 좋을 겁니다."

내가 의아한 표정을 짓자 인터뷰 기사를 읽었다고 말했다. 두번째 책으로 신문사에서 주관하는 문학상을 받고 나서 한 인터뷰일 것이다. 소설가가 되고 나서 달라진 점이 무엇이냐는 기자의 물음에 나는 편두통이 생겼다고 말했다. 놓치지 않고 기자는 머리 아래로 글을 쓰는 거 아니었나요? 라고 실없는 웃음을 흘렸다. 한 대 때려주고 싶었다. 신문에는 관자놀이를 짚고 미간을 모으고 있는 나의 사진이 실렸다. 그리고 나는 기자의 강압에 못 이겨 1년 치 신문을 구독해야만 했다. 어느 미친 평론가는 내 글이 전두엽문학의 계보를 잇는다고 했다. 차라리 해파리문학이라고 해라. 입에 재갈을 물려주고 싶었다. 편두통이라니. 거짓말은 아니지만 다소 과장이 섞여 있는 말이었다. 일종의 작가적 허영이었

130

다. 작가라면 으레 그런 병증 하나쯤은 갖고 있어야 한다고, 누가 가르쳐준 것도 아닌데 나는 신체와 정신이 변증법을 이루는 엄살로 내 작업의 심각성을 과장하고 있던 것이다. 아닌 게 아니라 그런 말을 공표하고 나니 편두통이 점점 심해진 것도 같다. 나의 말이 씨가 되어 편두통을 가속화한 것이다. 편두통은 불안과 초조로 전이되었고 나는 모든 상황과 말과 글을 의심하느라 주어진 현실에 집중할 수 없게 되었다. 이것 역시 작가가 겪는 허영의 내분비 물질의 영향일지도 모르겠지만.

말과 글은 함부로 하거나 써서도 안 된다. 소설가가 되고 나서 알게 된 것은 그것이 유일하다. 하지만 이제 돌이킬 수 없다. 또 어떤 말을 할 수 있을까? 나는 찻잔에 고인 맑고 노란 물을 내려다보았다. 내 얼굴은 보이지 않는다. 찻잔에 비친 얼굴을 보며 다시 살아볼까,라고 썼던 시인의 말은 거짓말이다. 그는 분명 다시 살아볼까,라는 문장을 미리 쓰고 찻잔에 비친 얼굴을 만들어냈을 것이다. 다시 살아볼까,라는 문장에 감동한 독자들은 모두 발가벗겨서 다시 살 수 없는 곳으로 보내야만 한다. 그렇다면 이건 어떤가. 찻잔에 비친 얼굴을 본다. 그래 죽어야지. 그래 죽어야지,라는 문장에 놀란 독자들 역시 발가벗겨서 죽음의 유형지로 보내야만 한다. 그 시를 나는 작품에 인용했고 시인으로부터 잘 읽었다는 연락을 받아 함께 술을 마시기도 했다. 우리는 발가벗은 채 언어의 세계 바깥으로 떠나야만 한다. 그러니까 나는 아무것도 쓸 수 없고, 내가 쓰지 않는 글에 누구도 반응할 수 없다. 나는 속으로 생각하고 있지만 속으로 좀더 생각을 해야 한다. 지금 내 앞에 놓인 찻잔과 찻잔 속의 노란 차와 그리고 내 삶의 빛과 어둠을 흐릿하게 만들고 있는 두 사람과의 거리감을 좁힐 수도 넓힐 수도 없기에 좀더 생각을 해야한다. 생각을 위한 시간을 다오. 차는 그렇게 쉽게 식지 않을 것이다. 생각의 내부로 미끄러져 들어가야 한다. 또 다른 세계가 그 안에 있다. 그 세계는 텅 비어 있다. 자, 한번 들여다보자.

편두통으로 소설을 팔고 있는 소설가와 다시 살아볼까로 시를 팔고 있는 두 사람이 발가벗은 채 술집에 앉아 있다. 소설가는 둥근 잔으로 시인은 긴 잔으로 술을 마시고 있다. 술을 마실 뿐 아무 말도 하지 않는다. 먼저 입을 여는 자가 지는 내기를 하는 것만 같았다. 발가벗은 두 사람을 아무도 신경 쓰지 않는다. 아무도 신경 쓰지 않아 둘은 서로의 잔을 바꿔 술을 마신다. 그리고 차마 말은 못 하지만 네가 마시는 건 더럽다 역겹다 참을 수 없다,라고 서로를 경멸하고 있다. 남의 시선에 예민한 둘은 서로의 표정을 통해 나를 마음껏 비웃고 있군,이라고 알게 된다. 얼마의 시간이 지났을까. 둘은 누가 먼저랄 것 없이 서로의 얼굴에 술을 뿜는다. 어제 먹던 술까지 같이 뿜게 된다. 한 달 전에 먹던 술까지 뿜게 된다. 계속해서 술이 뿜어져 나온다. 언제까지 둘은 서로의 얼굴에 술을 뿜고 있을까. 그 이야기는 그만두자. 나를 구렁텅이에 밀어 넣고 있는 무의미한 생각으로부터 가까스로 빠져나오기 위해 내가 지금 찻잔 속에 손가락을 넣어 휘젓는다면 그는 뭐라고 할 것인가? 지금 무슨 짓입니까? 그의 표정이 일그러진다면 나는 손가락으로 찻잔 속에 구멍을 내고, 구멍의 크기를 넓히는 중이라고 말할 수 있을까? 하지만 구멍의 크기를 넓히려고 할수록 점점 작아져만 가는군요. 놀랍지 않습니까?

그의 시선이 나와 내 앞에 놓인 찻잔에 꽂혀 있는 것을 느낀다. 아이 역시 아버지를 따라서 시선을 나에게 던지고 있지만 손가락은 여전히 식탁보의 구멍에 들어가 있다. 너는 아버지보다 성숙한 인간이 될지도 모르겠구나. 하지만 그러려면 너는 어떤 고통과 외로움의 시간을, 그리고 무수한 착각의 밤과 낮을 보내야 할 것이다. 나는 너보다 먼저 살아가고 있지만 도무지 너에게 알려줄 게 없구나. 찻잔을 내려다

보는 사람의 망설임을 너는 이해할 수 있겠니? 나의 편두통이 이 귀한 차 한잔으로 가라앉을 수 있을까. 국화차가 편두통에 좋다는 건 이미 알고 있다. 입술에 국화차 버짐이 필 정도로 국화차를 달고 살았지만 소용없었다. 그는 나의 무지를 시험하고 있는가. 자신의 영향 아래 두려고 하는가. 이 차는 정말 다른 차인가. 어쩌면 이 차가 내 입술에 닿고, 혀에 닿고, 목구멍에 닿고, 식도를 타고 흘러내려 온몸으로 퍼져가면서 오렌지색으로, 푸른 장미색으로, 내가 한 번도 본 적 없는 색으로 바뀌어 나의 오장육부를 물들이고 편두통을 더 심하게 만들지도 모른다.

드시지요. 그는 그렇게 말하지 않았다. 그가 식탁 위로 올라가 무릎을 꿇고 드시지요,라고 말하는 것을 나는 기대하고 있는가. 아이도 그를 따라서 식탁 위로 올라가 무릎을 꿇고 어서 드세요,라고 말하게 될까. 아니, 아이는 말을 하지 못한다. 말을 하지 않는다. 말을 하지 않는 아이에게 말을 시켜서는 안 된다. 아이가 잃어버린 말을 되찾을 때까지 기다려야 한다. 너는 계속 식탁보의 구멍을 넓히고 있거라. 넌 성숙하고 아름다운 소년이 될 것이다. 침묵 속에서 시간이 흘렀다. 침묵 속에서 흐르는 시간은 때론 정신을 맑게 만들어준다. 나는 모든 것을 처음으로 되돌리기 위해 다시 이렇게 말할 수도 있다. 이름이 뭐니? 이번엔 그가 다른 이름을 말해줄 것이다. 다른 이름을. 다른 이름이라니. 다른 이름은 없다.

그가 먼저 자신의 잔에 따른 차를 마셨다. 그 동작은 아주 느리면서도 자연스러웠다. 차에 대한 나름의 예의와 규칙이 느껴졌다. 오랫동안 차를 마셔본 사람만이 가질 수 있는 여유와 자세였다. 그 점이 나를 두렵게 한다. 두렵다기보다는 질투라고 하는 게 맞을 것이다. 어째서 그에게 질투를 느끼는 것인가. 그깟 차 한잔 때문에. 차 한잔 때문에 한 사람의 머리가 폭발할 수도 있다. 한 사람의 머리가 폭발하면 한 세계가 무너지는 것이다. 질투는 편두통에 해롭다. 어서 차를 마셔라. 어서. 내 안의 목소리에 나는 귀를 기울였다. 나는 눈앞의 차 한잔도 쉽게 마실 수 없는 사람인가.

"좋군요."

그렇게 좋은 건 아니었다. 깊고 은은한 맛과 향이 입안에 감돌아야 하는데 그렇지 않았다. 차에 대해서 무지한 나지만 말린 국화 외에 다른 무언가가 들어간 것만 같았다. 산성인지 알칼리성인지 모를 혀의 뒤를 녹이는 맛이 느껴졌다. 이 고장의 물 때문인가. 그는 분명 몸에 좋은 약수를 매일 아침 떠 올 것이다. 끓여도 물의 성분은 달라지지 않을 것이다. 그 약수는 점점 사람을 이상하게 만들고 말 것이다. 이모는 그 약수 때문에 죽었는지도 모른다. 약수 때문에 몸의 기력이 점점 떨어져 픽픽 쓰러졌을 것이다. 집 안 곳곳에 쓰러져 있는 이모의 모습을 상상할 수 있을까.

"아이는 마시지 않나요?"

두하는 마시지 않나요,라고 차마 말할 수는 없었다. 이미 두하는 마시고 있으니까.

"아이들에게 국화차는 독입니다. 특히 초경 전의 여자아이에게는 더 그렇지요. 비슷한 또래의 남자아이들에게도 그렇고요."

그가 말한 초경이라는 말에는 무심코 만진 풀에 손가락을 베인 것 같은 통증이 묻어 있었다. 그의 말이 혼탁한 나의 머릿속으로 들어와 초경 전의 남자아이,라는 문장이 되어 귓속에서 메아리치기도 했다. 불면의 정신 상태 속에 스며든 차 때문인지 정신이 더 혼미해지고 있는 것일까. 혼미한 또렷함. 그것이 지금, 아무 일도 일어나지 않고 별다른 특성이 없는 인간적 상황을 마주하고 있는 지금, 내가 바라는 정신 상태일까. 나는 생각을 계속해야 한다. 초경 전의 남자아이. 초경 전의 남자아이는 여전히 식탁보의 구멍에 손가락을 넣어 크기를 넓히고 있었다. 어떻게 그걸 알고 있나요?라는 표정으로 쳐다보자 그가 기다렸다는 듯이 저의 어머니로부터 어머니는 할머니로부터,라고 옛사람들의 지혜를 우리는 버릴 수 없고, 자신도 결국 옛사람의 지혜에 남은 삶을 맡기겠다는 표정으로 말을 시작했다. 전원생활자 특유의 본색을 드러내는 것은 아닐까, 하는 생각이 들었지만 그의 말은 더 이상 이어지지 않았다. 이럴 때 신이 있다는 것을 느끼게 된다고 이미 오래전 또 다른 옛사람은 생각했을 것이다.

빨간색 스파크가 집 앞의 언덕길을 올라와 정원 앞에 멈췄다. 집주인의 차 옆에 나란히 주차를 했다. 집주인의 차는 지금 고장이 나 있다. 원주 터미널로 마중을 나오기로 한 그는 차가 고장 나 택시를 타고 오라며 미안해했다. 새삼스럽게 그의 차가 멀쩡한 것이 아닌가 하는 생각이 들었다. 아이가 순식간에 식탁보에서 손가락을 빼고 일어나 차 앞으로 달려갔다. 아이의 뒷모습이 무척이나 가벼워 보였다. 차에서 내린 여자는 하늘색 원피스에 겨자색 카디건을 걸치고 있었다. 손에는 네모 납작한 갈색 가방이 들려 있었다. 아이

가 여자에게 다가가 인사를 했고, 여자가 아이의 머리를 쓰
다듬었다. 뒤통수가 더 납작해졌구나. 여자는 그렇게 말하
지 않을 것이다.

"피아노 선생입니다. 학교는 쉬지만 피아노는 계속하고
싶어 해서요. 엄마하고의 약속을 지키고 있는 겁니다."

마지막 말은 비밀스럽게 들렸다. 피아노 선생 옆에 선 아
이의 얼굴은 이전보다 밝아 보였다. 그건 아이의 아버지도
마찬가지였다. 좀전까지 전원의 풍경을 뒤덮을 만한 먹구름
같은 생각에 사로잡힌 내가 그들의 눈앞을 어둡게 만들었는
지도 모른다. 나는 아이의 손가락이 들어 있던 식탁보의 구
멍을 찾아보기 위해 고개를 숙였다. 축 늘어진 식탁보의 구
멍이 나를 비웃고 있는 것만 같았다.

"이분은 서울서 온 손님입니다. 글을 쓰시지요."

그가 일어나 나를 가리키며 말했다. 뒤의 말은 하지 않는
게 좋았을 것이다. 그는 나에게 이모의 조카라고 말하지 않
는다. 나에게 말을 놓지도 않는다. 처음부터 그게 궁금했지
만 묻지 않았다. 앞으로도 계속 그럴 것이다. 그 점 때문에

나는 그를 신뢰하고 별다른 태도 없는 그의 행동을 참아줄
수 있는 것이다. 나 역시 그를 이모부라고 부르지 않을 것이
다. 이 집을 떠나면 다시는 그를 만나지 않을지도 모른다. 그
래도 헤어질 때 나는 또 찾아오겠다는 말을 할 것이다. 그게
나의 한계이다. 더 이상 찾아오지 마시오. 그가 그렇게 말한
다면 나는 어떤 들뜬 기분에 사로잡혀 다시 찾아올 것이다.
이것이 우리들이 인간으로 살아가는 이유다. 나는 속으로
생각하며 마지못해 일어나 여자에게 인사를 했다. 안경을
낀 피아노 선생의 왼쪽 눈이 초점을 맞출 수 없는 것처럼 보
였다. 나의 착각일지 모르지만 눈 때문에 안경을 끼고 있는
것 같았다.

"네, 안녕하세요. 그럼."

네모 납작한 갈색 가방이 가볍게 흔들렸다. 전체적으로
낮은 톤의 목소리였지만 미세하게 음의 고저가 느껴졌다.
피아노 선생이 집으로 들어가 운동화를 벗고 슬리퍼로 갈아
신고 걷는 소리가 들린다. 쓰삭 쓰삭 쓰사샤삭 쓰샥삭.

"피아노를 좋아하나 보군요."

두하가 피아노를 좋아하나 보군요,라고 나는 말을 하지 못했다. 두하는 피아노를 좋아한 적이 없으니까. 두하는 피아노를 좋아하지만 피아노를 좋아한다고 말할 수 없다. 느닷없이 피아노 조율사가 등장하는 실패한 소설이 떠올랐다. 그 미완의 소설을 기억하기 위해 나는 이곳에 온 것인가. 이모가 아니라 피아노 선생을 만나기 위해서. 예고에 없던 피아노 선생의 출현으로 내 교란된 자율신경계의 피아노 줄이 팽팽해졌다. 미완의 소설을 완성시킬 수 있을 것 같은 알 수 없는 기대감이 잠시 부풀어 올랐다가 꺼져버렸다. 찻잔 속의 차는 이미 차갑게 식어 있었다. 마셔보지 않아도 알 수 있다. 쓰지 않아도 마지막 문장을 알 수 있는 글이 있다. 살아보지 않아도 끝을 알 수 있는 삶이 있을까. 나는 그런 삶을 모른다. 그럼 어떤 삶을 아는가. 나는 내가 쓰려다 만 이야기의 삶밖에 모르는 게 아닐까.

"선생님이 아니었으면 두하는 더 힘들었을 겁니다."

그는 자신의 남은 차를 마신 뒤 말했다. 차도 잘 마시고 말도 잘하는 사람이다. 자신의 삶도 잘 알고 있을 것이다. 그런데 나는 왜 이 사람에게 곱지 않은 시선을 갖고 있는 것일까. 그에 대한 시선을 더 극단적으로 몰고 가기 위해 나는 그의 생각을 읽어보려고 했다. 그는 이렇게 말하고 싶을 것이다. 저 역시 피아노 선생님이 아니었으면 더 힘들었을 겁니다.

"잠시만 계세요. 간식 좀 갖다주고 오지요."

나의 생각을 읽은 그가 나의 어깨를 스치며 집 안으로 들어갔다. 피아노 선생에게도 국화차를 대접할까. 선생에게는 좀더 좋은 차를 대접하지 않을까. 아이는 선생님이 마시는 차를 자신도 마시고 싶어 할 것이다. 초경 전의 남자아이가 바라는 세계는 어떤 불명확한 그림일까. 집 안 어딘가에서 피아노 소리가 들려오기 시작한다. 언젠가 한 번쯤 들어봤을 멜로디지만 곡명은 알 수 없다. 나는 피아노 소리의 멜로디를 콧소리로 흥얼거리며, 그럴 기분은 전혀 아니었지만, 일어나 집 주변을 둘러보기 위해 주변을 어슬렁거렸다. 정원 한쪽에 창고가 있고, 창고 뒤에는 작은 우리가 쳐져 있었다. 우리 안에는 갈색 닭 한 마리가 아주 천천히 움직이고 있었다. 오랜만에 살아 있는 닭을 보게 된 나는 잠시 움찔거렸지만 닭이 우리 안에 갇혀 있다는 것을 다시금 확인하고 좀더 가까이 다가가 지켜보기로 했다. 처음에 나를 쳐다보던 닭은 이내 고개를 돌려버렸다. 고개를 돌린 채 닭 특유의 행동인 것처럼 이리저리 머리를 흔들고 있었다. 이봐,라고 불

러보기도 했고, 어이,라고 불러보기도 했고, 심지어 두하야,
라고 불러보기도 했지만 여전히 고개를 돌린 채 어떤 생체
리듬을 갖고 머리를 흔들고 있었다. 작은 자갈을 툭 발로 차
닭에게 보내주었다. 닭이 옆으로 몸을 움직이며 피했다. 뭐
라고 말 좀 해볼 수는 없니? 두하는 매일 이 닭을 보며 자연
의 세계를 이해하고 있을까. 나처럼 자연에 대한 공포 따위
는 없을 것이다. 살아 움직이는 모든 것은 공포다. 살아 움직
이는 모든 것은 언어 이전의 공포일 뿐이다. 그 공포를 물리
치기 위해서는 공포를 끌어안아야만 한다. 설명할 수 없는
공포 뒤에는 어떤 언어가 따라올 수 있을까. 당장 이곳에서
도망칠 수 있는 방법은 없을까.

나는 정원 쪽으로 걸음을 옮겼다. 등교를 거부하고 학교
와 반대 방향으로 걸어가는 아이처럼 땅을 툭툭 차며 걸었
다. 흙먼지가 일었다. 흙먼지가 나를 뒤덮을 수는 없을까. 흙
먼지 속에서 사라질 수는 없을까. 나는 집주인의 딥블루 티
볼리 차 앞에 서서 운전석 유리창의 먼지를 손으로 닦아냈
다. 유리창에 이마를 댔다. 차갑지도 뜨겁지도 않았다. 차 안
은 깨끗하게 정돈되어 있었다. 조수석 앞에 놓인 강아지 인
형이 목을 흔들고 있었다. 그것이 나에 대한 작은 신호 같아
무심코 차 문의 손잡이를 잡았다. 이럴 때 신이 찾아와주면

얼마나 좋겠는가. 다행인지 불행인지 문은 열리지 않았다. 할 수 없이 나는 차 안을 계속 들여다보며 뭔가 나를 자극할 만한 것을 찾았지만 별다른 소득은 얻지 못했다.

"그놈입니다."

뒤를 돌아보면 안 돼,라고 생각하면서 나는 뒤를 돌아보았고, 뒤를 돌아보자 내가 여전히 닭 앞에 있다는 것을 알게 되었다. 나는 내가 본 것을 나에게만 말할 수 있는 벌을 받고 있는지도 모른다. 그가 내 옆으로 다가왔다.

"저 닭입니다."

그는 내가 그런 것처럼 발로 자갈을 툭 차서 닭에게 보냈다. 마치 이전의 나의 모든 행동들을 지켜본 뒤 나의 잘못을 탓하고 있는 것만 같았다. 정확히 닭의 다리를 맞추려던 찰나 닭이 소리를 지르고 날개를 퍼드덕거리며 피했다. 닭의 몸짓과 소리가 나의 의식을 깨뜨렸다고 말한다면 거짓말일 테지만 어떤 사소한 사건이라도 우연의 그물에 걸리면 또 다른 세계가 열릴지도 모르겠다는 생각을 다시금 했다. 그 생각 때문에 나는 이곳에 온 것이다.

"오늘도 나는 아들 몰래 닭에게 복수를 했습니다. 하지만 그 복수는 실패로 끝났고, 복수는 내일로 다시 미뤄질 겁니다. 해가 지기 시작하는 오후에 나는 닭에게 복수를 합니다. 바로 아내를 위한 복수이지요."

그는 태어나자마자 죽어가는 병아리처럼 말을 하기 시작했다. 들을수록 다소 지루하고 콧물이 묻어날 것 같은 그의 말을 나는 내가 원하는 방식의 화법으로 바꿔 들었다. 화법을 바꿔 듣자 그가 나의 혀를 빌려 말을 하고 있는 것처럼 느껴졌는데 그래도 달라지지 않는 것은 그의 삶이라는 것이다. 그의 삶이 나의 머릿속으로 영역을 넓히려고 했다. 나는 그의 삶에, 삶의 목소리에 긍정도 부정도 아닌 신호를 보내며 고개를 끄덕였다.

"아내가 쓰러진 건 저 닭 때문입니다. 평소에 닭을 잡는 것은 나의 몫인데 그날은 아내가 닭을 잡겠다고 말하더군요. 작고 고운 손으로 닭을 잡겠다니, 나는 놀랍고 재밌기도 해서 어디 한번 그래보라고 했지요. 아이는 학교에 가 있었고, 우리 둘밖에 없었는데, 아내는 자신이 닭을 잡을 동안 보이지 않는 곳에 있으라고 했지요. 종종 엉뚱한 말과 행동을 해서 별다른 내색은 하지 않았지요. 이해할 수는 없었지만 저는 아내의 그런 점을 좋아했습니다. 귀엽다고 생각했지요. 저는 집으로 들어가 낮잠이나 자야겠다고 말하며 아내를 안심시킨 뒤 집 뒤에 몰래 숨어 아내가 닭을 잡는 것을 지켜보기로 했습니다. 닭을 잡으려고 했지만 쉽지 않아 보였습니다. 처음엔 그런 줄로만 알았습니다. 하지만 계속 지켜볼수록 일부러 닭이 도망갈 틈을 준 뒤 잡으려 하는 것처럼 보였습니다. 아내가 다가가면 닭은 도망쳤습니다. 닭을 잡으려던 찰나에 아내는 멈췄습니다. 몇 번이고 비슷한 동작이 반복되는 것을 보니 닭과 어떤 교감 속에서 놀이를 하고 있는 것만 같았습니다. 나는 이상하게 닭에게 질투를 느꼈고, 당장 닭에게 달려가 모가지를 비틀고 싶어졌습니다. 그런 기분이 들자 아내에게 한 번도 질투의 감정을 느낀 적이 없다는 것을 새삼 깨닫게 되었습니다. 모퉁이에 숨어 아내를 지켜보면 누구나 질투를 느끼게 되는지도 모르지요. 하지만 그 감정이 간단히 질투라고 말할 수 있을까요. 아내가 쓰러진 건 닭 때문입니다. 아니 아내가 쓰러진 건 닭에 대한 저의 이상한 마음 때문입니다. 결국 저는 아내와 닭을 향해 걸어갔고, 그 순간 저를 본 아내가 놀라 닭에게 달려들었고, 닭이 아내를 피해 공중으로 날아올랐고, 날고 있는 닭을 잡기 위해 아내가 몸을 날린 뒤 무언가에 걸려 바닥에 꼬꾸라지고 말았습니다. 내가 달려갔을 때 아내는 이미 정신을 잃은 상태였고, 닭은 아내 주위에서 부리로 뭔가를 쪼고 있었지요. 그날 이후로 아내는 정신이 돌아오지 않았고, 저는 그 닭만 남기고 남은 닭은 모두 처분했습니다. 그 닭이 바로 지금 우리가 보는 닭입니다. 나는 매일 오후 아들 몰래 닭에게 복수를 합니다. 아들에게는 설명을 할 수가 없습니다. 아내는 왜 닭을 잡겠다고 말했을까요. 나는 왜 아내가 끝까지 닭을 잡는 것을 조용히 지켜볼 수 없었을까요. 설명할 수 없는 일이 너무나 많습니다."

　설명할 수 없는 일이 너무나 많다. 그의 눈가가 촉촉하게 젖어 있었지만 나는 그에게 어떤 말도 할 수 없었다. 이건 좀 웃어야 될 상황이 아닌가. 나는 속으로 생각했지만 그 생각은 이내 나 자신을 비웃게 만들었다. 나는 두하가 말을 잃은 것은 말을 잃은 것이 아니라 정신을 잃은 엄마와 교감하기 위해 침묵의 언어를 선택했다고 말하려다가 그만두었다. 말하려다가 그만둔 말이 얼마나 많은지 모르겠다.

　그와 내가 침묵 속에서 저물어가는 눈앞의 풍경을 바라보고 있을 때 피아노 선생과 아이가 밖으로 나왔다. 피아노 소리가 언제 멈췄는지 알 수 없었다. 피아노 선생과 아이 그리

146

고 남자만 공유하는 눈빛과 미소가 오갔다. 나는 바닥에 누워 울음을 터뜨리는 작은 사람이 되었다. 여기서 달아나고 싶었다. 제가 좀 얻어 타도 될까요,라고 말하기 전에 피아노 선생의 차가 흙먼지를 날리며 집을 떠났다. 선생이 떠나자 아이는 다시 방으로 들어가 피아노를 쳤다.

"피아노 치는 것을 봐도 될까요?"
"남이 보는 걸 싫어해서요."

그가 말했다. 그에게 묻지 않고 아이에게 바로 말했다면 다른 반응이었을지도 모른다. 저녁 먹으며 약주 한잔하고 내일 가라는 그의 말을 거절할 수 없었다. 그가 안내한 손님 방으로 들어갔다. 방 안에는 돗자리가 깔려 있고 작은 책상이 놓여 있었다. 책상 앞에는 창이 나 있었고, 창밖으로 빛의 잔상으로 흔들리는 풍경이 보였다. 이 방에서 어쩌면 나가지 못할 것 같은 예감이 들었다. 그 예감은 나를 책상 앞 의자에 앉게 만들었다. 공간의 압박이 이상하게 머릿속을 부드럽게 만들어놓았다. '나는 방에 어울리는 인간이다. 밖을 생각하고 누군가를 떠올리기에 적합한 방이다. 나는 그 방 속에 있다.' 나는 누군가가 쓴 글을 떠올렸다. 아이의 방에서 피아노 소리가 들린다. 창밖으로 세상이 저물어가고 있다. 세상이 무너져가고 있다고, 과장할 수도 있을 것이다. 그러나 할 수만 있다면 지금은 눈앞에 비친 세계를 되도록 사실적으로 보고 싶었다. 내가 꿈꿔본 적 없는 목가적 풍경이 주변에 가득 차 있다. 눈에 초점을 풀고 의자에 앉아 돗자리에 누워 있는 이모를 쳐다보았다. 나에게 사실이란 눈앞이 아닌 눈 안에 비친 세계다. 팔베개를 한 이모는 깊은 잠에 빠져 있었고, 긴치마 밑으로 나온 발목이 말라 보였다. 나는 팔을 뻗어, 팔이 고무처럼 길게 늘어났다, 손가락을 이모의 코 밑에 갖다 대었다. 살아 있구나. 가벼운 숨결이 느껴졌다. 코 밑의 작은 솜털들이 미세하게 흔들렸다.

미뤄두었던 이모에 대한 기억으로 머릿속을 정리할 때가 왔다고 생각했다. 생각을 하며 저녁 자리에서 내가 해야 될 말과 하지 말아야 될 말을 골라내야 한다. 하지만 나는 이모에 대한 어떤 말도 하지 않을 것이다. 이모와의 추억은 특별한 것이 없다. 외갓집과 사이가 좋지 않은 어머니로 인해 그다지 왕래가 많지도 않았다. 다만 외할아버지의 두번째 부인에게서 태어난 이모와 내가 몇 개월 차이로 같은 해에 태어났다는 것, 특이한 가계도 탓인지 서로를 볼 일도 거의 없었지만, 가끔 만나면 서로를 의식적으로 피했다는 것. 내가 대학 졸업 후 글을 쓰겠다고 집에 처박혀 있었을 때 받은 한

통의 전화를 받은 것이 기억에 남아 있기는 하다. 그즈음 이
모가 집을 나가 어딘가를 떠돌고 있다는 이야기를 들었는데
정확한 사연은 누구도 얘기를 해주지도 나 역시도 궁금해하
지 않았다. 어느 날 밤 이모는 전화로 큰언니인 어머니를 찾
았고, 어머니가 없다는 말에 풀이 죽은 목소리가 되었다. 그
러다가 두서없이 서로의 근황을 물어보다가 내가 글을 쓰고
있다는 말을 하자, 자신도 원래 글을 쓰고 싶었다는 말을 했
다. 몇몇 작가 이름이 서로 거론됐지만 일치하는 이름은 없
었다. 간간히 이어지던 침묵을 깨며 이모는 너는 왜 나에게
이모라고 부르지 않아?라고 말했다. 그러곤 이상한 웃음소
리가 들렸다. 크크키흭. 아마 그런 비슷한 소리였다. 그제야
이모가 약간 술에 취했다는 것을 알았다. 일상의 말을 건네
기 위해서도 많은 망설임과 용기가 필요했다. 지금 어디냐
는 물음에, 너 돈 없지? 아니 됐다,라는 말을 남기고 이모는
전화를 끊었다. 그게 다였다. 그 이후론 전혀 연락이 없었다.
며칠 동안 이모의 웃음소리가 머릿속을 괴롭히다가 사라졌
다. 크크키흭. 가끔 어머니에게 물어보면 몰라, 미친년,이라
는 말이 돌아올 뿐이었다.

　지금 내가 떠올리는 이모에 대한 기억이 맞는지도 확신할
수 없다. 하지만 한 사람이 기억 속에서 서서히 사라져버린

것과 달리 시간의 공백을 뚫고 갑자기 떠오를 수도 있다. 나
는 생각을 계속해야 한다. 그 생각이 착각의 궤도를 돌고 있
다고 해도 멈추지 말아야 한다. 이모가 죽었다는 소식을 들
었을 때 나는 여자친구와 대만에 있었고, 한국에 있었어도
장례식장에 갔을지는 알 수 없다. 다만 갑자기 머릿속에서
많은 문장이 지워져버리고 그 여백에 이모라는 대상이 가득
차버린 것이다. 이모는 내 방에 누워 있다. 그날 무슨 일이
일어났는가. 아무 일도 일어나지 않았다. 아무 일도 일어나
지 않아서 그날은 내 머릿속에 깊게 남아 있는 것인지도 모
른다. 축축한 어깨로 학교에서 돌아와 방문을 열었다. 낯선
여자가 내 방에 누워 있었다. 고등학교를 그만둔 이모였다.
잠시 후 잠이 깬 이모는 팔로 입가를 쓱 훔치고는 아무 일도
아니라는 듯 나를 힐끔 쳐다보더니 밖으로 나가며 말했다.
너, 뭐야. 그날의 이모와 지금의 이모는 같은 이모가 맞을까.

  돗자리에 누워 있는 이모는 종이처럼 가볍고 종이처럼 떨
린다. 저 몸으로 두하를 만들고 두하를 낳았다는 것이 놀랍
다. 나는 얼마 전부터 눈꺼풀의 내부에 달라붙어 있는 이모
의 환영과 그 환영의 메시지를 이해하기 위해 반복해서 되
뇌고 있는 '불명확한 그림이 종종 바로 우리가 필요로 하는
것이 아닌가?'라는 비트겐슈타인의 문장을 중얼거렸다. 이

모의 환영은 너무나 또렷해서 불명확해 보인다. 나는 그것
이 필요하다. 그 문장과 이모의 환영은 아무 상관이 없을지
도 모른다. 아니 그게 맞을 것이다. 그러나 상관이 없는 두
개의 무언가가 부딪히고, 그 부딪힘에서 떨어져 나간 파편
들이 내 머릿속에 꽂혀 있는 것이다. 저물어가는 오후의 어
둠이 머리를 가볍게 움켜쥐는 것만 같다. 어둠의 손아귀에
나는 들어 올려져 이동한다. 이모가 누워 있던 돗자리에 나
의 몸이 눕혀지고 나는 기억의 윤곽을 더듬다 허공의 어떤
구멍을 찾아 손가락을 넣어 무의미한 크기로 구멍을 넓혀가
면서 잠에 빠져든다. 잠 속으로 피아노 소리와 음식 냄새가
스며들어온다. 나는 웃어야지 하면서 미소를 만들어냈다.
이런 잠에 빠져든 지 얼마나 오래되었나.

아주 짧은 단잠의 끝에서 노크 소리가 들렸다. 눈을 뜨자
방 안은 총천연색 어둠으로 가득 차 있었고 창밖으로 희미
한 불빛이 보였다. 문이 열리고 누군가 방으로 들어왔다. 불
을 켜지 마라, 켜지 마! 나는 속으로 소리를 질렀다. 하지만
이미 너무 늦었다. 아이의 얼굴이 눈이 부실 정도로 환했다.
너, 뭐야. 낮에 본 아이는 저녁에 훌쩍 큰 것처럼 보였다. 너
는 낮보다 밤에 잘 자라는 아이구나. 내가 미간을 살짝 찌푸
리며 바라보자 아이가 입을 열었다.

"아빠가 저녁 드시러 오래요."

그러나 두하의 목소리는 들리지 않았다.

밤을 위한 착각

화병을 들고 너의 집으로 갔다. 다리를 절뚝거리며 갔다. 너는 없었다. 네가 없는 너의 집에서 나는 화병을 들고 있었다. 아래는 둥글고 위는 뾰족한 화병을 들고 나는 너를 기다렸다. 네가 오기를 기다렸다. 어슴푸레한 거실에서 화병을 들고 너를 기다렸다. 어두운 거실에서 화병을 들고 너를 기다렸다. 캄캄한 거실에서 화병을 들고 너를 기다렸다. 암흑 속에서 나는 기다린다. 얼마나 더 기다려야 기다렸다고 말할 수 있을까. 어두워진다는 것은 무엇일까. 암흑 속에서 인간은 무엇을 볼 수 있을까. 밤인가. 두 다리가 멀쩡한 너는 오지 않았다. 나는 너를 기다렸다. 네가 오지 않기를 기다렸다. 너는 돌아오지 말아야 한다. 네가 오면 나는 무릎을 꿇어야 한다. 나는 나를 설득해야 한다. 무릎 꿇게 만들어야 한다. 너에게 무릎을 꿇어야 한다. 어떻게 꿇을 수 있을까. 나는 자연에 저항하는 인간이 아니다.

불을 켰다. 화병에 비친 일그러진 내 얼굴에 놀랐다. 공포는 어둠 속이 아니라 빛 속에 있다,라는 문장이 떠올랐다. 빛에 노출된 화병 속에서 얼굴을 좀더 일그러뜨리며 생각을 진전시키려 했지만 생각은 앞으로 나가지 않았다. 뒤로도 가지 않았다. 그건 내 머릿속 문장이 아닌 어디선가 읽은 구절이기 때문이다. 빛의 발견 이후 인간은 공포라는 것을 알게 되었다. 이것도 읽은 구절인가. 아무려나. 같은 저자는 아닐 것이다. 모른 척할 수 없다. 나는 이렇게 말해야 한다. 단지 나 자신에게 놀랐을 뿐이오. 누가 듣고 있다고.

처음부터 다시 시작할 수 있다. 이제 막 너의 집에 들어온 것처럼 어슴푸레한 거실에서 화병을 들고 서 있을 수도 있었다. 네가 오기를. 네가 오지 않기를. 하지 말자. 그럴 수 있는 일은 그렇게 하지 않는 편이 좋다. 너를 통해 배운 유일한 교훈이다. 아무리 별 볼 일 없는 인간이라 해도 참고 견디면 배울 점이 있게 마련이다. 인간이란 백지로 만든 교과서다. 이 구절은 읽은 기억이 없다. 나의 것이라 여기자. 나의 것이 맞다. 내 거다, 내 거. 그래, 너는 내 거다. 다른 사람으로 인해 백지는 금세 지저분해진다. 결국 까맣게 된다. 먹지가 되지는 않는다. 먹지는 베껴 쓸 수 있기라도 하지. 이렇게 정의할 근거는 희박하지만 좀더 말할 필요를 느낀다. 나는 너에게 배웠다. 너로 인해 내 잠재된 무능력을 학습할 수 있었다. 나는 너라는 학교에서 퇴학당했다. 그것은 내가 무단으로 결석과 조퇴를 일삼았기 때문이다. 너는 나라는 학교에서 무엇을 배워갔을까. 배운 대로 써먹는 자는 그렇게 많지 않다. 우리는 서로에게 불량 학생이었다. 애초에 부실한 학교였다. 낙제생들을 위한 학교였다. 잘못 배우고 잘못 가르쳤다. 잘못 써먹고 있다. 그러니까 할 말이 많다.

화병을 테이블에 놓았다. 뭔가 이상했다. 주방으로 갔다. 받침으로 쓸 이가 나간 접시를 찾았지만 찾을 수 없었다. 착각했다. 화병을 화분으로 착각했다. 착각은 나의 오래된 병이다. 착각병이다. 너는 나의 착각병을 사랑했다. 너를 즐겁게 하기 위해 나의 착각을 내버려두었다. 착각에 가속도가 붙었다. 착각은 점점 심해져 착각병이라 부를 수 있게 되었다. 착각병이 더 악화되도록 나를 둘러싼 모든 것들을 착각하기에 이르렀다. 시간이 지나자 너는 나의 착각병을 경멸했다. 나는 지금 착각병 말기에 있다. 네가 나에게 빠진 것은 착각병으로 인한 못 말리는 나의 귀여움 때문이었고, 네가 나에게서 빠져나가려 한 것은 착각병으로 인한 참을 수 없는 나의 어리벙벙함 때문이었다. 너는 나를 눌렀고 나를 때렸다. 그럴 때마다 나는 뚜껑을 잃은 케첩 병처럼 어쩔 줄 몰라 했다. 더 누르고 더 때릴 수 있었지만 너는 제풀에 지쳐 그만두었다. 할 수 있는데도 끝까지 하지 못하고 손을 놓고 마는 너의 성격을 나는 사랑했다. 유별날 것 없는 너의 성격에 나는 병명을 붙여주고 싶었지만 적당한 말이 떠오르지 않았다. 여전히 그렇다. 제풀에 지쳐 나가떨어지는 병,이라고 부를 수는 없을 것이다. 왜 그렇게 부르지 못하는가에 대해서는 나중에 따져볼 것이다. 어쩌면 그것이 너와 나 사이의 엉켜버린 관계를 풀어줄 수 있는 유일한 열쇠 같은 것인지도 모른다.

테이블에 놓인 화병을 보면서 애초에 꽃을 사려 한 건 아니었을까 하는 생각이 들었다. 역시 착각병 때문이었을까. 꽃을 사야지 하고 마음먹고 길을 걷다가 어떤 알 수 없는 충동에 이끌려 화병을 산 것일까. 꽃을 화병으로 착각한 것일까. 꽃꽃꽃, 시작하는 노래를 하다가 화병화병화병, 이어지는 노래를 머릿속으로 부르고 있던 것은 아닐까. 그 노래는 끝이 날 수 있을까. 노래가 끝날 때 나는 어디 서 있게 될까.

여전히 화병을 들고 서 있을 수 있을까. 꽃병이 아니라 왜 화병이었을까. 화병을 주세요. 분명히 말했었다. 그렇다. 화병이 먼저고 꽃이 나중이다. 화병은 꽃을 기다리지만 꽃은 화병을 기다리지 않는다. 무슨 근거로 이런 말을 하고 있을까. 화병을 기다리다 시들어버린 꽃에 대한 이야기를 들어본 적이 없다. 들어본 적 없는 이야기를 그럴싸하게 꾸며대고 싶기도 하다. 많은 이야기가 그렇지 않은가. 그런 이야기에 자주 속아주지 않았는가. 꽃은 화병을 기다리다 시들고 화병은 꽃을 기다리다 깨진다. 꽃은 조바심 때문에 시들고 화병은 인내심이 부족해 깨진다. 뭐, 이런 이야기가 다 있을까. 견딜 수가 없다. 정신에 해로운 이야기다. 육체에 해로운 이야기는 어떤 것일까. 다리를 못 쓰게 만드는 이야기는 없을까. 조바심을 내며 이야기를 할 필요도, 인내심을 갖고 들어줄 필요도 있다.

　너는 꽃을 좋아했었나. 너는 한 번도 나에게 꽃을 사 달라고 한 적이 없다. 너는 나에게 왜 꽃을 사 달라고 하지 않니. 나의 말이 너의 뿔난 감정을 찔렀는지 너는 인상을 찌푸렸다. 그렇게 물어보기 전에 꽃을 사 줘야 하는 거 아냐,라고 너는 받아쳤다. 마치 화를 내려고 기다렸다는 듯한 말투였다. 너의 말을 듣고 나는 이전처럼 너에게 꽃을 사 주지 않았다. 너는 왜 나에게 꽃을 사 주지 않니. 네가 그렇게 말했다면 나는 너에게 꽃을 사 주었을까. 모르겠다. 내가 너에게 꽃을 사 줘야 하는 이유가 없듯 너 역시 나에게 꽃을 안 사 줄 이유는 없다. 너는 왜 나에게 꽃을 안 사 주나. 나 역시 왜 그렇게 말하지 못했을까. 만약에 그런 말을 했다면 너는 나에게 꽃을 사 주었을까. 역시 모르겠다. 이제 너와 나 사이에는 지난 시간을 배반할 가정법만 남았다. 가정법은 아무것도 달라지게 만들지 못한다. 하지만 가정법 말고 우리를 떠올리게 하는 것이 무엇이 있겠는가.

나는 너에게 꽃을 사 주지 않을 것이다. 너도 나에게 꽃을 사 주지 않을 것이다. 그나저나 꽃이라면 어떤 꽃을 말하는 것일까. 나는 어떤 꽃의 이름도 자신 있게 말할 수 없다. 잘못 부를 자신은 있다. 너와 나 사이에 꽃에 대한 기억이 있다. 아니 그건 꽃의 이름에 대한 기억이다. 기억의 유용함을 실험해볼 필요가 있다. 착각의 유용함이라고 해도 좋다. 나의 착각이 이 밤의 유일한 진실임을 증명해야 한다.

너와 나는 산에 간 적이 있다. 꽃 때문에 간 것은 아니다. 그럴 리가 있겠는가. 꽃 이야기는 천천히 하자. 꽃 이야기를 꼭 해야 하는가. 하기 전부터 하기 싫어진다. 일단 산으로 가

160

자. 산에 가자고 조르는 너에게 못 이겨 그러겠다고 했다. 왜 바다가 아니고 산이야, 물어보려다 말았다. 산에 가본 지 너무나 오래되어서 어떻게 올라가는지, 어떤 냄새인지, 무엇을 보게 될 것인지 궁금하기도 했다. 못 이기는 척 너의 제안을 받아들였다. 산에 가면 말해줄 건가. 내가 물었다. 산에 가봐서. 우리는 내일 산에 가는 거야. 산에 가기 전날 너는 말했다. 우리는 내일 산에 간다. 나는 내일 산에 간다. 나는 왜 내일 산에 가는가. 왜 너와 산에 가야 하는가. 잠들기 전 잠꼬대처럼 중얼거렸다. 잠이 쉽게 오지 않았다. 평소에도 잠이 쉽게 오지 않았지만 오늘은 더 특별하게 잠이 오지 않는군. 어제보다 더 알 수 없는 불안에 휩싸였다. 산에 한번 올라가면 영영 못 내려올지도 몰라. 산이란 그런 것이야. 한 발은 정신을 끌고 다른 발은 육체를 끌게 될 거야. 이럴 때마다 인간의 다리가 두 개인 것이 얼마나 다행인지 모른다. 그러다가 지치면 정신과 육체가 분리될 수 없다는 것을 깨닫고, 정신 곁의 육체를, 육체 사이의 정신을 산에 빼앗기고 말거야. 반 토막이 날 거야. 설사 가까스로 산에서 내려와도 그건 내 본래의 정신과 육체가 아닐 거야. 산의 정신, 산의 육체가 되었을 거야. 하지만 도대체 산의 정신, 산의 육체가 뭐람. 밤새 뒤척이다 새벽이 되어서야 겨우 잠이 들었다.

등산화 대신 번쩍거리는 수제화를 신은 것을 보고 너는 나를 놀려댔다. 핀잔이 아닌 재밌어죽겠다는 표정을 지었다. 그때까지만 해도 너는 나의 모든 행동에 좋아라, 했었는지 모른다. 나의 의도가 성공한 것이라 착각했다. 수제화는 처음 신어보는 것이었다. 아버지가 맞춰 준 것인데 특별한 날에 신으려고 신발장에 보관한 것이었다. 쑤셔 넣어둔 것이다. 처박아둔 것이다. 몇 년이 지나도 특별한 날이 찾아오지 않았다. 이 정도면 특별한 날이 아닐까, 하는 생각을 하게 만드는 날도 있었지만 쉽게 수제화 속으로 발이 들어가지 않았다. 당연하게도 나보다 먼저 죽은 아버지의 장례식 날에도 마찬가지였다. 죽은 아버지 이야기를 해야 할까. 그만두자. 죽은 자에게는 신경을 꺼야 한다. 한번 시작하면 걷잡을 수 없게 되는 것이 죽은 자에 대한 이야기다. 죽은 아버지라면 더더욱 그렇다. 죽은 아버지가 생각날 때마다 수제화를 꺼내 광을 내며 광이 사라질 때까지 마른걸레로 닦았다, 라는 말로 서둘러 마무리 짓고 계속 가자.

다음 날 아침 등산화가 없다는 것을 알았다. 네가 산에 가자고 했을 때부터 이미 알고 있었지만 새삼스럽게 신발장을 뒤적이며, 등산화가 없군, 등산화가 없어, 난 등산화를 갖고 있지 않지,라고 중얼거렸다. 나는 등산화가 없는 인간이다.

등산화가 없는 인간이 등산을 간다는 것은 무슨 의미인가. 의미라니. 의미라는 단어가 또다시 어디서 튀어나온 것일까. 얼어죽을 의미. 의미란, 발바닥의 각질처럼 자주 나를 괴롭혔지만 감출 수 있을 때까지 감추는 게 좋다. 의미란 걸음걸이를 이상하게 만드는 것 외에 아무것도 아니다. 걸음걸이가 같은 사람은 없다. 나의 발자국은 얼어붙은 지 오래다. 그렇다. 그래도 평소와는 다른 신발을 신어야 하는 생각이 들어 먼지가 쌓인 수제화를 꺼내 들었다. 솔직히 말하면 너를 웃겨줄 생각도 없는 건 아니었다. 그게 맞다. 전부다. 네가 웃는 모습을 보고 싶었다. 네가 웃는 모습을 보면서 나도 웃고 싶었다. 신발 하나로 사람을 웃길 수 있는 건 쉽지 않다. 쉽지 않을 일을 내가 너를 위해 하려고 한 것이다. 최선을 다하고 싶었다. 이 얼마나 대단한 일인가. 나는 너를 웃겼나. 성공했나. 수제화를 신자 특별한 날에 수제화를 신는 것이 아니라 수제화를 신으면 특별한 날이 된다는 것을 뒤늦게 알았다. 왜 이제야 알게 된 것일까. 정말 웃긴 일이 아닐 수 없다.

잠이 덜 깬 부스스한 모습으로 어제 입던 초록색 폴로 셔츠와 크림색 면바지 차림에 수제화를 신고 특별한 산행을 하기로 했다. 산의 입구에서 만난 너는 등산화는 물론 등산복을 갖춰 입고 있었다. 등산에 적합한 차림을 한 너를 보고 그제야 네가 왜 바다가 아닌 산에 가자고 했는지 알게 되었다. 바다를 위한 복장은 상상이 가지 않았다. 물에 젖으면 다 똑같아지는가. 산에 오기를 잘했다. 원래 나는 물이 나를 만지는 걸 싫어하지 않는가. 너의 왼손에는 스틱까지 들려 있었다. 두 다리가 멀쩡한 자가 왜 저러는가. 얼마나 험한 산을 오르려 하는 걸까. 힘을 들이려 하는가. 최선을 다해 산에 오르고 싶은가.

너는 등산복 매장의 마네킹 같았다. 등산 가방에 매달린 물컵까지 같은 등산용품 브랜드였다. 언제 그것들을 사 모았을까. 인간을 알려면 산에 같이 가야 하는 건가. 너는 그동안 무슨 생각을 하고 있었나. 산에 정신을 빼앗긴 채 살고 있었나. 너의 화장은 평소보다 진했다. 고양이상 아이라인으로 눈꼬리가 올라가 있고 입술은 팝아트핑크였다. 볼터치. 볼터치. 둥글고 뾰족한 얼굴이 울긋불긋했다. 입만 다물 줄 알면 정말 마네킹 같을 텐데, 하는 생각을 하는 순간 네가 입을 열었다. 나, 어때? 내가 케첩 병처럼 입을 다물고 있자 다시 한번 물었다. 어때, 나? 나야말로 어떤가.

그때 나는 너에게 뭐라고 말했을까. 기억을 지우고 싶지만 그 말은 아직도 생생하게 머릿속에 남아 있다. 잊을 만하면 혀끝에 매달려 내 입술을 벌어지게 만든다. 혀에 뿔이 돋았다. 나는 왜 그런 말을 하고 말았는가. 너를 속였고, 나를 속였는가. 내가 뭐라고 대답했는지 말하지 않겠다. 그 말은 영원히 괄호로 묶어두고 싶다. 죽을 때까지 너를 위한 나의 과오와 수치로 남겨두고 싶다. 그 말을 듣기 원한다면 나를 괴롭히고 고문해봐라. 끝까지 나를 따라오면 그 말을 들을 수도 있을지 모르겠다. 어쩌면. 혹시나. 나도 모르게 그 말을 이미 했는지 모르지만. 끝까지 같이 가겠는가. 잠자코 따라오시오. 나에겐 들려줄 말이 있다. 애초에 내가 화병을 들고 너의 집으로 간 것은 그 말을 다시 하기 위함이 아니었을까. 맞다. 아니다. 그렇게 간단한 게 아니다. 복잡하다. 복잡하게 얽힌 문제는 되도록 복잡하게 생각해야만 한다. 어느 쪽이 더 복잡할 것인가. 좀더 복잡하게 가자. 갈수록 복잡해질 것이다.

너는 나의 말에 기분이 좋아 아하하, 하며 입을 크게 벌렸는데 금방이라도 너에게 잡아먹힐 것 같았다. 너는 나를 먹어치울 것인가. 어느 부위부터 먹을 것인가. 이왕이면 나의 언어부터 먹어주었으면 좋겠다. 두고 볼 일이다. 주위를 둘러보니 나만 빼놓고 산의 입구에서 서성이거나 걷고 있는 사람들 모두가 너처럼 등산에 적합한 차림을 하고 있었다. 등산용품에 미친 사람들 같았다. 약속이라도 한 듯 스틱을 들고 있었다. 스틱은 일종의 액세서리일지도 모른다. 한 손 스틱을 가진 자들과 양손 스틱을 가진 자들이 대결이라도 하는 것만 같았다. 그 모습이 퍽이나 웃겨 보였는데 웃음이 나올 정도는 아니었다. 오히려 내가 웃음거리가 된 것만 같 았다. 등산객들이 등산에 부적합한 차림을 한 나를 힐끔거리며 쳐다보곤 지나갔다. 마치 내가 산을 모독하고 있다는 것을 알라는 듯한 눈빛이었다. 그들이 나의 모습을 훑을 때마다 나도 지지 않고 그들의 모습을 훑어보려고 했지만 생각만큼 쉽지 않았다. 몇몇 등산객들의 눈들은 뫼 산山 자 모양으로 불타오르고 있었다. 그들의 시선에 나의 모습이 발가벗겨지는 것만 같았다. 나라는 인간이 벌목되고 있었다. 나를 산의 제물로 바치려는가. 산을 위한 제의라도 벌이려고 하는가. 산에 대한 예의를 갖춰야 하는가. 저자들이 산을 오해하고 있는 것은 아닐까. 산을 위한 착각에 빠진 것은 아닐까. 어떤 인간이 산에 적합할 수 있단 말인가. 나의 상념을 잘라내듯 네가 나의 팔짱을 꼈다. 평소와 다른 행동에 적잖이 놀랐다. 너는 왜 그랬는가. 산으로 가요. 왜 존댓말을 하는 거지? 잠자코 산으로 가요. 내가 창피하지 않아? 창피해요. 죽겠어요. 그러니까 빨리 산으로 가요. 산에 가면 말해줄

166

건가? 반말하지 마요.

　너는 익숙하게 스틱으로 땅을 찍었다. 다리가 네 개인 너는 잘도 걸어갔다. 다리가 두 개인 나는 너의 옆에서 발을 맞추느라 평소보다 빨리 걸어야 했다. 산에 몇 발을 내딛자 무언가 내 의식의 가느다란 선을, 그것은 머리카락보다 가늘었는데, 무게는 머리통보다 많이 나갈 것이다, 이리저리 잡아당기는 것만 같았다. 잡아당겨지는 대로 나를 내버려두었다. 한번 그대로 있어볼 만하지 않은가. 산의 마력인가. 산의 매력인가. 말 그대로 산의 힘이다. 나를 산의 핵심으로 끌어당기려고 하는 것인가. 산을 위해 나는 무엇을 착각할 수 있을까.

　산은 몸을 숨기기에 적합한 곳인가. 많은 사람이 산에 숨었었다. 산에 숨은 사람들을 찾기 위해 사람들은 산으로 올라갔다. 사람들을 찾기 위해 산으로 올라간 사람들은 길을 잃어 산에서 내려오지 못했다. 결국 자신이 왜 산에 왔는지 잊고 말았다. 숨은 자와 찾아 나선 자, 그리고 길은 잃은 자들을 구별할 수 있을까. 결국 아무도 산에서 내려오지 못했다. 나는 내가 살고 있는 이 나라의 역사를 이렇게 요약하고 싶은 충동을 느꼈다. 이건 분명 어디서 읽은 기억이 있다. 내 것이 아니다. 내 것이. 산에 오니 시야가 넓어지고 있는 것일까. 눈을 어디에다 둘지 몰라 두 눈 사이가 멀어져 점점 찢어지고 있는가. 산이 나를 미치게 만드는 것은 아닐까. 아직 산에 오르지도 않았는데 산의 맛을 본 것일까. 떫지만 유혹적인 맛인가. 산이 어서 내려가라고 경고하는 것은 아닌가. 착각이다. 시야는 더 좁아지고 있다. 좁아진 시야 속에서 이런 말을 계속 지껄일 수 있다. 한 개인의 그릇된 충동이 인류의 역사에 침을 뱉을 수 있을까. 왜 남은 우리가 걸레로 닦아내야 하는가. 바다로 갔다면 바다 위에 떠다니는 오물들을 보면서 이것이 세계의 역사라고 생각하지 않았을까.

산과 바다 사이에 내가 있다. 바다는 아직 모르겠다. 영영 모르고 싶다. 산으로 충분하다. 바다에 가도 산 생각만 할 것이다. 결국 바다고 뭐고 아무것도 아니게 될 것이다. 나는 아무것도 아니다. 아무것도 아닌 자가 할 수 있는 것은 오로지 자신을 바라보는 것뿐이다. 자신만 바라봐서 아무것도 아닌 자가 되는 것은 아니다. 자신이 아무것도 아니라고 믿는 자는 자신의 밖도 아무것도 아니라고 믿는다. 결국 자신을 바라볼 수밖에 없다. 정말 그런가. 확신할 수 있는가. 용기를 내자. 시야를 넓혀야만 한다. 자신을 더 뚫어지게 보자. 바닥까지 뚫어보자. 나를 연구해보자. 내가 나 말고 무엇을 연구할 수 있단 말인가. 나는 아무것도 아니라고 생각해서는 안 된다. 아니, 생각이야 할 수 있지. 아무것도 아니지만 아무것도 아니라고 말해서는 안 된다. 이미 말했지만 더 이상 말해서는 안 된다. 마지막으로 한 번 더 말하고 그만 말하겠다. 나는 아무것도 아니다. 너와 나는 아무것도 아니다. 우리가 있는 세계는 아무것도 아니다.

 이 얼마나 무모하고 하찮은가. 뻔뻔하기만 할 뿐 유혹적이지 않다. 텅 빈 속이 울린다. 정말 한마디만 하고 끝내려 하는가. 쉽게 가려 하는가. 한마디로는 안 된다. 한마디를 열 마디로 해야 한다. 끝은 그때 보일락 말락 할 것이다. 나를 보고 끝까지 가려는 네가 있다. 아무것도 아닌 채로 기다리는 네가 있다. 너는 어디서 기다리고 있는가. 산속에 있는 나는 여전히 작을 뿐이다. 작은 것이 중요하다. 전부다. 넓다. 너와 나의 역사를 말해야 한다. 숨찬 우리의 역사. 얽히고설킨 산맥. 산속에 파묻히게 될 너와 나의 역사를 말이다. 역사라니. 이미 할 만큼 했지만 역사,라는 단어도 지워야 한다. 역사는 언제나 삭제를 기다리게 되어 있다. 역사를 괄호에 묶고 가야 한다. 모든 역사는 착각의 역사다. 그렇게 시작했으니 그렇게 가야 하는 것이다. 끝은 모르겠다. 이제 내가 산에 숨을 차례인가. 아니 산에 숨은 누군가를 찾아야만 하는가. 숨은 누군가를 찾지 못해 산에서 길을 잃고 헤매야만 하는가.

　너와 나는 외길로 걸어가고 있다. 산의 입 구멍쯤 되는 것
같다. 네가 앞장서 걷고 있다. 얼마나 걸었을까. 산의 혀에
감겨 삼켜지려 할 때 어디선가 빛이 비쳐오기 시작했다. 너
의 배낭에 매달린 물컵이 달그락거렸다. 달그락거리면서
표면에 빛이 반사되어 나의 눈을 찌르려 했다. 고개를 흔들
고 눈을 찡그리며 빛을 피하려 했다. 너는 빛을 끌어당겨 물
컵으로 나를 위협하고 있다. 자연과 인공물과 네가 힘을 모
아 나를 꼼짝 못 하게 만들고 있다. 한 번쯤 자연에 저항해
도 좋다는 생각으로 너를 앞지르려 했지만 쉽지 않았다. 물
컵이 문제다. 물컵. 한 번도 물을 담아본 적도 없을 것만 같
은 물컵. 내가 너를 만나기 전부터 너의 배낭에 매달려 있을
것만 같은 물컵. 나는 지금 물컵에 질투하고 있는가. 하찮은
것이 사람을 괴롭힐 때 더 화가 나는 법이다. 나의 하찮은 이
야기가 너를 끝까지 괴롭힐 수 있을까. 착각하게 만들 수 있
을까. 물컵을 빼서 집어 던질 수도 있을 것이다. 그 이후에는
어떡해야 하나. 물컵은 너의 일부다. 하지만 나는 지금 물컵
을 너의 전부처럼 믿고 있다. 착각하고 있다. 너의 빈약한 정
신을 담고 있는 물컵. 내가 걸을 때마다 신호를 받아 달그락
거리는 물컵. 물컵에 담겨 있지도 않은 물이 내 몸에 닿고 나

를 만질까 봐 두렵다. 물은 공포다. 물컵은 공포물이다. 물컵. 그것은 너에게 간신히 몸을 지탱하고 있는 환영의 사물이다. 온몸으로 빛을 받아내고 있는 사물이다. 그 빛을 나에게 던지려고 부단히 노력하고 있고, 그 노력은 나의 무저항으로 계속 성공하고 있다. 상대를 잘 고른 것이다. 나를 만만하게 봤으니 계속 만만하게 상대해주겠다. 내가 만만해 보이는가.

만만하더라도 호락호락하지는 않겠다. 나는 분명 너를 따라가고 있지만 네 몸의 일부인 물컵에 비친 빛이 나를 따라오고 있다는 것을 어떻게 설명할 수 있을까. 이제 무엇이 먼저인지 모르겠다. 몸의 감각은 빛과 분리될 수 없지만 정신의 감각은 빛의 시간과 공간을 쪼갤 수 있다. 맞는 말인가. 아직도 정신과 몸이 따로 놀 수 있다고 믿는 건가. 정신과 육체 중 착각은 어느 쪽으로 더 기울어져 있는가. 모르겠다. 더 걸어보자. 싸워보자. 정지된 채로는 아무것도 아니다. 움직이면서 쪼개야 한다. 쪼개진 빛의 시간 속에서 빛의 파편을 밟으며 걸어가야 한다. 중요한 거다. 이게 역사보다 중요하다. 이것만 풀 수 있다면 얽히고설킨 우리의 복잡한 산맥도 머릿속 지도에 담을 수 있다. 착각을 위한 지도. 감각의 지도다. 설명할 수 없다. 불가능하다. 불가능과 싸울 수 있는 무능력이 있다. 감각이 있다. 착각이 있다. 감각이 아름다움의 편이라면, 감각보다 아름다운 착각이 있다.

너와 나 사이가 가까워졌다 멀어졌다 할수록 물컵에 비친 빛이 점점 강해졌다. 빛이란 원래 강한 녀석이지만 강함의 끝이 없다. 깊이 없이 밀도가 높아져만 가는 빛에 나는 짓눌리고 있다. 떨고 있다. 빛 속에 공포가 녹아 흘러내리고 있다. 할 수 없이 시선을 돌려야만 했다. 사물에서 몸으로 시선을 옮길 필요가 있다. 사물의 정신에서 몸의 정신으로 미끄러지자. 더 이상 기다릴 수 없다. 너의 뒤를 보면서 걷는다. 시선을 아래로 내린다. 너의 윤곽을 따라 시선이 흘러내려간다. 멈춘다. 너의 엉덩이가 있다. 움직이고 있다. 흔들리고 있다. 출렁이고 있다. 처음부터 나는 너의 엉덩이를 보고 있던 것이 아닌가. 물컵은 핑계에 불과한 거 아닌가. 엉덩이를 보고 있는 나의 시선이 노출될까 두려워 물컵에 반사된 빛으로 스스로 눈을 찌르고 있던 것은 아닌가. 너의 엉덩이 속에 꽉 찬 물이 출렁이고 있다. 엉덩이가 터져 물이 튀면 어쩌나. 너의 엉덩이 물이 쏟아지면 어쩌나. 물이 나를 만지면 어쩌나. 깊이 없이 밀도가 높은 너의 엉덩이가 빛을 발하고 있다. 너의 엉덩이 사이에 반사된 빛이 나의 눈을 어지럽힌다.

너는 나에게 너의 엉덩이를 보여주기 위해, 이참에 실컷 보라고 나보다 앞서 걷고 있던 것은 아닌가. 너는 한 번도 나에게 엉덩이를 보여주지 않았다. 보여달라고 한 적도 없지만 네가 먼저 보여준 적도 없다. 너의 엉덩이는 바닥에 깔려 있거나, 천장을 향해 열려 있었을 뿐이었다. 너와 엉덩이를 부딪칠 일은 없었다. 나는 네가 앉아 있던 스펀지 의자에 남아 있던 주름 골을 기억한다. 스펀지가 원래대로 자리를 잡을 때까지 그것을 바라본 적이 있다. 너의 엉덩이가 만들어놓은 시간의 주름을 펴고 싶지 않았다. 할 수만 있다면 의자의 시간을 정지시켜 보관하고 싶었다. 나는 그런 사람이었다. 너의 엉덩이가 나를 향해 있다. 처음이다. 산에 오길 잘한 건가. 산행이란 앞사람의 엉덩이를 바라보며 걷는 것인가. 눈두덩이가 엉덩이처럼 부풀어 오를 때까지.

엉덩이의 지도를 따라 걷는다. 너는 온전히 나를 향해 엉덩이를 보여주고 있다. 엉덩이의 역사를 새로 쓰려고 하는가. 뒤에서 안아달라고 시위하고 있는 건가. 앞으로 안는 것도 어색하듯 뒤에서 안은 것은 상상해본 적도 없다. 남자가 여자를 뒤에서 안을 때는 언제인가. 왜 그러는가. 그리고 나는 남자인가. 너는 여자인가. 이쯤에서 역할을 바꿔야 할지도 모른다. 너에게 착각의 짜릿함과 혜택을 넘겨주고 싶다.

그리고 나는 홀가분하게 너의 앞에서 엉덩이를 흔들며 걸어가고 싶다. 너는 나의 엉덩이를 볼 것인가. 눈을 떼지 못할 것인가. 만지고 싶을 것인가. 만지지 마라. 여자도 사랑하는 남자의 엉덩이를 보면 뒤에서 안고 싶어지는가. 안은 채로 가만히 있기 힘든 것은 여자도 마찬가지인가. 그 불량하고 우스꽝스러운 자세를 누가 계속 유지할 수 있단 말인가. 해보지 않았으니 나라면 가능하다고 말할 수 있다. 네가 내 마음을 알아주었으면 한다. 알아줄 리 없다. 말해주지 않아도 된다. 말해주지 못할 거다.

새 수제화는 이미 더러워진 지 오래다. 더 더러워져라. 수제화야 이젠 아무래도 좋다. 충실하지는 못하지만 제 역할은 그럭저럭 하고 있는 것이다. 주인을 잘못 만난 것뿐이다. 수제화가 나의 주인이라고 해도 좋다. 나는 주인을 잘못 섬기고 있다. 오늘은 과연 특별한 날인가. 특별한 날이 되도록 계속 이러자. 착각하자. 몸을 혹사시키자. 몸과 정신이 따로 놀게 만들자. 다리가 휘청거린다. 뭐라도 잡아야 할 것 같아 너의 엉덩이를 움켜잡으려 할 때 네가 방향을 바꾸었다. 외길이 끝나고 여러 갈래의 길이 나온 것이다. 너는 앞서간 사람들과 다른 방향으로 몸을 돌렸다. 길이 아니었다. 어디로 가는 거야? 나의 물음에 너는 뒤돌아 말했다. 여기로 가는 거야. 거긴 길이 아닌 것 같은데. 여기가 빨라. 어디로 가기에 빠른 길이 필요한 것일까. 몇 걸음 걷자 길은 완전히 끊겨 있었다. 보기에 그랬다. 너는 발목까지 자란 잡풀을 밟으며 나아갔다. 거의 짓밟았다고 해도 좋다. 나는 이제 너의 옆에서 함께 길을 만들어가고 있다. 길을 허물고 있는지도 모른다. 만드는 동시에 허물어지는 길이다. 사람들은 보이지 않았다. 당연하지 않은가. 사람들은 없다.

숲속의 빈터에 이르렀다. 숲속의 빈터라는 말이 좋다. 숲속의 빈터에 이르기 전부터 그 말을 얼마나 하고 싶었는지 모른다. 숲속의 빈터. 우리가 도착한 곳은 어쩌면 숲속의 빈터가 아닐지도 모른다. 생각했던 것과 달랐다. 내가 생각했던 것이 무엇이라고 정확히 설명하거나 묘사할 수는 없지만 울울창창한 숲속의 빈터는 아니다. 숲이 아니다. 착각의 빈터다. 그냥 빈터라고 하자. 빈터 한구석에 검게 썩은 나무가 있었다. 어떤 죄로 너는 이렇게 나무의 옷을 벗으려 애쓰고 있는가. 사방으로 뻗다 만 가지는 얼어붙었고, 가느다란 가지들에 위태롭게 매달린 나뭇잎조차 없었다. 저 나무에도 이름이 있을 것이다. 흔하디흔한 이름일 것이다. 나는 어쩌다 보니 알게 된 나무들의 이름을 속으로 나열해보다가 그 나무의 이름을 물푸레라고 불러보기로 했다. 물푸레라면 빈터에 어울리지 않을까. 착각의 뿌리를 내리고 있지 않을까. 숲의 모든 나무로부터 질투를 받았던 물푸레나무. 우주의 중심이 되는 신화 속 가장 아름다운 나무. 빈터에 이르자 너는 배낭을 풀고 나무로 다가갔다. 나무에 몸을 기댔다. 내가 나무에 물푸레라는 이름을 짓고 나무를 관찰한 것은 네가 나무에 힘없이 몸을 기대고 맥없이 나무를 쳐다보고 있었기 때문이다. 너로 인해 물푸레는 죄의식에 사로잡힌 나무가 되었다. 추하고 어리석은 모습으로 숲에서 가장 선명한 빛을 내는 나무.

물푸레에 몸을 기댄 채 너는 나를 쳐다보았다. 그쪽으로 오라고 손짓을 했다. 내가 머뭇거리자 오라고, 말했다. 너를 좀더 기다리게 만들고 싶었지만, 쭈뼛거리며 너에게 갔다. 내가 다가가자 너는 나에게 안겼다. 내가 안은 것은 아니다. 너는 나한테 안겨 울었다. 나의 가슴팍이 너의 눈물로 젖어 들어 갔다. 이유를 알 수 없었지만 너의 울음의 끝을 보고 싶어 내버려두었다. 나는 너의 머리를 매만지며 새삼스럽게 너의 뒤통수가 납작하다는 것을 알았다. 내 머리 위에서 열기가 느껴졌다. 위를 올려다보자 물푸레 위에 허연 물체가 웅크리고 있었다. 형체만 있을 뿐 무엇인지 알아보기 힘들었다. 몸을 둥그렇게 말고 있는 동물 같았다. 아니 그건 하나의 허연 덩어리라고 말할 수밖에 없을 것이다. 덩어리와 눈이 마주쳤다. 눈이 없는 덩어리가 허옇게 나를 쳐다보았다. 내가 놀라워하자 입이 없는 덩어리가 허옇게 웃어주었다. 온몸으로 보고 온몸으로 웃었다. 곧 허연 덩어리는 작은 빛을 발하며 사라졌다. 물푸레 속으로 몸을 감췄다. 몸을 들썩이며 울고 있는 너 때문에 공포에 노출된 나의 떨림은 전달되지 않았다. 너의 울음이 잦아들 무렵 너는 말했다. 왜, 왜 우냐고 묻지 않아. 이제 막 물어볼 참이었어. 왜 울어? 다 울었어. 눈물로 화장이 번져가고 있었다. 그 얼굴을 보여주기 위해 너는 평소와 달리 진한 화장을 한 것일까.

너는 배낭을 열었다. 배낭 속에서 파란색 끈 뭉치를 꺼냈다. 파란색이 아니면 안 될 것만 같은 파란색 끈이었다. 네가 내 팔을 잡아끌어 물푸레에 기대게 했다. 내 어깨를 잡아 물푸레에 밀착시켰다. 너는 파란색 끈 뭉치를 풀어 물푸레에 나를 묶기 시작했다. 이런 장면을 어디서 본 적이 있는지도 모르겠다. 읽은 적은 없다. 누가 이런 걸 쓸 수 있단 말인가. 나에겐 나를 조종하는 모든 것에 포기를 선언할 용기가 있나 보다. 나는 네가 하는 대로 내버려두었다. 너는 끈으로 내 팔과 몸통과 다리를 물푸레에 감았다. 모든 게 어설프고 느리게 진행됐는데 너의 표정만큼은 너무나 진지해 보여 말리거나 도와줄 틈이 없었다. 연습 없는 실행이었다. 마치 이건 내 몫이야,라고 온몸으로 말하는 것만 같았다. 일부러 그랬는지 끈을 너무나 느슨하게 묶어 조금만 힘을 주면 풀려날 수 있을 것 같았다. 고개를 위아래로 굴리며 파란 끈에 묶인 나를 쳐다보았다. 축 처진 파란 끈들 때문에 묶인 것보다는 풀려난 것처럼 보였다. 아무튼 파란색 끈 인형이 된 내 모습은 우스꽝스러웠는데, 산에 사는 동식물들에게 상당한 구경거리가 될 것 같았다. 무엇보다 물푸레를 위한 제의이자 향연이었다. 너는 온몸으로 나를 쳐다보고 온몸으로 미소를 지어 보였다. 자신의 작품에 만족한 자의 미소였지만 이내 도취에서 깨어나 사라질 슬픈 미소 같기도 했다.

붉은 입술을 실룩이며 너는 다섯 걸음 뒤로 물러섰다. 어울리지 않게 억지웃음을 지어 보인 뒤 너는 주변의 돌을 주워 나에게 던지기 시작했다. 어색한 동작이 반복됐다. 하나의 돌이 나를 비껴갈 때마다 나는 온몸을 뒤틀며 입 밖으로 쏟아낼 수 없는 비명을 질렀고, 나의 비명을 조롱하듯이 몇 번의 돌팔매질에도 불구하고 너는 한 번도 나를 맞히지 못했다. 그것이 나를 더 고통스럽게 만들었다. 나를 스치지도 못하고 지나간 무력한 돌들 때문에 내 몸은 구멍이 숭숭 뚫린 만신창이가 되었고 영혼은 완전히 털려버렸다. 제발 좀 나를 맞혀봐라. 돌이 내 몸속을 통과하는 것을 보여주겠다. 정말로 맞힐 생각은 없었지만 이렇게 끝까지 못 맞힐지는 몰랐어. 너는 생각했을지도 모른다. 하나의 도전이 끝났고 또 다른 도전이 우리 앞에 기다리고 있었다. 말랑말랑한 돌이 되어 흐느적거리며 다가와 너는 나를 끌어안았다. 너에게서 숲 비린내가 풍겼다. 내 몸에 뚫린 구멍이 다시 오그라들었다. 너의 납작한 머리통을 부여잡고 싶었지만 물푸레에 묶인 나는 움직일 수 없는 인간이었다. 나는 이제 파란 끈 없이는 살 수 없을 것만 같았고, 너는 다시 울기 시작했다. 너는 지금 말해주고 있는 건가. 이게 말하는 건가. 이게 내가 바란 건가. 몸이 흔들렸다. 물푸레가 흔들렸다. 나와 물푸레는 하나가 되었다. 내 의지와 상관없이 겁에 질려 미친 듯 까딱거리다 제풀에 지쳐 나가떨어진 정신머리를 자연 속에 넣어둔 채 너에게 물었다. 왜 울어? 나의 말을 기다렸다는 듯이 울면서 너는 말을 하기 시작했다.

이 나무야. 이 나무가 아니야. 이 나무야. 이 나무가 맞아. 이 나무가 아니라고 해도 이 나무여야 해. 이 나무가 분명해. 모든 게 안개에 휩싸여 있었는데 나무만은 확실히 보였어. 엄마가 목을 맨 나무지. 엄마는 하얗게 질려 있었어. 이 나무는 정말 오래 살고 있어. 살아서 모든 것을 지켜보

고 있지. 이미 죽은 나무가 왜 아직도 살고 있는 거지. 얼마
나 이 나무를 찾고 싶었는지 몰라. 이러고 싶어서 이렇게 했
는데 이런 기분이 들 줄은 몰랐어. 너에게 존댓말을 하고 싶
어. 아니 하지 않을 거야. 죽은 엄마에게 너를 보여주고 싶
었어. 아니 나를 보여주고 싶었지. 너랑 있는 나를 보여주고
싶었어. 우리를 보여주고 싶었어. 이렇게 말이야. 꿈속처럼.
잘된 건지도 몰라. 꿈을 실현하기가 힘들어. 틀렸어. 실패
야, 실패. 너라면 될 줄 알았지만 또 실패야. 네가 특별해서
가 아니야. 특별하지 않아서. 특별한 것을 찾아보려고 해도
찾을 수 없어서. 물에 빠진 나무토막 같아. 너는. 나는. 물을
빨아들이듯 모든 것을 받아들일 수 있다고 믿었는데 실패
야. 너는 모든 인간 중의 하나야. 다를 바 없지. 그것은 내가
누구에 의해서도 달라지지 않는 사람이기 때문이야. 그렇
게 믿어야지. 하지만. 슬픈 거야. 그것을 다시 확인해야 한
다는 건. 실패야. 어떤 게 성공인 줄 모르겠지만 실패가 분
명해. 그렇게 간단한 게 아니야. 왜 이렇게는 안 되는 거지.
한번 안 되는 일은 끝까지 안 되는 건가. 결국 나의 문제인
가. 나는 울 수밖에 없어. 젖은 나무처럼 울음이 멈추지 않
아. 너는 실패야. 나는 실패야. 우리는 실패야. 눈물이야. 나
무밖에 없어. 나무밖에. 나는 이 나무 밖으로 달아날 수 없
어. 꿈에서만 만나는 나무가 있었는데. 꿈속에서 나무가 걸

어 다녀. 꽃이 피지 않는 나무. 이 나무는 꽃이 피지 않아. 그게 뭘 의미하는지 너는 모를 거야. 나무의 껍데기를 뜯어내고 싶어. 나무 속을 열면 그게 있을까. 그게 무엇이라고, 나는 궁금해하는 거지. 죽은 엄마는 아니야. 아니 모르겠어. 그게 무엇인지 네가 말해봐. 너는 나를 원했으니 알 거 아니야. 너는 정말 나를 원한 걸까. 내가 말해주기를 바란 걸까. 그렇게 쉽게 말해주기를 바랄 수 있는 건가. 말해준다는 게 뭘까. 너는 왜 틈만 나면 말해달라고 하는 거지. 너는 좀더 참았어야 해. 네가 말해주려고 해도 거부를 했어야 해. 못 이기는 척하지 말고 좀더 기다려주는 척을 했어야 해. 너는 끝까지 가지 못해. 제풀에 지쳐 나가떨어지지. 너도 알고 있다고 말하지 마. 알고 있어도 입을 다물어. 그 입 다물어. 이 맛없는 인간아. 나는 좀더 울어야 해. 죽은 엄마를 생각해야 돼. 잠시 뒤면 모든 게 제자리로 돌아갈 거야. 아까의 자리는 아니지만. 그럴 수 있을까. 다시 시도해볼지도 몰라. 말해줄지도 몰라. 지금은 아니야. 내가 지금 말하는 것은 말해주는 것이 아니야. 말해주기 싫어. 내가 왜.

　거기까지만 들었다. 이후에도 너는 계속 말을 했지만 나는 그만 듣기로 했다. 나야말로 왜. 아직도 너는 말을 하고 있는지 모른다. 너의 눈물이 나의 구두에 떨어졌다. 그만큼 너와 나의 몸은 다시 가까워졌다. 하지만 목소리는 이미 각자의 산을 넘어간 것이다. 죽은 아버지. 죽은 엄마. 왜 우리는 거기서 한 발자국도 떠나지 못하는 걸까. 왜 죽은 자들에게만 집착하는가. 그것을 확인하기 위해 이 길고 지루한 산행을 하고 있던 것일까. 너한테 속은 것이다. 속아주는 척하다가 완전히 속은 것이다. 그만 서둘러 산을 내려갈 필요가 있다. 제대로 오르지도 못한 산을 어떻게 내려가야 할까. 나는 지금 파란 끈으로 물푸레에 묶여 있다. 우선 끈을 풀고 물푸레를 이름 없는 나무로 다시 돌려놔야 한다. 너에게 돌려주어야 한다. 나무를 열고 너는 그 안으로 들어가야 한다. 너의 말과 울음은 쉽게 끝나지 않을 것 같다. 말도 울음도 아닌 소리가 들렸다. 너는 울면서 말하고 말하면서 울었다. 쪼그려 앉아 고개를 무릎에 파묻은 채 울었다. 숲속의 빈터가 네가 일으킨 소음으로 흔들리고 있다. 빈터는 더 이상 빈터가 아니다. 빈터가 쪼개지고 있다. 죽은 엄마에 시달리는 너는 소음이다. 너라는 소음을 견디지 못하는 나는 노이즈다. 죽은 아버지에서 달아나고 싶은 노이즈다. 물푸레 노이즈다. 파란 끈 노이즈다. 침묵의 노이즈다. 착각의 노이즈다. 여기까지다. 내려가야 한다.

네가 말과 울음에 빠져 있는 틈을 타 나는 엉성하기 짝이 없게 묶어놓은 파란색 끈을 풀었다. 끈이 풀린 채로 잠시 그대로 있었다. 너무나 오랫동안 묶여 있어 어디로 가야 할지 모르는 사육을 거부당한 개가 되어 주위를 두리번거리고 발을 조심스럽게 움직여보았다. 너는 그대로다. 이번엔 끝장을 보려고 하는 것 같았다. 말의 끝. 울음의 끝. 산행의 끝. 천천히 걸음을 옮기다 점점 속도를 붙였다. 빈터를 벗어나려 할 때쯤 네가 나를 불렀다. 야, 원숭이 윤! 나의 이름은 아니었다. 물론이다. 원숭이 윤이라니. 내가 그런 이름을 가졌을 리 없지 않은가. 원숭이 윤? 무슨 이름이 그래요? 원숭이 윤처럼 안 생겼는데 뭘. 처음 만났을 때 너는 그렇게 말했다. 너는 나의 진짜 이름을 모른다. 네가 나를 부르자마자 나는 뛰기 시작했다. 네가 나를 안 불렀다면 얼마 못 가 다시 뒤돌아 너에게 갔을 것이다. 어디인지 모르고 달렸다. 너의 목소리가 들리지 않는데도 들린다고 착각하며 달렸다. 너의 목소리는 메아리가 되어 내 머릿속을 울렸다.

멀리서 사람들이 보이자 이상하게도 안심이 들었다. 달리기를 멈추려던 찰나 무언가에 걸려 넘어졌다. 몇 번 몸을 굴러 예상치 못한 곳에 떨어지기를 바랐지만 발목이 가볍게 삐끗하는 정도에 그쳤다. 한참 동안 누워 있었다. 산에 왔으니 이렇게라도 한번 누워봐야 하지 않겠는가. 발목을 만지며 더 이상 걸을 수 없다고 믿었다. 조심스럽게 일어났다. 다리를 절뚝거리며 걸어 내려갔다. 그제야 사람들이 왜 스틱을 들고 산에 오는지 알 것 같았다. 내려가는 도중 몇 사람들이 나의 얼굴과 발을 번갈아 보면서 괜찮냐고 물었다. 괜찮다고 했다. 아니 나는 이렇게 말했어야 했다. 괜찮은 것은 없어요. 너와 함께 올라온 길을 찾을 수 없었다. 외길이 나오지 않았다. 포장된 도로가 이어졌다. 내려가는 길은 맞았다. 산의 입구에 도착해 돌 위에 앉아서 너를 기다렸다. 너는 오지 않았다. 너를 기다리다가 어쩌면 너는 벌써 내려간 것이 아닐까 하는 생각이 들었다. 너는 그러고도 남을 사람이다.

너의 집으로 가기로 했다. 얼마나 걸었는지 모른다. 네가 나를 용서하기 전에 내가 먼저 나를 용서하기 위해 몸을 괴롭힐 필요가 있었다. 차로 가야 하는 거리를 걸었다. 목이 몹시 말랐지만 물이 나의 몸속을 만질까 두려워 참기로 했다. 혼미해지는 정신의 파란 끈을 애써 잡고 걸어갔다. 산행보다 지독한 보행이었다. 어쩌면 여전히 산행 중인지도 모른다. 걸을수록 걸음걸이가 달라졌다. 걸으면서 너를 생각했다. 너만 생각했다. 너만 생각하는 나의 착한 마음이 절뚝거리는 다리를 꽃집에 이르게 했다. 너에게 꽃을 사 줄 생각이었다. 꽃을 한 번도 준 적이 없기에 한 번쯤 줄 때가 된 것도 같았다. 꽃집에 들어가서 나는 말했다. 화병을 주세요. 화병을 들고 나와서 나는 너의 집으로 갔다. 나는 여전히 꽃을 사러 들어가서 왜 화병을 사게 됐는지 알 수 없다. 무엇이 나를 착각하게 만든 것인가. 꽃집에서는 도대체 무슨 일이 벌어진 것일까. 아무 일도 없었다. 그것이 착각의 핵심이다. 착각은 착각대로 내버려둬야 한다. 착각은 더 많은 착각을 낳게 만든다. 착각할 수 없는 것은 착각하지 말아야 한다. 착각 중지. 그건 불가능하다. 착각의 문을 열고 화병을 든 채 나는 너의 집으로 갔다.

그렇다. 방금 전의 일이다. 오래전 일이라고 해도 나에겐 오늘이다. 밤이 되기 전의 일이다. 지금은 밤이다. 암흑으로 비유될 수 있는 밤이다. 너는 오지 않는다. 너는 왜 오지 않는가. 아직도 산에 있는가. 납작한 머리를 하고 빈터에서 울고 있는가. 말하고 있는가. 너의 메아리는 내 머릿속에서 언제 빠져나갈 것인가. 다시 산에 올라가야 하는가. 물푸레 위에 있던 허연 덩어리의 정체는 무엇일까. 왜 나를 보고, 웃었던 것일까. 나는 왜 웃어주지 못했는가. 그 생각만 하면 또다시 공포에 휩싸인다. 환영의 밤을 건너야 하는가. 빛을 꺼야한다. 환영은 착각의 영역이 아니다. 환영도 통과하지 못하는 밤이 있다. 여기서 기다리는 편이 좋겠다. 더러운 수제화를 신은 채 네가 없는 너의 집에서 기다린다. 너 역시 나를 기다리겠지만 내가 좀더 오래 기다려줄 수 있다. 나는 케첩 병보다 인내심이 많은 사람이다. 참을 만큼 참았다. 아직이다.

화병을 들고 일어났다. 화병에 물을 담았다. 화병을 들고 마셨다. 혀가 꼬이고 목이 찢어지는 것만 같았다. 나의 목을 조를 수 없어 화병의 목을 졸랐다. 뭔가 싱거운 것 같아 불을 껐다. 어둠 속에서 다시 한번 화병의 목을 조르기 시작했다. 화병에 어울리는 꽃의 이름은 무엇일까. 화병은 꽃을 기다리다 깨지게 되어 있다. 꽃은 시들고 화병은 깨진다. 네가 나를 위해 꽃을 사 들고 왔으면 좋겠다. 꽃을 사 달라. 파란 꽃이면 좋겠다. 화병은 이미 깨져 있을 것이다. 깨진 화병의 조각 위에서 꽃잎을 뜯어 날리며 우리는 뭔가 말할 수 있을 것이다. 말할 수 있는 건 말해야만 한다. 아직 두 다리는 멀쩡하다. 무릎을 꿇을 수 있다. 하자. 실패하자. 울자. 밤이다. 밤 끝으로 가고 있다. 끝은 없다. 기다린다. 계속이다. 착각하자. 다 잊어버리자. 우리는 아주 잠시 동안 선명한 빛이 될지도 모른다. 그 빛이 밤을 만들고 밤이 지나면 낮이 된다. 낮에는 낮에 어울리는 착각이 있을 것이다.

알게 될 거야

같은 강물에 두 번 빠질 수 없듯

같은 음악을 두 번 들을 순 없어요

—

공귈라, 〈한 줄의 음악〉

여기서 계속 가자.

또다시 무엇을 써야 한단 말인가. 이 문장은 이렇게 고쳐야 한다. 또다시 무엇을 쓰지 말아야 하는가. 두 문장의 차이에 대해서 말할 줄 알아야 한다. 누구에게 말을 해야 하는가. 아무도 듣지 않는다. 귀가 닫힌 지 오래다. 귀를 접으면 파도 소리가 들린다. 파도 소리에 리듬이 있다고 착각하고 있다. 그렇게들 산다. 귀가 있다면 접어야만 할 것이다.

나에겐 바다가 없다. 산도 없다. 바다와 산 사이에서 간신히 버티고 있다. 무엇을 위해 버티고 있는지 잊었다. 어떤 주장도 할 수 없다. 주장할 수 없으니 반성도 후회도 없다. 반성과 후회가 없는 글을 읽게 될 것이다. 입이 있다면 소리 내서 읽어라. 나는 이제 목소리를 위한 글쓰기만 해야 한다. 당연하다. 거짓말이다. 초조와 불안은 거짓을 낳는다. 거짓은 다시 완전 초조와 절대 불안을 부른다.

귀가 접혀 있다면 한 번 더 접어라. 이제 무슨 소리가 들리는가. 들리지 않는가. 귀가 얇은 자들은 특정한 소리에 민감하다. 소리가 접힌다.

무릎을 접었다 편다. 일어나 있으면 앉고 싶고 앉으면 눕고 싶다. 누워 있으면 계속 누워 있게 될 것이다. 나는 어디 누워 있는가. 누울 자리를 보지 않고 누웠다. 누워 있으니 방이라고 하자. 밖이라고 할 수도 있다. 방과 밖의 차이는 산과 바다의 차이만큼 멀다. 방에는 산이 있고 밖에는 바다가 있다. 그러니까 방과 밖 사이에서 간신히 버티고 있는 것이다.

나는 점점 얄팍해지고 얇아져간다. 종이가 된다. 종이가 되면 좋겠다. 낱장이라는 이름의 낮짝을 숙여야 할 것이다. 반으로 접혀야 한다. 누가 접어주겠는가. 내 몸에 손을 대지 마라. 손이 베일 것이다. **종이 화자.** 이 글의 제목을 이렇게 바꿔도 시원찮을 것이다. 누군가의 말을 받아 적을 수도 있다. 그 말은 다시 어떤 종이에 씌어진 글일 것이다. 어느 겨울날 종이를 태우는 손을 바라본 적이 있다. 그땐 누구를 사랑하고 있었을까. 고백 없는 사랑이 가능할까. 가능할지 모른다. 그 누구를 사랑하거나 사랑하지 않거나,는 중요한 게 아니다. 좀더 표백된 표현을 찾기 힘들다. 낱말들의 반을 잊었다. 남은 시간은 누군가의 반쪽짜리 삶이 될 것이다.

그가 찾아올 것이다. 그렇게 믿는 게 편하다. 나는 그의 말을 받아 적어야만 한다. 그는 자기 말만 한다. 귀가 잘 안 들린다는 핑계로 남의 말은 결코 듣지 않는다. 그가 만나는 유일한 남은 나다. 그는 나의 말을 듣지 않는다. 그는 나보다 아름답다. 몇 개의 신비한 동작을 만들 줄 안다. 그것을 따라 하느라 나는 허리가 휘었고 머리가 돌아갔다. 다시 나로 돌아오기까지 얼마의 시간이 더 흘러야 할지 모르겠다. 허리가 휘고 머리가 돌아간 채로 간신히 버티고 있다. 기형의 완성을 위해 앉았다 일어났다,를 생각날 때마다 따라 한다. 쉽지 않은 일이다. 이 글을 지속하는 것과 견줄 수 있다.

이 글은 완전한 기형이 될 것이다. 완성과 동시에 구부러지고 꼬이고 찢어지고 흩어질 것이다. 산을 들어 올리고 바다를 쪼갤 것이다. 그렇게 되길 바란다. 왜 그런 것을 바라게 된 것일까. 그를 알기 전부터. 그가 아니었으면 시작도 안 했을 것이다. 그에 대해 좀더 설명해볼까. 모든 설명 앞에서 나는 말문이 막힌다. 혀가 꺾인다. 그를 그녀로 바꿀 기회가 있을 것이다. 그렇다면 이 글은 다른 방향으로 흘러갈 것이다. 도대체 다른 방향이 어디 있을까. 산으로 가면 바다가 그립고 바다로 가면 바다도 산도 싫어진다.

싫은 곳에 가는 것이 나의 유일한 취미였다. 취미라기보다는 생활이란 말이 어울리겠다. 어울리지 않는 낱말만 골라 쓰는 사람이 있다면 고백할 것이다. 나를 골라 쓰세요. 고백은 경어체로 하는 게 좋다. 사랑하거나 사랑하지 않거나 고백은 아름다운 것이다. 고백은 실패할 때 완성된다. 완전히 표백된 얼굴로 앓아눕게 될 것이다. 방인지 밖인지 따질 힘이 없다. 두뇌가 쪼그라들었다. 다시는 일어나지 말아야지. 각오한 뒤엔 벌떡 일어나 앉을 것이다. 무엇을 위해. 무엇을 고르기 위해. 취미가 생활이 되도록. 여기 고백을 두려워하는 자가 있다. 이 글은 고백인가 고해인가. 몇 개의 낱말이 더 나와야 할까. 신경이 많이 쓰인다. 여기까지다. 그만 써야지. 나는 그만 썼다.

더 이상 읽지 말아야지 각오한 사람은 더 읽게 될 것이다. 몇 문장만 더 읽어라. 얼마 남지 않았다. 사실 잘 모르겠다. 읽기에 따라 다르다. 글을 읽는 눈의 속도와 입의 속도는 다르지 않겠는가. 어떤 문장에는 괄호를 쳐야 할 것이다. 괄호. 이 얼마나 산뜻하고 유용한 도구란 말인가. 언어의 친구. 언어의 적군. 친애하는 적. 위아래가 뚫린 자유의 감옥. 어떤 낱말도 괄호에서 탈출할 수 없다. 나는 괄호를 보여주지 않을 것이다. 적당한 때가 되면 보이게 될 것이다. 본다고 달라지겠는가. 못 본 척하고 잘못 본 척해라.

괄호로부터 그의 이름이 붙여진다. 이름이 있는 자가 이야기를 이어갈 수 있다. 과연 그런가. 다시 한번 나는 그것을 의심해보고자 하는 것이다. 괄다. 나는 그를 괄다로 부를 것이다. 괄호의 역할이 이런 것이라면 제법이다. 문제가 없을 수 없다. 문제는 생략하고 답을 찾아야 한다. 산에서. 바다에서. 산과 바다 사이에서. 종이가 될 때까지. 구겨져 있어라.

나는 괄다와 산에 간다. 괄다가 앞장설 때는 내가 점점 뒤처졌고 내가 앞장설 때는 괄다가 금세 나를 따라잡았다. 나는 선두가 될 수 없는 자이다. 척후병은 아무나 하는 것이 아니다. 척후라는 낱말에는 이미 구멍이 뚫려 있다. 나를 앞지르면서 괄다는 말한다. 나보다 큰 사람이. 괄다의 목소리는 기억나지 않는다. 기억하고 싶지 않다. 기억만 나면 귀를 접고 싶다.

우리는 산 정상까지 가지 않는다. 엄두도 못 낸다. 정상까지 가지 않으니 일부러 험하고 높은 산을 골라 오른다. 과연 오른다는 말이 맞을까. 오르기 전에 그만둔다. 산 아래에서 산을 쳐다보는 것이 좋다. 과연 오를 만한 산인가. 내가 하품을 하듯 말하면 괄다는 못 들은 척 산을 쳐다보고만 있다. 산 입구에서 망설인다. 도대체 산 입구가 어디일까. 산 정상도 산의 입구다. 우리는 산 정상에서 망설인다. 초조와 불안이 몸을 기형적으로 뒤틀리게 만든다. 정상 앞에서는 기형이 되어야 한다. 그래야 정상과 마주할 수 있는 것이다. 과연 내려갈 만한 산인가. 내가 이렇게 말해도 괄다는 못 들은 척 산 아래만 쳐다볼 것이다.

딱 한 번 산에 오른 적이 있다. 역시 정상은 아니었다. 이쯤이면 좋겠다. 날이 밝기 전 괄다와 나는 이런 의미의 눈빛을 교환했었다. 우리는 산허리 어딘가에 멈췄다. 산마루보다는 산허리가 좋지 않은가. 역시 산척山脊보다는 산요山腰가 좋다. 그렇더라도 도대체 어디가 허리인지 알 수 있겠는가. 우리가 멈춘 곳이 산허리다. 산허리에 뿌리를 내린 어느 착한 나무 옆에 비스듬히 기대섰다. 그 나무는 어느 소설에서 본 물푸레나무여도 좋다.

어슴푸레한 새벽 공기 속에서 나는 괄다를 내려다보았다. 이제 보니 가마가 두 개구나. 사실 하나였지만 거짓된 말을 계속 지껄이고 싶었다. 시간을 끌기 위해서. 무슨 시간을 말하는 거지. 아무것도 아니다. 이렇게 들어가서는 안 된다. 이건 두 사람의 이야기가 아니다. 혹은 한 사람을 떠올리는 어떤 사람의 이야기도 될 수 없다. 그럼 어떤 이야기인가. 다 읽고 나면 알게 될 거야.

괄다의 옆구리를 찌르려다 말고 말했다. 이쯤이면 좋겠다. 낙엽을 걷어내고 구두로 땅을 툭툭 찼다. 마치 서로에게 투정을 부릴 수 없어 애꿎은 땅에 화풀이를 하는 듯했다. 구두를 더럽히는 데는 둘 다 일가견이 있었다. 좀더 큰 사람인 내가 땅을 팠는데 처음치고는 잘 판 것 같았다. 대신 허리가 휘었다. 모든 일엔 대가가 있기 마련이다. 이 글의 대가는 무엇일까. 삽날을 쥔 자가 승리할까 삽자루를 쥔 자가 승리할까. 승리를 실패로 바꿔 읽어라. 비슷한 문장을 두 번 쓸 수는 없지 않은가. 비슷한 문장도 두 번 읽으면 비슷하지 않다는 것을 알게 된다. **같은 강물에 두 번 빠질 수 없고 같은 음악을 두 번 들을 수 없다.** 그렇다면 같은 문장도 두 번 읽을 수 없는 것이 아닌가. 반복은 없다.

　땅 파는 일을 해도 되겠어. 손전등을 비추고 있던 팔다가 말했다. 팔다의 입 구멍에 삽날을 쑤셔 넣고 싶었지만 참았다. 땅을 판 뒤에는 땀을 닦고 팔다가 내민 보온병에 담긴 보리차를 마셨다. 어둠 속에서 보리차만 마셨다. 어둠 속에서 보리차만 마시고 있던 나를 떠올리면 무섭다. 어째서 참고 있었을까. 보리차에서 쉰내가 풍겼다. 팔다의 침냄새도 섞여 있었다. 참고 마셔야 했다. 팔다는 내가 보리차를 다 마실 때까지 나를 쳐다보고 있었다. 파랗게 표백되어가는 어둠 속에 발목을 담그고 있는 팔다의 모습을 생각하면 무서움은 두 배가 된다.

　팔다의 침냄새를 기억한다. 팔다와 나는 단 한 번 같은 베개를 베고 잠이 들었는데 깨보니 팔다가 흘린 침이 내 입술까지 스며들어 있어 놀랐다. 그러니까 내가 너와 안 잔다고 했잖아. 이후 나는 괄다의 말을 무조건 믿기로 했다. 땅 파는 일을 해도 되겠어. 그렇다면 나는 땅을 파는 사람이 되어야 한다. 땅이 있으면 파야 한다. 나는 그런 문장을 머리에 새겨 넣었고 언제든 그것을 실천하는 사람이 되고 싶어 했다. 이 기억은 좀더 유년에 가까운 것이다. 이쯤에서 이 글의 화자 나이를 낮출 필요가 있을지도 모르겠다. 그럴 필요가 있겠는가. 다시 나이를 높여야 할 순간이 오겠지. 나는 인내심이 많은 사람이 아니다. 기다려야 할지 말아야 할지 애매한 것은 기다리지 않는 게 좋다.

땅을 잘 팠다. 사람 머리 하나쯤 묻을 만했다. 무엇을 묻어야 할까. 괄다와 나는 묻지 않았다. 아무것도 묻지 말자. 오늘 판 땅은 잊어버리자. 땅을 판 기억까지 잊어버리자. 저녁엔 보리차에 흰밥을 말아 먹고 귀를 접자. 파도 소리를 듣자. 그리고 아무 일도 일어나지 않은 것처럼 베개에 머리를 놓자. 침을 흘리자. 이렇게 제안하고 판 땅을 버려둔 채 괄다의 손을 잡고 산을 내려와도 좋았을 것이다.

삽자루를 잡고 머리 위로 돌리다 괄다의 목을 후려쳐 머리를 날려버리는 상상을 한다. 시간이 흐른 뒤, 시간이 언제 안 흐른 적이 있었나, 괄다는 잠꼬대처럼 말했다. 나는 네가 나의 머리를 삽으로 내려쳐주기를 얼마나 원했는지 몰라.

나는 꼭 그 말을 받아 적어야만 했는데 당시 종이가 없어 머릿속에 받아 적었고 그런 연유로 그 말은 오랫동안 썩지 않고 보관할 수 있는 문장이 되었다. 이것은 괄다의 말이자 나의 문장이다. 나는 네가 나의 머리를 삽으로 내려쳐주기를 얼마나 원했는지 몰라. 이제는 나의 상상이 먼저인지 괄다의 말이 먼저인지 모르겠다. 중요한 건 이렇다. 괄다와 나는 각각의 머리로 같은 생각을 했다는 것이다. 두 개의 머리가 하나의 베개에 놓여 있듯이 말이다. 하나는 침을 흘리고 하나는 침을 핥아 먹어야만 한다.

이 이야기를 계속 진전시켜야 할까. 베개 이야기라면 얼마든지 가능하다. 이 글이 나의 마지막 글이 아니라면 다음에 시작할 글의 제목은 베개 이야기가 될 것이다. 각오해라. 이 글을 끝내야 시작할 수 있다. 바꿔 말하면 이 글을 읽은 자만이 그 글을 읽을 수 있다. 읽지 않겠는가. 베개는 낮게 베는 것이 좋다. 이 글은 점점 얇아질 것이다. 베갯잇만 남은 이야기에 머리를 얹어야 할 것이다. 우리의 잠이 그렇게 시작되고 장난처럼 끝이 나버렸다고 거듭 말해야 할까.

결국 괄다와 나는 침이 말라붙은 베개를 묻어야 했다. 달리 무엇이 더 있겠는가. 베개를 물고 늘어진 보람을 챙겨야 하지 않은가. 베개를 묻는 의식은 우리의 머리 두 개를 묻는 것과 같다. 이것이 우리의 사랑이자 절망이었다. 절대 상징이었다. 베개를 그냥 묻어야 할까. 베개의 입을 찢어 보릿겨를 땅에 쏟아붓는다. 그 소리는 어떻게 들릴 것인가. 촤. 촤르르. 촤르르르. 그랬을까. 잠든 짐승의 귓불을 간질이는 소리. 잎사귀에 엉겨 붙은 바람을 털어내는 소리. 설치류가 견과류를 모아두는 소리. 소리는 오로지 다른 사물의 움직임으로 증명할 수 있을 뿐이다. 어떤 언어가 소리를 잡아둘 수 있겠는가. 그것을 안다면 이 글은 한 낱말로 족할 것이다. 어떤 소리는 끝을 부른다. 읔. 졌. 륾. 휉. 발음해본다.

괄다 몰래 보릿겨 한 줌을 주머니에 감춘다. 이제 끝이다. 베개를 묻었으니. 베개가 묻히는 소리를 들었으니. 돌아가라는 소리가 들린다. 메아리친다. 메아리를 무시하고 베개를 묻은 땅 바로 옆에 다시 땅을 팠다. 모든 일은 두 번 해야 좋다. 반복은 없다. 같은 땅을 두 번 팔 수는 없다. 이전보다 더 잘 팠다. 괄다는 잘 팠다는 말도 하지 않고 보리차도 내밀지 않았다. 쪼그리고 앉아 베개가 묻힌 땅에 젖은 잎사귀를 떨어뜨리고 있었다. 그 잎사귀는 마치 괄다의 입에서 떨어지는 것처럼 보여야 했는데 실제 그렇지는 않았다. 괄다의 모습은 자연의 괄호에 갇힌 죄 많은 나무 같았다.

날이 샜다. 해가 뜨거웠다. 노동의 아침이 밝아왔다. 무엇보다 나는 두번째 판 구덩이에 만족하고 있었다. 길고 가느다란 구덩이. 예정에 없던 일이었지만 그 안에 삽을 묻었다.

묻지 않을 수 없었다. 삽 말고 달리 무엇이 있겠는가. 계속 삽자루를 들고 있다면 괄다의 목을 내려쳤을 것이다. 그게 불가능했다면 어느 착한 나무의 밑동에 삽날을 꽂았을 것이다. 분명 그랬을 것이다. 나란 인간은 그런 사람이다. 흙을 손으로 긁어모아 덮었다. 손톱에 흙이 낀 느낌이 좋았다. 목과 어깨를 긁었다. 구부러진 삽날이 흙 밖으로 삐져나와 있었다. 마치 혀를 내밀고 있는 것 같아 그대로 두었다. 혀를 내민 삽도 그것을 내버려두는 나의 마음도 좋았다. 베개 생각과 더불어 괄다를 버리고 가도 좋을 정도였다.

언젠가 이곳을 다시 찾게 될지도 모른다. 그땐 무슨 일이 일어나야만 하고 어떤 감정의 격랑에 휩싸이게 될까. 나는 기다리기로 했다. 설령 이곳을 찾지 않게 되더라도 누군가 삽날을 발견하고 그것을 꺼내 땅을 팔지도 모른다. 처음엔 힘이 들 것이다. 아니, 생각보다 잘 파질지도 모른다. 삽날을 발견한 자가 삽자루를 쥐게 될 것이다. 그는 승리하는 동시에 실패하는 자이다. 삽을 자유자재로 다루게 된 그는 삽자루를 들고 머리 위로 돌리다 결국 자신의 목을 칠 것이다. 의도된 실수처럼. 머리는 정확히 베개가 묻힌 땅 위에 떨어질 것이다. 이제 산이 그의 베개가 되었다. 다시 그자는 이름이 다른 나였으면 한다. 내가 아니면 도대체 누구란 말인가.

내가 어떤 도취에 휩싸여 손을 뒤로 감춘 채 산허리 둘레를 서성이고 있을 때 괄다가 다가와 내 얼굴에 침을 뱉었다. 왼쪽 뺨에 침이 흘러내렸다. 그제야 괄다가 계속 나의 이름을 부르고 있었다는 것을 알게 되었다. 여기서 나의 이름을 말해야 할까. 이름을 밝힐 수 없다. 나의 이름으로는 이야기를 이어갈 수 없다. 나의 이름은 이야기를 역전시키고 뒤집어엎고 뒤섞어놓아 결국 끝을 부르는 이름이다. 어느 이름인들 그렇겠지만 나의 얄팍한 변명을 믿어주길 바란다. 이름 감추기. 이것이 이야기의 정상과 마주한 자의 변명이다. 그래도 부르고 싶다면 마음대로 정해 불러라. 원숭이 윤. 그런 이름이 가능하다면. 원숭이 윤이라고 불러라. 나는 대답하지 않을 것이다. 괄다는 내 이름 앞에 수식어를 붙여 불렀는데 그것은 주로 욕이거나 동물을 비유한 말이었다. 야, 원숭이 윤. 나는 원숭이를 닮지도 이름에 윤이 들어가지도 않는데 말이다.

원숭이 윤의 얼굴에는 괄다의 침이 흐르고 있다. 뺨이 끓어오른다. 침이 마르도록 기다려야 할까. 무엇을. 누구의 이름을 위하여. 어떻게 고백하기 위해. 무엇을 고해하기 위해. 어떤 이야기를 산허리에 꽂아두기 위해서.

먼저 내려가. 괄다는 나의 말은 듣지 않고 이미 먼저 내려가고 있었다. 우리가 올라온 방향과 달랐지만 가히 내려가는 자의 활기찬 우울과 신비한 걸음걸이가 느껴졌다. 괄다가 시야에서 사라지자 얼굴에 남은 침을 손으로 닦은 뒤 어느 착한 나무에 문질렀다. 이제 무엇을 해야만 하는가. 누울 자리가 있다면 눕고 싶다. 다시 시작해야만 한다. 이어서 계속 가야지.

누울 자리를 찾기 시작했다. 이제 와서 몸에 흙을 묻힐 수야 없지. 내려가야 할까 올라가야 할까. 산허리에 엉거주춤하게 서서 위와 아래를 번갈아 내려다보았다. 착한 나무들이 몸을 구부려 저마다 자신이 서 있는 곳으로 오라고 유혹했다. 참담한 유혹이었다. 어느 죄 없는 나무가 몸을 완전히 눕혔다면 그 위에 자연스럽게 누웠을 것이다. 나무를 끌어안고 나무의 숨통에 귀를 댈 것이다. 지구가 일그러지는 소리를 들으려 애쓸 것이다. 점점 커지는 진동이 나를 잠들게 하리라. 결국 나는 나무를 떠나서 살 수 없는 인간이 될 것이다. **나무 화자**. 이 글의 제목은 또다시 바뀌게 될 것이다.

역시 누운 나무가 없다. 다시 모험을 떠나야 한다. 내 몸을 눕힐 수 있는 자연의 부속물을 찾아서 길고 지루한 모험을 지속해야 한다. 이렇게 생각하자 누울 자리가 보인다. 생각하면서 몇 걸음 내디딘 까닭이기도 하겠지만 참 쉽게 가고 있지 않은가. 올라올 땐 힘들었으니, 아마 팔다와 함께 올라와서 그런 것이겠지만, 내려갈 땐 쉬운 게 당연한 걸까. 그런 헛된 믿음을 거부하려고 얼마나 애썼는가. 이제 그런 말을 아무렇지도 않게 하고 있다니. 괄다는 어디쯤 내려가고 있을까. 의도적으로 내가 이렇게 생각할 줄 아는, 아직 자비로운 인간임을 보여주기 위해, 사람이여야 한다고 스스로를 설득하며 누울 자리 앞에 첫발을 내디뎠다.

거대한 괴석이 위태로운 각도로 놓여 있었다. 괴석 아래는 낭떠러지였다. 자칫하면 굴러떨어질 수 있다는 위기감이 유혹을 불러일으켰다. 나는 유혹에 약한 인간이다. 어느 글에서도 이런 문장을 썼었지. 어느 글인지 기억이 안 나서 다행이다. 쓴 자가 기억에 없으니 읽은 자도 기억에 없을 것이다. 아니, 그것은 다른 문제인가. 쓴 자가 기억하지 못해도 읽은 자가 기억할 수도 있겠지. 누가 읽었는가. 누가 기억하는가. 누가 읽었는지 알 수 없으니 나는 모르는 척 그대로 쓰는 것이다. 어쩌면 나의 모든 글에 그 문장이 박혀 있는지도 모르겠다. 아마 그럴 것이다. 확신한다. 확신이라는 위대한 착각에 빠지면 마음이 한동안 편해진다. 쪼그라든 두뇌가 잠시 부풀어 오르는 기분이다. 기분은 곧 정신을 단단하게 만들고 속이 단단한 과육 같은 정신 상태 속에서 글을 지속적으로 쓸 수 있는 것이다. 단단했던 과육이 허물어진 줄도 모른 채 글을 전진시키는 위험을 감행해야 한다. 한 걸음 전진하기 위해 열 걸음 후진시켜야 한다. 나의 모든 글은 그 문장을 쓰기 위해 존재하는 것일지도 모른다는 착각이 지속된다. 좀더 솔직히 말하면 쓰는 것이 아니라 글의 어느 좌표에 위치시키기 위해 무수한 문장들을 선택하고 결합하고 나열하는 것이다.

나는 유혹에 약한 인간이다. 한 번 더 쓴다. 문제될 게 있는가. 이런 문제가 있다. 무엇에 유혹당했는지가 중요할 수도 있겠다. 바로 그게 중요하다. 왜 이제야 알게 되었을까. 다 쓰고 나서가 아니라 그나마 다행이다. 이상할 것이 없다. 이전 글들에서 나는 인간들의 모습, 행동, 말 따위에 유혹당했지만 지금은 아니다. 자연에 유혹당하고 있다. 자연이 숨긴 괴석. 좀더 정확히 말하면 괴석도 아니다. 괴석의 각도에 끌린 것이다. 이것은 사물의 본성이 아니다. 사물의 잠재적 상태가 문제다. 잠재적 상태가 사건을 부른다. 글의 흐름을 따른다면 사건이 만들어놓은 심리의 문제다. 욕망이라는 낱말은 쓰지 않을 것이다. 문장 정지. 괄호에 맡기고 넘어가자. 문장을 기다리는 괄호가 있다. 앞으로 글을 전개하기 위한, 이 글에 화자가 있다면 화자를 움직이게 만들기 위한 최소한의 장치로서의 문장이 그것이다.

나는 유혹에 약한 인간이다. 괄호를 치고 싶지만 참고 있다. 나의 심정을 좀 알아주길 바란다. 이렇게 써놓고 보니 정말 그런 것 같지 않은가. 어째서 같은 문장을 세 번씩 읽어야 하는가. 묻지 않을 수 없겠지. 대답하지 않을 수도 있다. 여기까지 읽은 것만으로 이 글은 성공한 것이다. 이제 그만 읽어도 좋다. 그만 읽을 수 없을 거다. 귀를 접게 만들었으니까. 문장의 아교가 한번 접힌 귀를 펴지 못하게 만들었으면 좋겠다.

도대체 언제 누워야 할까. 누울 자리 앞에서 무엇을 주절거리고 있는가. 눕기 전에 떨어질지도 모른다. 얼마나 참담한 일이 될 것인가. 참담함을 맛보고 싶은 또 다른 유혹이 생겼지만 기억을 잃은 거미가 거미줄에 걸린 심정으로 납작 엎드려 네발로 괴석의 중앙 쪽으로 이동했다. 무척 겁이 났지만 가능하면 우스꽝스럽게 보이도록 움직였는데 누군가 지켜보고 있을 거라는 생각이 동작을 오히려 부자연스럽게 만들었다. 산에는 숨겨진 것이 많고 그만큼 숨어서 지켜보는 것도 많을 것이다. 숨겨진 것을 찾기 시작하면 찾을 수 없다는 것을 알기에 내버려두기로 했다. 찾는 것을 포기할 때 숨은 것은 드러나게 되어 있다. 또 안 드러나면 좀 어떤가. 이 글은 너무나 많은 것을 숨기고 있어 아무것도 숨기지 않은 것처럼 보일 것이다. 같은 의미로 아무것도 숨기고 있지 않아서 너무나 많은 것을 숨긴 것처럼 읽힐 것이다. 나는 숨고 숨기는 데 도가 튼 사람이다. 내가 왜 바다를 버리고 산을 택했겠는가. 산을 들어 올리려고 하는가. **숨은 화자**. 이 글의 제목은 수시로 바뀐다. 마음에 드는 걸로 골라 붙여라. 난 이미 화자가 아니다. 화자라는 생각은 버렸다. 오해하지 마라. 그래서 이야기의 구심점을 포기하고 덜덜 떨면서 중앙 언저리에 몸을 눕히게 되었다. 누우니 두려움이 가셨다. 일어나지만 않는다면 두려움은 다시 찾아오지 않을 것이다. 괴석과 일체가 되는 수밖에 없다.

빛이 뜨겁다. 태양에 그대로 노출된 자는 초조와 불안이 타들어갈 때까지 기다려야 한다. 의지와 상관없이 얼굴이 찡그려진다. 얼굴에만 쏟아지는 빛을 분산시키기 위해 뭔가 해야만 한다. 이 빛을 피부에 양보하고 싶다. 무엇부터 벗을까. 누운 채로, 일어나면 아마 두려움에 떨다 괴석 아래로 떨어지고 말 것이다, 벗어야 한다. 이 생각을 하면서 구두로 구두를 벗겼다. 발로 구두를 벗겼다. 구두가 괴석 아래로 굴렀다. 구두를 잡으려면 몸을 던져야 한다. 다음 일은 모르겠다. 구두의 비명 소리가 들려왔다. 초조와 불안이라는 이름의 구두가 추락했다. 한 번. 두 번. 그다음은 메아리. 구두둑. 산이 구두를 씹어 삼키는 소리. 산이 싫어도 이제 산에 있을 수밖에 없다. 구두를 벗자 그다음은 모든 게 쉬워졌다. 평소대로 아랫도리를 먼저 벗고 윗도리를 다음에 벗었다. 과연 내가 평소에 그렇게 옷을 벗었는지 모르겠다. 아무튼 다 벗었다. 나체가 되었다. **벗은 화자**. 다시 이 글의 제목을 생각하지 않을 수 없다.

온몸으로 빛을 받아들였다. 열이 올랐다. 땀이 났다. 좋은 징조다. 열은 올랐다가 내릴 것이고 땀은 났다가 식을 것이다. 열과 땀 사이에서 간신히 버티고 있다. 문득 몸을 열어 내부에도 빛을 쏘이고 싶다는 생각이 들었다. 두뇌와 장기와 근육과 혈관과 지방과 뼈와 돌덩이들을 빛 속에 담그고 싶었다. 내장만 따로 꺼내 옆에 두고 말라가는 것을 바라볼 수는 없을까. 결국 죽고 말 것인가.

이 글은 죽음으로 끝날 것인가. 타협의 연속이다. 누군가의 죽음을 예고하다가 죽이는 것과 죽이지 않는 것. 어느 게 더 윤리적인가. 죽음만 생각하면 죽고 싶은 게 착한 마음을 가진 자의 윤리이다. 착한 마음을 태양빛에 태워버리기 위해 나는 어떤 흘러간 노래를 기억하려고 했지만 기억이 나지 않았다. 모든 노래는 흘러가야 한다. 노래야 만들 수 있지 않은가. 부르면 노래가 되지 않는가. 부르는 노래가 있고 부르지 않는 노래가 있다. 나는 누구도 부르지 않는 노래를 불러보기로 마음먹었다. 그것은 처음부터 끝까지 질문으로만 이루어진 어떤 책의 목차를 이어 만든 노래가 될 것이다. 그 책은 아직 이 세상에 존재하지 않지만 내가 노래로 부름으로써 완전히 존재할 수 없게 만들 수도 있다. 그러기 위해서는 이 글에서 노출해서는 안 된다. 나만 알고 있겠다. 나는 누가 내 문장을 만지는 것을 싫어한다. 만지면 썩고 허물어지기 때문이다. 만지지 마라. 나 몰래 만지는 것은 허락하겠다.

어떤 흘러간 노래 대신에 나는 과거의 문장을 떠올렸다. 놀라운 일이다. 어떻게 이걸 생각해냈을까. 가끔 몸을 구워주어야 한다. 이 문장은 나의 것이 아니다. 나를 찾아오기로 한 그의 문장이다. 그는 이미 괄다가 되었다가 토라져 문장의 협곡을 지나 사라졌지만, 이 문장으로 다시 나타나게 되었다.

그는 나의 아버지였다. 나는 더 이상 내 글에 아버지가 등장하는 꼴을 보고 싶지 않다. 약속하지 않았는가. 더 이상 아버지를 위한 문장을 써서는 안 된다고. 그렇게 쉽게 가서는 안 된다고. 특히 이 글을 시작할 때 그렇지 않았는가. 단 하나의 목표가 있다면 그것이다. 이제 와서 모든 것을 되돌릴 수 있을까. 가능하다 해도 불가능으로 만들어야 한다. 하지만 저 문장도 버릴 수가 없다. 사람들은 왜 이런 이야기의 유혹을 뿌리치지 못할까. 아버지를 뭐라고 부르면 좋을까. 가능할까. 아버지의 이름. 전혀 아버지 같지 않은 이름. 도대체 나는 지금 아버지라는 단어를 몇 번이나 반복하고 있는가. 나에게 아버지는 몇 명이나 될까. 틀렸다. 변명의 여지가 없다. 다른 걸 떠올려야만 한다. 집중하자. 계속 가자. 생각났다.

나는 그를 촘스키라고 부를 것이다. 조금 마음이 편해진다. 태양빛이 미쳐 날뛴다. 지금이 몇 시인지 알고 싶다. 이 글과 무관한 노트에 적어두고 싶다. 2시 37분이다. 촘스키를 생각해야 하는 시간이다. 오늘부터 2시 37분에는 촘스키만 생각할 것이다. 촘스키의 책을 읽지 않아 다행이다. 아마 이 글이 완성되면 촘스키를 읽게 될 것이다. 늘 그래왔던 대로 그래야 한다. 누군가 이 글을 읽고 촘스키와의 연관성을 물어온다면 머릿속에 대답을 만들어놓고 대답하지 않을 것이다. 아무도 묻지 않을 것이다. 이전과 마찬가지로 그럴 것이다. 제목 아래 촘스키의 어떤 문장을 인용해도 좋을 것이다. 정말 해서는 안 되는 짓의 유혹을 뿌리치기는 힘들다.

촘스키와 나는 단 한 번 산에 오른 적이 있다. 촘스키는 매주 혼자 산에 갔는데 그날은 어쩐 일인지 나와 가자고 졸라댔다. 아직 미취학 아동이었던 나는 촘스키의 부탁을 거절할 수 없었다. 땅콩 조각이 박힌 알사탕의 유혹에 넘어간 것이다. 알사탕 두 개를 입에 넣고 촘스키의 커다란 궁둥이를 바라보며 따라 올라갔다. 산에서는 비릿한 냄새가 났는데 코가 시큰거릴 때마다 침을 삼켜야 했다.

촘스키는 산 정상에 닿기 전 걸음을 멈추고 길이 없는 숲 속으로 들어갔다. 내가 모든 일에 있어 정상까지 가지 않는 것은 촘스키에게서 물려받은 유전인자 때문인지도 모르겠다. 아무런 말도 없기에 따라갈 수밖에 없었다. 숲의 한 귀퉁이에 커다란 바위가 있었다. 바위 주변으로 햇볕이 내리

쥐고 있었다. 촘스키는 배낭을 풀어 크림빵과 팩 우유를 꺼냈다. 나에게 그것을 주고 먹으라고 했다. 허기졌던 나는 입술에 크림을 묻히고 턱에 우유를 흘려가며 먹었고 촘스키는 내가 먹는 것을 계속 쳐다보았다. 나에게 미안함을 불러일으키려는 속셈의 눈빛이라고 생각돼 빵을 내밀었지만 고개를 저었다. 우유를 먼저 내밀었으면 달라졌을지도 모른다. 촘스키의 시선에 갇혀 크림빵과 우유를 미친 듯 먹던 나를 떠올리면 한심하기 짝이 없다. 내가 다 먹고 나자 촘스키가 말했다. 옷을 벗어라. 내가 무슨 말인지 몰라 어리둥절해 있자 좀더 큰 목소리로 말했다. 옷을 벗으라니까. 촘스키의 목소리가 메아리쳐 들렸다. 아마 나는 그때부터 메아리를 혐오하게 되었는지도 모르겠다. 내가 벗으려 하지 않자 더 이상 기다릴 수 없다는 듯 촘스키가 옷을 벗었다. 공중목욕탕에 온 사람처럼 아무렇지도 않게 벗었다. 전체적으로 누렇고 허약한 몸에 배만 불룩 나와 있었다. 옷을 잘 접어 바위 옆에 가지런히 포개두었다. 촘스키는 발가벗은 채로 주변을 둘러보며 넓적한 돌 하나를 주워 바위에 올려놓았다. 돌을 베고 누웠다. 다리를 벌렸다. 입술 끝의 마른 크림을 핥으며 나는 알사탕 봉지를 움켜쥐었다. 알사탕에 박힌 땅콩 조각처럼 촘스키의 나체가 내 눈에 박혀 있었다.

촘스키는 눈을 감은 채 가만히 있었다. 저런 거라면 나도 벗고 싶었지만 이미 벗기에는 때가 늦었다는 것을 알았다. 가끔 몸을 구워주어야 한다. 잠꼬대처럼 촘스키가 중얼거렸다. 그리고 잠시 후 정말 잠이 들어 잠꼬대를 했다. 나는 떠날 거야. 나는 촘스키의 몸이 다 구워지도록 바위 옆에 걸터앉아 어떤 알 수 없는 노래를 반복해서 흥얼거려야 했다. 이후에도 촘스키는 매주 산에 갔지만 나와 함께 가자는 말은 하지 않았다. 한 번쯤은 대가 없이 따라가줄 수도 있었는데 촘스키는 나를 원하지 않았다. 촘스키의 잠꼬대는 실현되지 않았다. 모두가 떠나도 촘스키는 떠나지 않았다. 촘스키만 남았다. 달리 생각해보면 그게 촘스키가 떠난 방식이다.

여기까지가 촘스키 이야기의 내력이다. 무슨 일이 일어났는가. 아무 일도 일어나지 않았다. 그것이 나의 전체를 흔들어놓고 있는 것이다. 뭔가 속이 시원해야 하는데 뱃속에 돌덩이가 들어찬 기분이다. 누가 나를 베고 누웠으면 좋겠다. 입 밖으로 언어가 빠져나오듯 돌덩이가 터져 나올 것이다. 내 몸을 햇볕에 구우며 손톱 사이에 끼인 흙을 쳐다보았다. 이 흙을 빼지 않고 죽을 때까지 살 수는 없을까라는 부질없는 생각에 자신을 내던지고 싶었다.

어떻게 산을 들어 올려야 할까. 그리고 무엇으로 바다를 쪼개야 할까. 괴석 아래로 굴러떨어지면 바다에 닿을 수 있을까. 산에는 산노래가 있듯 바다에는 바다 노래가 있겠지.

산에 어울리는 문장이 있듯 바다에 어울리는 문장도 있을 것이다. 산을 들어 올린다고 그 밑에 바다가 있는 것은 아니다. 그럴 수만 있다면. 끝이 보일 것이다.

나의 생각을 낚아채듯 어디선가 줄이 날아왔다. 줄이 얼굴을 때렸다. 줄을 잡아요. 목소리가 들렸다. 순간적으로 줄을 잡았다. 줄을 잡자 나의 몸이 끌어당겨졌다. 끌어당겨지는 척하며 기어갔다. 괴석의 좀더 안전한 자리로 이동했다. 옷을 입어요. 그제야 두려움이 다시 일었다. 팔을 뻗어 옷가지를 잡았다. 움켜쥔 채 그대로 있었다. 옷을 입으라니까. 목소리만 있고 실체는 보이지 않았다. 햇볕을 너무 오래 쬔 탓인지 눈앞이 붉은 광선으로 가득했다. 한 손에 줄을 잡고 어렵게 옷을 걸쳐 입었다. 줄이 다시 당겨졌다. 줄에 잡힌 나는 괴석에서 들어 올려졌다.

줄 끝은 어느 착한 나무에 묶여 있었고 줄 사이에 녹색 모자를 쓴 사람이 인상을 찌푸리며 서 있었다. 줄을 던진 것을 후회하고 줄을 잡은 나를 원망하고 있는 것만 같았다. 나무에 묶은 줄을 푼 그가 말했다. 왜 죽지 않을 수 없는 거지. 그는 자신을 산림감시원이라고 소개했다. 하지만 산림을 감시하는 것이 아니라 어느 순간부터 자살을 하려는 사람을 감시하고 있다고 했다. 그는 다시 자신을 자살감시원이라고 소개했다. 사람들이 자신을 산림감시원이라고 부를 때마다 속으로 나는 자살감시원이다, 나는 자살감시원이다,라고 중얼거린다고 말했다. 내가 누워 있던 괴석은 자살 바위로 명물이 된 곳이라고 덧붙였다.

내가 아무런 대꾸도 하지 않자 산림감시원이 나의 팔을 잡아끌었다. 내 손에는 여전히 줄이 잡혀 있었다. 산림감시원이 줄을 뺏으려 하자 이 줄을 놓치면 정말 나는 죽을지도 몰라요,라는 눈빛을 보냈다. 나도 죽고 싶소. 죽고 싶단 말이야. 모두가 죽기 전에 나도 죽고 싶어. 산림감시원은 소리를 질렀다. 메아리쳤다. 나는 줄을 좀더 세게 움켜잡았다.

산림감시원이 자신의 허리에 줄을 묶었다. 나는 줄 끝을 잡고 그 뒤를 따랐다. 맨발로 걸었다. 걸을수록 맨발이 편하다는 것을 알게 되었다. 이제 구두 따위는 신지 않아도 된다. 산림감시원답지 않은 느린 걸음이었다. 어쩐지 친근감이 느껴졌다. 우리는 친구가 될지도 모른다. 함께 산을 오르락내리락할 것이다. 그에게 무엇이든 고백하고 싶어진다. 고백을 취소할 날도 올 것이다. 서로를 감시하게 될 것이다.

얼마를 내려오자 괄다가 보였다. 그동안 어떤 상념의 괄호에 갇혀 있었기에 여기까지밖에 못 내려왔나 하는 생각이 들었다. 내가 촘스키를 만나고 있을 동안 괄다는 누구를 만난 것일까. 나는 왜 괄다를 누구와 만나지 못하게 만든 것일까. 이 글은 괄다의 시점으로 다시 씌어질 것이다. 나는 등장하지 않을 것이다. 괄다와 촘스키가 나를, 원숭이 윤을, 화자를 떠올리며 눈인사를 할 것이다. 그때 이미 나는 죽어 누워 있을 것이다. 바다에 떠 있을 것이다. 나의 착한 육체가 바다를 쪼갤 것이다.

아무 말 없이 괄다를 지나쳐야 했다. 해줄 말이 없다. 전할 말도 없다. 무슨 말을 하든 귀가 접힌 괄다는 듣지 않을 것이다. 파도 소리에 미친 것이다. 이렇게 생각하는 것이 마음이 편하다. 나야말로 산림감시원을 따라가면 그만이다. 그가 나를 어디로 데리고 가는지 궁금하지만 참고 계속 갈 것이다. 가보면 알게 될 거다. 한 손은 줄을 잡고 다른 손은 주머니에 넣었다. 보릿겨가 만져졌다. 내가 가진 유일한 것. 이 글에 남은 유일한 잔여물. 그것을 산림감시원에게 제공해도 좋겠다. 보릿겨를 얼굴에 뿌릴 수도 있을 것이다. 그게 낫겠다. 더 나쁜 것이 더 좋은 결과를 가져오게 되어 있다.

내려가는 것이 맞는가. 끝이 없다. 끝없는 하산의 길이다. 우리는 지금 산허리 어디쯤을 헤매고 있을까. 어쩐지 산림감시원의 반쪽짜리 삶을 대신 살고 있는 것만 같다. 쓰고 있는 것만 같다. 읽고 있는 것만 같다. 나는 내가 쓴 것을 증명한 뒤 부정하기 위해 이 글을 지속해야 한다. 나는 내가 무엇을 쓰지 말아야 하는지 알게 된 것일까. 너는 네가 무엇을 읽지 말아야 하는지 알게 된 것일까. 같은 문장을 두 번 읽을 순 없는가. 이제 당신이 말할 차례이다.

그러니까 만나서 얘기하자.

피드백

우리는 그렇게 사라졌다.
이야기는 계속 이렇게 끝난다.

　이야기는 정말 이렇게 끝났다. 의지가 느껴지는군. 잎이
말했다. 의자가 느껴진다고? 내가 되묻자 잎이 책을 내려놓
고 두 손을 동그랗게 모아 나의 목을 잡고 흔든다. 그만 뱉어
내란 말이야. 웃음기가 감돌다 점점 일그러지는 잎의 얼굴
이 눈앞에 아른거린다. 뱉어내라는 말은 우리가 언어의 유
희 속에 빠져 있거나 잠들어 있을 때 쓰는 우리만의 약속된
말로 그만 눈을 뜨라는 뜻이다. 내가 무언가 뱉어낼 수 있는
능력이 있다면 **원숭이 윤**을 뱉어내고 싶다. 붉은 얼굴의 작

고 귀여운 **원숭이 윤**. 황금색 솜털이 돋아난 입술은 또 어떤 가. 너무나 환한 세상에 놀라 커다란 눈동자를 이리저리 굴리며 삐에르 삐에르, 소리를 지르겠지. 우리는 해가 몇 번이고 지고 뜰 때까지 입가에 번지는 미소와 함께 **원숭이 윤**을 바라볼 수 있을 것이다. 내가 우스꽝스럽지만 물리칠 수 없는 기억의 끝에 서성이고 있을 때 잎은 잎대로 어떤 풍요로운 상념에 젖어 있었는지 촉촉한 눈동자로 내 목에서 손을 풀어 냄새를 맡은 뒤 다시 제자리로 가져갔다. 기계유령처럼 천천히 흔들리며 멀어져가는 잎의 야무진 손을 오랫동안 바라본 적이 있다. 밤을 지샌 후의 새벽이었고 안개가 자욱한 기차역이었다. 나는 안개 속에 갇힌 발 때문에 어린아이로 돌아가 곤란한 표정을 짓고 있었고 잎은 다 뱉어버리고 싶다며 기차가 오는 방향을 향해 들리지 않는 소리를 지르고 있었다. 나는 영원히 한쪽 다리를 안개에 빼앗기고 말았고 잎은 달려오는 기차를 삼켰다. 어째서 우리는 그렇게 헤어졌을까. 잊어버리는 게 좋겠다. 아득하다. 모든 게 선명하지만 아득하게만 느껴진다. 잎과 나는 완전히 시들기 전에 다시 만났고 이제 우리는 삶이라는 유희의 끝에 다다라 있다는 걸 잘 알고 있다. 그러니까 서로를 향해 무슨 말을 해도, 어떤 몸짓을 해도 우리는 되받아칠 줄 알고 모든 애매한 상황에서도 담대하게 놀라워할 줄 안다. 우리의 말은 드물지 않게 서로를 비껴나가 우리의 눈빛이 닿을 수 없는 곳에 떨어져 납작해지지만 그 말들이 언제고 다시 생기를 되찾아 우리의 머릿속을 명쾌하게 울리며 언어의 비밀을 속삭여줄 거라고 믿는다. 그러니 말을 아껴야 한다. 말은 언제고 우리에게 다시 돌아온다. 때가 늦을 때도 있고, 그렇지 않을 때도 있다. 우리는 계속 말한다. 말해야 한다. 말을 아끼면서 말해야 한다. 우리가 말을 하는 사이, 말로 교감하고 유희하는 사이 천사 **원숭이 윤** 무리와 악마 **원숭이 윤** 무리의 그림자로 만석이 된 기차가 우리의 기억을 깔아뭉개고 지나가기도 한다. 우리는 세상에 대한 공통 감각을 잃어버렸는지도 모른다. 이제 우리는 신경을 다른 곳에 쏟아야 한다. 바로 방금 전까지 우리가 했던 말들, 우리의 낮은 목소리가 읽어낸 문장들, 그리고 잠시 우리를 다른 곳으로 데려가게 만드는 초시간적 감각에 대하여. 우리는 두리번거려야 한다. 우리의 의식과 현상계가 모종의 암약 속에서 타협하고 있는 지각 작용을 흔들어놓아야 한다. 숫자의 알고리즘을 벗어나 무작위적으로 쏟아지는 언어의 물방울들을 흡수하는 분홍색 더듬이가 우리의 정수리에서 자라나고 있을 것이다. 좀더 추상적인 말로 시간의 노화가 주는 순수한 언어적 간섭이다. 한때, 그러니까 우리가 밤을 지새운 새벽, 기차역에 도착하기 얼마 전까지, 우리는 서로의 얼굴을 보고 아무 말도 하지 못했다. 입 밖으로 말이 나오지 않은 것은 침묵에 대한 예찬도 치유도 아니었다. 우리는 그것을 고통이라고 말하고 싶지 않았다. 슬픔이라고 말하고 싶지 않았다. 서로의 손을 잡으면 손가락 사이사이로 무언가 계속 빠져나갔다. 우리는 그것을 보지 못하면서도 지켜볼 수밖에 없었다. 말의 입막음. 말로 말의 입막음. 너무나 많은 말이 가득 차 한마디도 입 밖으로 나오지 못한다. 실오라기 같은 말의 끄트머리가 신음처럼 새어 나오기도 한다. 우리는 말이 되지 못한 음성을 귀 기울여 채집하지 못했다. 그것이 우리를 멀어지게 했고 다시 만난 우리가 서로의 얼굴과 몸에 파묻힌 언어를 더듬고 말을 되듣고 되풀이하고 있는 까닭일 것이다. 우리는 한번 되들린 말이 최초의 말과 다르다는 것을 알고 있다. 우리의 기억 속에 파묻힌 장면과 우리가 기억해내는 장면이 다르듯이 말이다. 말없이 말할 수 있는 미래의 어느 날, 우리의 영혼은 4인칭 나선형 시점으로 서로를 보고 있을 것이다. 우리는 두리번거린다. 눈앞의 풍경이 거품기로 한번 돌린 것만 같다. 하늘은 하늘답게 푸르고 나무는 나무답게 서 있고, 바람은 바람답게 어디선가 불어온다. 그러나 하늘의 푸른색에 사람들의 지문이 묻어 있는 것만 같고, 지금 이 순간에도 나무의 뿌리는 땅 밑에서 얽혀 들어가고 있을 것이고, 바람은 어디에서 불어오는지 알 수 없다. 바람이 어디서 불어오는지 알 수 있다면 좋으리라. 귀여운 **원숭이 윤**이 바람의 방향을 거슬러 달려와 우리의 품에 안겨 삐에르 삐에르, 소리를 내면 바람이 어디에서 불어오는지 알 수도 있겠지만 원숭이 윤이 우리에게 달려올 까닭은 없다. 내 머릿속에서 일어나는 일이 눈앞의 현상계에서 일어날 확률은 제로에 가깝다. 제로에 가까운 것이지 제로는 아니다. 좀더 기다려봐야 한다. 현상계를 가리고 있는 물질의 입자들은 고집이 센 것처럼 보이지만 의외로 변덕이 심할 수도 있다. **원숭이 윤** 그리고 그 밖에 모든 것에 빠지고 나면 한동안 정신을 못 차리다 심리적 진동이 일어난다. 마음의 해일이 인다. 하지만 마음 역시 어디에 있는지 우리는 모른다. 원숭이 윤 그리고 그 밖에 모든 것이 내 의식 안에서 어떻게 시작되고 어떤 언어와 이미지의 미로를 통과하다 제풀에 지쳐 잠잠해지는지 따져볼 수 있다면 좋겠다. 그렇다고 나의 의식을 절개해볼 수도 없지 않은가. 이 끊을 수 없는 사변의 문어 대가리. 언어의 감미료가 쏟아내는 지각의 화학작용. 나는 나의 의식을 조절하고 통제하는 것에 관심이 있었지만 관심 없는 척을 하며 살아왔다. 세계와 일상의 수레바퀴에 매달려 얄팍한 휴머니티를 간직한 명예로운 시민으로 살아가기 위해서는 생각의 고리를 자주 끊어야 했다. 어쩔 수 없는 것은 어쩔 수 없다며 어쩔 수 없어 해야 했다. 숫자들이 쏟아지는 허구의 세계 속에서 수많은 이름으로 불리다 자기의 이름을 잊어버린 사람이었다. 의식의 주름을 원했으나 세계의 시간을 탕진하며 늘어난 건 몸의 주름뿐이었다. 이제 몸의 주름에 새겨진 것들을 의식의 마디로 옮겨놓는 행위가 시작된 것인지 모른다. 되묻기. 신체 기관의 여기저기에서 떠돌며 달그락거리는 말들을 되물어 신비롭고 아름다운 비선형 지도로 펼치기. 도전해볼 가치가 있는 일을 찾은 것만 같다. 쉬운 일이 아니다. 지난 삶의 디테일로는 지금의 나를 설명할 수 없다. 희미하다가도 어느 순간 또렷해지는 말의 시선들, 말의 몸짓들. 나는 두리번거리는 것으로 나의 의식을 탐구한다. 잎을 다시 만나고부터 본격적으로 시작되었다. 잎의 촉촉한 눈을 보고 있으면 계속 두리번거려도 좋을 것만 같다. 잎의 시선과 몸짓의 점진적인 이동을 따라간다. 마침 잎의 오른쪽 다리가 나의 왼쪽 다리에 얹힌다. 세계는 거품기를 한번 돌린 것만 같고 잎의 다리는 무게감이 없다. 잎의 목소리를 더듬어 되듣는다. 의지가 느껴지는군. 방금 전까지 우리는 겨울음악공원 벤치에 나란히 앉아 책을 읽고 있었다. 지금은 봄이고 음악도 없지만 우리는 겨울음악공원에 있다. 겨울음악공원은 잎이 붙인 이름이다. 잎은 이름을 붙이는 데 탁월한 능력을 갖고 있었다. 내가 잎에게 질투를 느낀다면 이름을 붙이는 능력에 대해서일 것이다. 공원은 폐쇄된 것과 다름없지만 여전히 그 자리에 있다는 것에 우리는 놀라워했다. 어쩌면 우리는 겨울음악공원 주변을 맴돌며 우연히 만나기를 기다렸는지 모른다. 우연히 만났어도 모르고 지나갔을 것이다. 우리는 다시 만나기 쉽지 않은 사람들이었고, 절대적으로 시간의 흐름이 필요했다. 수십 번의 겨울이 지날 동안 겨울음악공원 역시 얕은 숨결을 내뱉으며 우리를 기다렸을 것이다. 이제 아무도 찾아오지 않는 공원이지만, 우리에게는, 오래전 우리의 사랑언어사고실험을 위한 무대이자 공간이었다. 우리는 겨울음악공원에서 많은 이야기를 나눴고, 그만큼 침묵했으며, 우리 주변의 풍경이 열릴 때까지 멀고도 가까운 시선을 모았다. 하지만 그 실험을 실패했고, 실패할 수밖에 없었고, 우리는, 물에 젖어 달라붙은 채 말라버린, 책의 낱장을 조금씩 떼어내듯 실패한 사랑언어사고실험을 다시 시작하고 있는지도 모른다. 불가능에 확신을 가질 때까지 겨울음악공원으로 우리는 찾아들 것이다. 우리의 이야기는 이렇게 끝난다,라고 할 수 있을 때까지 우리의 사랑언어사고실험은 지속되어야 한다. 나는 의자를 느껴보려고 엉덩이를 살짝 들었다 놓았다. 한 번쯤 세상의 물리법칙을 혼탁하게 만들며 의자 속으로 나의 하체가 스며드는 것은 어떨까. 의자가 느껴진다. 의자와 내가 겹쳐진다. 어떤 자세를 취해야 할지 모르겠다. 나는 오래된 셀룰로이드 필름처럼 구겨지고 만다. 잎은 빛 말고는 그 어떤 것도 투과할 수 없는 구겨진 필름의 귀퉁이를 만지작거린다. 책의 귀를 접듯 나의 귀를 만지작거리는 것이다. 여전히 잎은 그 버릇을 버리지 못하고 있다. 다른 사람의 귀를 만지작거리지 않으면 잠을 잘 못 자는 사람이었다. 나와 헤어지고 얼마나 많은 사람들의 귀를 접었다 폈다 하면서 어둠 속으로 점점 퍼져가는 사랑의 변주곡을 혀끝 뿌리로 연주했을까. 전율이 일어난다. 나 역시 잎과 헤어지고 다른 사람의 손에 내 귀를 맡겨보기도 했지만 오래가지 못했다. 나의 귀는 점점 기형이 되어갔다. 나보다 내 귀가 먼저 잎을 향해 열리고 펄럭였고, 혼자 밤거리를 걷다 보면 문득 귀가 위로 솟구쳐 올라 지상의 세계를 조롱해도 좋았다. 그다음은 부끄러움의 연속이었다. 잎과 나는 서로의 말과 시선과 몸짓을 무시한 채 맹목적으로 서로를 향하던 지난 삶에 빗금을 치듯 책을 읽고 있다. 우리는 이제 책은 읽는 거야. 우리가 책을 읽을 수 있을까? 시간에 저항할 수 있는 방법은 이제 이것밖에 없어. 그리고 예쁘게 늙어가는 거야. 왜 시간에 저항해야 하는데, 그리고 왜 예쁘게 늙어가기 위해 책을 읽어야 하는데,라고 나는 묻지 않았다. 물었다면 잎이 읽지 마,라고 말하며 책을 빼앗고 어디에 있는지는 모르지만 분명히 어딘가에 있을 것만 같은 내 마음을 한 움큼 떼어내 영영 사라져버릴 것이다. 인간은 손에 무언가 들고 있을 때 가장 자연스러워 보이고, 책을 들고 있는 것만큼 인간에게 어울리는 것도 없어. 나는 잎의 말이 일리가 있다고 생각해 그날 이후 책을 읽기 전 다양한 방식으로 책을 쥐고 만지는 습관을 갖게 되었다. 책은 항상 잎이 가져왔다. 손에 들기 좋은 책이었고, 읽을 때 가끔씩 허공에서 물방울이 터지는 것만 같은 문장을 담은 책들이었다. 하지만 대부분의 책들이 무슨 내용을 담고 있는지 모를 때가 많았다. 아무래도 좋았다. 책은 이해하기 이전, 읽기에 좋으면 충분했다. 우리는 번갈아가며 읽고 싶은 만큼 조용히 소리 내어 책을 읽었다. 당신 몸은 엉망인데 목소리는 그대로야. 신기해. 나도 그래? 처음 함께 책을 읽기 시작했을 때 잎이 물었고 나는 고개를 끄덕였다. 입안에 침이 말라 자주 쩝쩝거리긴 했어도 목소리는 젊었을 때와 비슷했다. 어느 순간부터 쩝쩝 소리가 시간에 저항하는 소리라는 것을 알게 되었다. 때로는 전율로 때로는 어쩔 수 없이 입가에 번지는 미소로 오랫동안 서로의 노란 알몸을 바라보던 두 사람이 헤어지고 그보다 더 오랜 시간이 흘러 엉망이 된 몸으로 만나 책을 읽고 있다. 어제 헤어지고 오늘 만난 것만 같은데 너무 많은 시간이 흘렀다. 착 달라붙어 있어 절대 떼어지지 않는 책의 낱장 뭉텅이 같은 시간이었다. 책을 읽고 있을 때 우리는 잠시 동안 많은 것을 잊고 하나가 되는 착각에 빠진다. 두 엉망이의 목소리가 세상에 엉켜 있는 거미줄에 가닿으려 한다. 나의 눈은 점점 멀어져간다. 눈이 점점 멀어져간다니. 이렇게 말해도 괜찮을 걸까. 나의 시력은 점점 떨어지고 있다. 이렇게 말하는 게 맞지만 이렇게 말하면 뭔가 생각이 단절되는 기분이 든다. 글자를 보고 있으면 눈이 더 피로해진다. 눈앞이 흐려진다. 하지만 계속 읽다 보면 새로운 세계가 열린다. 활자가 춤을 추고 박자를 놓치고 리듬이 단절되고 스텝이 어긋나고 새로운 문장이 만들어진다. 처음이 어렵지 계속 읽다 보면 글보다 내가 먼저 글 끝에 도착해 문장을 기다리게 된다. 잎은 내가 잘못 읽고 있는 책의 부분에 대해서 한 번도 딴죽을 걸거나 바로잡아주지 않았다. 나는 그게 퍽 마음에 들었고, 우리가 다시 멋진 한 팀이 된 것만 같은 기분이 들곤 했다. 어쩌면 잎 역시 나처럼 글을 제대로 읽지 못하는 것이 아닌가, 하는 생각에 눈에 힘을 주어 잎이 읽고 있는 글을 따라가보지만 어림없다는 듯 잎은 또박또박 글을 읽었다. 그 이후에는 아무런 의심 없이 잎이 읽어내는 글이 내 귀를 통과해 바람에 실려 사라지는 소리를 듣게 되었다. 어떤 목소리는 다시 듣고 싶어도 다시 들을 수 없다는 것도 알게 되었다. 잎이 벤치에 등을 기댄 채 양팔을 쭉 펴서 늘인다. 잎의 오른쪽 팔이 내 가슴을 때린다. 그리고 하품을 한다. 나 역시 전염된 척 잎을 따라서 하품을 만들어낸다. 하품을 만들어내자 이번엔 정말로 하품이 나온다. 잎은 나의 하품을 받아 다시 하품을 한다. 잠시 우리는 하늘의 구름이 모든 슬픔을 걷어내듯 천천히 사라지는 것을 본다. 잎이 옆에 있는 책을 들어 만지작거리다 나의 허벅지에 던지듯 놓는다. 그리고 그 위에 손을 올려 지그시 누른다. 점점 강도가 세진다. 잎의 손이 책을 통과하고 내 허벅지를 통과해 한없이 아래로 떨어진다. 나는 고개를 가로젓는다. 책이 내 다리 위에서 빻아지고 있다. 나는 잎이 눈의 크기를 줄이며 집중하는 세계를 열고 싶다. 그 세계가 텅 빈 가상의 공간이라 해도 그 안으로 천천히 들어가 사라지고 싶다. 책 속의 활자들이 제멋대로 분열되었다가 재조립된다. 다시 읽어볼까? 다시 읽을 수 없어. 왜 다시 읽을 수 없는 걸까? 의지가 느껴지지 않아. 잎이 말한다. 나는 더 이상 말로 반응하지 않는다. 나 역시 의자를 느끼지 못하고 있다. 바로 방금 전까지 내 몸에 남아 있었던 느낌이 그대로 사라지고 말았다. 말을 할수록 우리의 기분은 상승되었다가 추락하곤 한다. 어떤 말이 우리의 기분을 다르게 만드는지 우리는 여전히 모른다. 말이 차오르기 전에 다시 목소리를 더듬는다. 잎의 목소리가 퍼져간다. 목소리에 우리가 말하고 들었던 목소리가 겹친다. 그 목소리가 액체 괴물처럼 꿈틀대는 내 의식의 뇌관을 살짝 누른다. 내 몸이 기울어져 잎에게 기댄다. 잎과 나의 귀가 달라붙었다가 미끄러진다. 나는 점점 흐릿해지는 눈앞의 풍경을 닦아내기 위해 눈을 감고 우리가 읽었던 이야기를 되뇌어본다. 이미 사라진 이야기. 기억할수록 전혀 다른 이야기로 뻗어나가는 이야기. 시간에 저항할 수 없어 시간의 반대편으로 천천히 미끄러지다가 어느 순간 사라지고 마는 이야기. 우리의 흔들리는 기분을 잠시 다른 곳으로 데려다주는 또 다른 유희의 시작이다. 파란색 프라이탁 가방을 든 **원숭이 윤**이 이제 막 역에 도착한다. **원숭이 윤**은 자신이 타야 할 열차가 이제 막 떠났다는 것을 알았다. 열차의 꽁무니를 바라보며 안타까운 표정을 짓고 싶었지만 열차는 열차의 꽁무니까지 가져가버렸다. 다음 열차는 한 시간 후에 올 것이다. 다음 열차가 온다면, 다음 열차가 온다고 해도 또다시 열차를 놓칠 수 있을까. 뭔가 급한 일이 있었는데 이제 전혀 급할 게 없다는 생각이 든다. **원숭이 윤**은 자신이 왜 이런 생각에 시달려야 하는지 모르겠지만 열차를 기다리는 동안 이런 흔들리는 생각을 더 흔들어봐도 좋겠다는 생각을 했다. 하지만 그렇게 생각하자 생각처럼 마음대로 생각이 흔들리지 않았다. 도무지 모르겠어. **원숭이 윤**은 다음 열차를 기다리는 척하며 역사 안을 두리번거린다. **원숭이 윤**은 서로 부둥켜안고 있는 잎과 나의 맞은편에 앉는다. 사랑스러운 먼지들 같아. **원숭이 윤**은 마른기침이 나오는 것을 애써 참는

228

다. 잎과 내가 포옹을 풀고 갈매기 눈썹을 찡긋거리는 **원숭이 윤**을 향해 피식 웃어 보였다. 잎과 나는 같은 초록색 후드티를 입고 있다. 중앙에는 **no dance film**이란 글씨가 프린트되어 있었다. **원숭이 윤**은 잎과 나를 향해 오른손을 들어 흔든다. **원숭이 윤**은 잎과 나를 향해 왼손을 흔든다. **원숭이 윤**은 잎과 나를 향해 양손을 흔든다. 그러자 **원숭이 윤**은 잎과 나와의 물리적 거리가 점점 멀어지는 것만 같았고, 멀어진 거리만큼 이전부터 잎과 나와 무척 가까운 사이일지도 모르겠다는 생각에 빠져들었다. **원숭이 윤**은 자신의 사고 체계가 점점 엉켜가고 있다는 것을 알고 있었지만 이전의 삶과 다른 방향으로 나아가고 싶었다. 우리가 함께 걸어갈 수 있다면 모든 곳이 숲이 될 거야. **원숭이 윤**은 노래하듯 중얼거렸다. 그러곤 일어나 가방을 둔 채 역사 안을 빠져나왔다. 뒤에서 잎과 나의 웃음소리가 들려왔다. **원숭이 윤**은 오랫동안 걸었다. 오랫동안은 얼마나 먼 거리일까. 검게 그을린 얼굴에 길어진 팔을 흔들며 **원숭이 윤**이 공원에 도착했다. 공원은 이미 폐쇄되었고 입구를 찾을 수가 없다. 얽히고 설킨 나무줄기 사이로 팥죽 속 새알심 같은 아이가 벤치에 앉아 책을 읽고 있는 것이 보였다. **원숭이 윤**은 오른쪽 엄지와 남은 손가락들을 동그랗게 오므려 아이를 원 안에 담아 보았다. 너는 나니? 이 원을 오랫동안 간직해야지. **원숭이**

윤은 동그란 손가락을 그대로 주머니에 넣고 공원의 주변을 맴돌기 시작했다. **원숭이 윤**이 공원을 맴돌자 4인칭 나선형 시점의 소용돌이가 일어나고, 이야기의 자기장에 이끌린 나는 현상계와 보이지 않는 끈으로 연결된 가상계로 나의 의식이 나보다 먼저 도착해 있다는 것을 알게 되었다. 그만 뱉어내란 말이야. 어느새 잎은 잠들어 있다. 겨울잠에 들어간 작은 동물처럼 쌔근쌔근 숨소리가 들린다. 이 작은 생물을 깨운다는 것은 너무 어려운 일이다. 하지만 잠에 든 것은 잎이 아니라 나인지도 모른다. 아니, 그게 맞다. 그래서 나는 잎이 나의 목을 잡고 흔드는 통에 눈을 뜨고 말았다. 눈을 뜨자 세상은 더 선명해져 있었다. 오후에 잠들었다고 생각했는데 오전에 눈을 뜬 것만 같았다. 잎은 두 손을 모아 펼치곤 무언가를 받아내고 있었다. 잎의 손에 담기는 보이지 않는 입자들을 바라보다가 나는 그 안에 얼굴을 파묻었다. 얇고 끈적끈적한 막이 내 얼굴을 감싼 채 빨아들였다. 책이 이상한가? 오늘은 목욕도 하고 싶고 사람들 몸도 보고 싶어지네. 잎은 고개를 숙여 운동화를 바라보며 명랑하게 말했다. 우리는 공중목욕탕을 찾아가기로 했다. 잎이 책을 들고 먼저 일어났고, 내가 뒤를 따랐다. 겨울음악공원의 출구를 찾기는 쉽지 않았다. 우리는 결국 얽히고설킨 나무를 타고 넘어 밖으로 나왔다. 우리의 말과 몸짓의 일부를 잃어버리고 겨

230

울음악공원을 빠져나왔지만 여전히 겨울음악공원 안에 있는 기분이었다. 이 기분을 간직하도록 하자. 우리는 앞으로 걸어가며 겨울음악공원의 영역을 점점 지우는 동시에 넓혀갔다. 나는 다리를 조금씩 절며 잎의 손목을 잡고 공중목욕탕을 찾아갔다. 가는 길에 몇 사람과 마주쳤다. 아슬아슬하게 비껴간 사람들의 뒷모습을 바라보기도 했다. 어떤 사람의 마음은 뒷모습에 담겨 있다는 것을 알게 되었고, 우리는 서로의 뒷모습을 동시에 볼 수 없다는 것에 새삼 놀라워했다. 뒷모습은 같이 볼 수 없겠지. 뒷모습을 같이 볼 수 없다니. 공중목욕탕에 도착한 우리는 서로를 향해 손을 흔들며 각자의 입구로 들어갔다. 나는 문을 열고 들어갔다가 바로 다시 나왔다. 누군가의 몸을 보고, 누군가에게 몸을 보여준다는 것은 아직도 나에게 쉽지 않은 일이었다. 나조차 나의 몸을 보는 것이 어렵다. 내 몸을 볼 때마다 몸의 일부가 사라지는 것만 같다. 나는 나의 몸이 없는 것처럼 지내는 것에 익숙해져 있다. 이렇게 자신을 설득하며 밖으로 나왔다. 잎도 나와 비슷한 생각을 할 줄 알았는데 그렇지 않았다. 나는 목욕탕 입구에서 서성이다 건너편에 있는 임대 문의, 현수막이 붙은 투명한 유리 건물 안으로 들어가 유리를 통해 밖을 내다보았다. 모든 게 선명하게 보였다. 건너편 목욕탕에는 잎이 있다. 목욕탕의 뿌옇고 시큰한 공기 속에서 거울을 통해 뒷모습을 비춰보고 있을지도 모른다. 뒷모습은 같이 볼 수 없는 거야. 목소리가 들린다. 한번 들리면 반복적으로 들려오는 목소리. 희고 푸른 주름의 결과 겹의 목소리. 나는 갤러리의 장난감이 되어 의자가 없지만 의자에 앉은 척 앉았고, 안경을 끼고 있지 않지만 안경을 벗는 척 안경을 벗었고, 머플러를 하고 있지 않지만 머플러를 푸는 척 머플러를 풀었다. 그리고 모자는 또 어떤가. 눈물이 흐르지 않지만 눈물을 조금 흘려도 좋겠다는 생각에 눈가를 훔쳤다. 잎이 나오면 팥죽을 먹으러 가야겠다. 잎의 그릇에 나의 새알심을 하나 더 넣어주어야지. 가는 길에 이전처럼 책을 마음에 드는 장소에 놓아둘 것이다. 누군가 읽을 수도 있고 읽지 않을 수도 있다. 우리처럼 의지를 느끼거나 의자를 느껴도 좋을 것이다. 하지만 아무것도 느끼지 않고, 버려진 책을 본체만체하며 자신의 갈 길을 가도 나쁘지 않을 것이다. 책은 발견되기 위해 그곳에 머물러 있기도 하고, 숨은 사물이 되어 아무도 모르게 사라질 수도 있다. 우리가 읽었던 책들. 우리가 읽고 버렸던 책들. 우리가 앞으로 읽지 않을 책들. 내가 떠올린 모든 것은 누군가 읽다 만 책의 문장을 흉내 낸 것인지도 모른다. 아직 읽지 않은 책의 마지막에서 두번째 문장처럼 살고 있는 것만 같다. 안개에 발목을 잃은 사람과 기차를 삼킨 사람. 그건 정말 우리의 이야기였을까. **원숭이 윤**은 또 어떤

가. 우리의 이야기가 아니더라도. 우리의 이야기가 될 때까지. 우리의 목소리로 다시 이야기를 불러내서 살고 싶다. 읽고 싶다. 말하고 싶다. 목소리를 듣고 싶다. 허벅지가 간지럽다. 목욕탕 입구로 잎이 나온다. 떨린다. 손에 책을 들고 있는 잎은 두리번거린다. 떨린다. 잎에게 가장 잘 어울리는 모습이다. 너무나 오랫동안 반복적으로 봐왔던 장면. 잎의 주변이 온통 환하다. 떨린다. 나는 오른손 엄지와 남은 손가락들을 동그랗게 오므려 원을 만든다. 잎이 원 주위를 맴돈다. 떨린다. 잎이 움직일 때마다 빛의 파장이 일어난다. 떨린다. 손가락을 좀더 모은다. 그 안에 빛이 가득하다. 사랑하는 우리의 광학기계. 원은 점점 작아지고 눈앞의 풍경이 천천히 녹아내린다. 또 다른 차원의 주름이 펼쳐진다. 내 몸의 주름과 차원의 주름이 겹쳐져 전자 파도를 일으킨다. 내 의식 세계 밖으로 뻗어나간 노이즈가 잎의 목소리로 되들린다. 다 뱉어내고 싶어. 목소리의 시선을 따라간다. 목소리의 몸짓을 따라간다. 우리는 겨울음악공원에 앉아 책을 읽었다. 어떤 기억은 사라지지 않는다. 영원히. 떨린다.

피드백

루프

숲에 갔다
셋이서
나와 잎 그리고 원숭이 윤
솔방울을 던지며 놀았다
원숭이 윤이 던진 솔방울이 잎의 눈을 맞혔다
씨발, 다 뱉어버릴 거야
잎이 원숭이 윤이 아닌 나에게 달려들었다
나뭇가지를 밟는 소리는 언제나 듣기 좋았다
원숭이 윤이 구워 온 스콘을 먹었다
스콘 다음에는 나무에 달린 버섯을 먹었다
얘 이름이 뭘까
예쁘다
이름이 없어서 그래
우리는 버섯의 포식자가 되었다
해가 지고 올빼미가 울었다
올빼 올빼 하고 잎이 울었다
삐에르 삐에르 하고 원숭이 윤이 울었다
나도 울어야지
우리는 각자 나무를 껴안고 울었다

잎이 묶은 머리를 풀어 눈을 가렸다

나무가 쓰러졌고 밤이 왔다

밤이 오자 달이 보였다

눈썹달이었다

우리는 몸을 동그랗게 말고 노란 침을 흘리다 잠이 들었다

나는 꿈속에서 원숭이 윤이 꾸는 잎의 꿈을 엿들었다

떨린다

꿈결에 내가 잎의 손을 잡았다

꿈결에 잎이 원숭이 윤의 손을 잡았다

꿈결에 원숭이 윤이 나의 손을 잡았다

손을 다 썼다

잠시 후 여섯 개의 손이 투명해졌다

숲에 갔다

셋이서

나

잎

원숭이 윤

우리는 그렇게 사라졌다

이야기는 계속 이렇게 끝난다

삐에르 밤바다

우리의 친구, 댄스 없는 댄스 필름을 만들던, 삐, 잠시, 아니 계속해서, 이제 막 시작했지만, 시작 전부터 계속되고 있었지, 우리의 친구, 이름을 부를 순간이 오면, 그보다 먼저, 이제 더 이상 부를 수 없는, 대답 없는 부름이 가능할까, 우리가 들었던 대답들은 모두 부름에 대한 대답이 맞을까, 대답이 없다는 걸 알고도 부를 수 없을까, 불러야 하지 않을까, 어떻게 부를까, 어떻게 대답을 듣지 않고 부를까, 이런 물음을 지속하다 보면, 최초의 물음은 역방향으로 달려가기 마련이어서, 물음에 저항해 뒷걸음쳐 도망가려 해도, 도망칠수록, 결국, 아포리아의 막다른 골목에 닿아, 골목을 통과하는, 억견의 구조로, 비정언적 물음에 가까운, 이런 언어의 가

름끈 같은, 가변적인 개념어에 속지 않고, 속아주는 척하며, 계속 속이며, 속여가며, 속임을 당하며, 척하며, 우리의 친구가 자신도 모르게 사용한, 언어 귀류법의 도움을 받지 않아도, 귀류법의 도움을 받을 수 있는 문제인지 더 되물어야 하지만, 물음 포기에서 가까스로 되살아난, 반짝이는 물음 표기로, 이런 물음이 가능하게 되어, 대답을 들을 수 없는 부름만 가능한 게 아닐까, 대답을 들을 수 없기에, 계속 부를 수 있는 가능한 발화를 두고, 더 이상 지금 여기에 없는, 어쩌면, 지금까지 여기에 없었던, 여전히 여기에 없는, 발화로만 기억을 불러내는 존재, 목소리를, 가능한 발화의 문턱에, 문장이 될 수 없는 발화의 문턱에, 발이 걸려 넘어지면서, 언어의 기능을 손상시키며, 쓰지 않을 기능을 못 쓰게 만들며, 반영구적으로, 자비로운, 장애의 언어 관절로, 역광의 시간 속에서, 짧은 순간 노출되는, 점진적인, 목소리가, 형상을 불러내기에, 믿기에, 그것이 허구로 위장한, 허구의 결속에 의한 형상의 피부라고 해도, 피부는 부드럽고 거칠어, 상처가 잘 나고 드물게 아물지, 피부는 형상의 모든 것이야, 피부 피구라figura, 말할수록 형상이 피부화되는, 우리의 친구는 그랬어, 여전히, 이렇게, 입술의 막을 살짝 벗겨내며, 피 나지, 내버려둬, 계속 시작할 수 있을 거야, 언어의 관절을 뒤로 꺾으며, 푸익, 웃고 있니, **삐에르 밤바다**가 말하길, 나는 댄스 필름을 만들지 않아, 댄스 필름, 나에게 그런 건 없어, 불가능해, 끝났어, 나는 댄스 없는 댄스 필름을 만들어, 모든 위치에 내가 있어, 너희들은 어떻게 살고 있어, 내 말에 대답하지 않아도 좋아, 나의 말은 언제나 대화를 향해 열려 있는 독백이니까, 차는 식기 전에 마셔, 입술에 묻은 스콘 가루 예쁘다, 스콘 가루로 댄스 없는 댄스 필름을 만들 수 있을까, 대답하지 않아도 좋아, 하지만 내가 댄스 없는 댄스 필름을 만들고 있다고 좀 인정해주라, 그렇게 우기면서 삶의 영역을 확장하던, 수다쟁이 조약돌, **삐에르 밤바다**가 마지막으로 말하길, 안녕, 사랑하는 머저리들, 모두 잘 있어, 우린 언젠가 잠들어, 내가 먼저 잠들고 그다음엔 너희 모두를 잠들게 할 거야, 잠, 그건 댄스 없는 댄스 필름의 마지막 도착일 거야, 내가 다시 눈을 뜰 수 있다면, 난 너희들의 꿈속에 잠들어 있을 거야, 날 깨우지 마, 기다려, 기다리지 마, 기억해, 기억하지 마, 기다리고 기억해, 기다리고 기억하지 마, 기다리지 말고 기억해, 기다리지도 말고 기억하지도 마, 졸려, 비참하지 않아, 쓰라리지 않아, 난 차라리 희망의 눈꺼풀을 들어올려, 모두 잘 있어, 머저리들, 사랑하는, 안녕,이라고, 아니 그건 말이 아니라 문장이었고, **삐에르 밤바다**의 여동생인, 처피뱅 스타일이 잘 어울리는, 물어보기도 전에, 자신을 변호사라고 소개한, **이차정** 씨가 건넨, 두 손으로 책을 완전히 열어젖히며, 시몬 베유의『중력과 은총』'훈련' 부분에 꽂혀 있던, 방금 우리에게 도착한, 하지만 여전히 배달 중인, 수신 자에 우리의 풀네임fool name이 적혀 있고, 수신자라기보다 는 **삐에르 밤바다**가 마지막으로 부른 우리의 이름이고, 영 원히 발신되지 않을, 눈밭에 쓰러진 로베르트 발저의 사진 을 담고 있는 주앙 세자르 몬테이로 감독의 영화「백설공 주」엽서에, 우리는 그 영화를 같이 볼 기회가 있었지만, **삐 에르 밤바다**의 일방적인 약속 파기로 무산되었는데, **삐에르 밤바다**가 문자를 보내길, 생각을많이한건아니지만오늘아 침에일어나니이영화는오로지나혼자보고싶어꼭그래야할 것같아너희들은약속한장소에약속한시간에나오지않기를 약속해줘영화를보는동안너희들만생각할거야떼어쓰기쉼 표마침표를쓰지않은나의문자에얼마나초조함과미안함이 담겨있는지알겠지답은하지말아줘, 언어의 보행기를 타고 일방통행로를 질주하는 **삐에르 밤바다**의 문자에, 네가 원하 면 그렇게 해, 우리 중 누구도 답 문자를 보내지 않았을 테 고, 약속을 지켜야 했고, 파기되어야만 약속 이행이 가능한 메시지로 각인된, 제목만 볼 수 있는 영화였는데, 영화와 약 속이라는 두 개의 시간 종속 명사를 숙고한 이후, 각자 몸의 부피가 달라질 정도의 시차 속에서, 잠시 소원했다 다시 만 난 우리는,「백설공주」에 대한 이야기를 나누지 않았고, 암묵적 금단의 언어가 되어, 그 영화는 그렇게 잊혔는데, 보지 않았어도 꼭 본 것 같아서, 보고 싶은 생각이 들지 않았지만, 우리 중 누군가가 봤을 수도 있지만, 당연히 우리 중 누군가는 나일 수도 있고, 그 영화를 봤어도 보지 않은 것만 같을 것이기에, 금단 섬망의 이미지로 가득한, 「백설공주」 영화 엽서에 기록된, **삐에르 밤바다**의 악필의 춤을 본 우리는 눈을 가늘게 뜰 수밖에 없었고, **삐에르 밤바다**가 피드백루프 같은 잠에 빠져 깨어나지 못한, 벌써 2년 하고도 7개월 전이다, 인천공항 근처의 비즈니스호텔 카페에 모여 앉아, 잠들기 전보다 훨씬 오래전에 기록되어 숨겨둔, 엽서의 글을, 겨우겨우 해독하고 나서, 그러니까 우리 중 하나인, 자신의 포르노 다이어리를 태우는 퍼포먼스를 하다가 왼손에 화상을 입은, 상처가 깊었지만, 피부 이식을 거부하고, 붉게 부풀어 오른 켈로이드를 남은 생의 운명의 지도로 읽는, 개념미술가 **원숭이 윤**이 직접 만든 작업 노트를 펼쳐 연필로 **삐에르 밤바다**의 글자를 한 자 한 자 그리듯이, 점묘의 글쓰기로, 크림색 노트 지면의 결을 파며, 어느 연약한 짐승의 잘못 기록된 이력을 지우듯, 써 내려가는 동안, 또 다른 우리 중 하나인, 액체 라디오를 만들기 위해 온갖 화약 약품과 슬라임에 파묻혀 사는, 미니 용광로로 금속을 녹이며 명상에 빠져들기도 하는, 지구는 푸른 구체가 아니라 은빛 스모그라고 믿는, 사운드 아티스트 **긍지와 어둠**은 눈가에 맺힌 눈물방울을 떨어뜨리지 않기 위해 애를 썼고, 마지막 남은 우리 중 하나인, 정신 세계의 추출물 언어를 디자인하고자 구체시를 만드는, 하지만 아무리 디자인을 해도 받침 활자가 있는 한 글로는 예쁜 구체시를 만들기 힘들다는 평계로 창작력의 한계를 모면하는, 그러면서도, 예쁜 구체시를 포기하면 안 예쁜 구체시가 어떤 가변의 형태를 향해 달려가는 것만 같아 계속 구체시를 디자인할 수 있다는 확신 속에서, 느슨하게 작업을 하는, 나, **전기올빼미 장존삽**은, 언젠가 **삐에르 밤바다**와 함께 작업 공간을 다 덮어버리자는 충동으로 천을 사러 방산시장에 갔다가, 우리는 당시 작업 공간을 공유하며 대화 없는 사랑을 나누었지, 밤은 왜 그렇게 길고 부드러웠는지, 하지만 돌아보면 밤은 언제나 짧았고, 밤이 아니라 밤 같은 낮이었기에, 대화 없는 사랑은 불가능했지, 마음에 드는 천을 찾지 못하고 허기져, '죽만 50년 집'에 들어가, 단팥죽을 먹을 때, **삐에르 밤바다**는 얄밉게도 단팥죽의 새알심만 골라 빼먹었는데, 오물거리는 입이 정말 호랑지빠귀 부리 같아서, 손이든 입으로든 비틀고 싶었지만 그럴 수 없었고, 나의 손은 너무 부끄럽고, 나의 입술은 너무 차가우니까, **삐에르 밤바다**의 아랫입술과 턱 사이에 묻은 팥죽 얼룩을 황홀하게 바라보면서, 유아기의 역사를 거슬러, 어린 시절

이야기를 잠시 나누었다는, 나누었다기보다는, 한번 터지면 걷잡을 수 없는, **삐에르 밤바다**의 말을 들었다는, 흘러넘치는 말을 턱받이로 받아주고 싶은, 한 귀로 듣고 한 귀로 흘릴 수 없는, 망각의 영역에 머물던 불변의 사실을, **원숭이 윤**과 **긍지와 어둠**, 그리고 점점 우리 가까이 다가오는 것만 같은, **이차정** 씨에게 말하게 되었는데, 죽 집 벽에 씌어진 낙서를 보다가, 삐에르 밤바다가 말하길, 난 참 못 써, 내가 말했었나, 난 너의 글씨에 질투를 느껴, 참을 수 없어, 너의 손에서 너의 글씨를 훔칠 수 없을까, 너의 손은 너의 글씨만큼 좋지 않아, 이렇게 나는 나의 질투심을 극복해, 언제나 나는 글씨가 엉망이었어, 글씨를 보면 사람 마음을 알 수 있단다, 남몰래 흠모했던 선생님의 말을 듣고 한동안 매일 밤 손글씨 연습을 했지, 하지만 글씨는 언제나 내 손끝에서 풀어진 실처럼 빠져나가 숫자 7에서 8에 다다르려는 혹은 무한대가 되려는 ∝ 표시를, 그 순간 **삐에르 밤바다**는 손가락으로 허공에 모양을 그렸고, 그리며, 춤을 추었지, 연습이 부족했던 것일까, 내 마음이 그런 것일까, 나의 연습은 충분했어, 충분하지 않았어, 충분했어, 연습이 충분하지 않다는 생각에 마음은 더 삐뚤어졌고, 내 아까운 감정이 침울한 흥분 상태로 떨어지려고 했어, 어쩔 수 없잖아, 나의 손은 이토록 길고 아름다운데, 연습할수록 안 되는 일도 있다는 것을 난 알았지, 안다고 착각했지, 나는 포기했고, 글씨가 춤을 추게 내버려두었지, 하지만 너도 알잖아, 자유롭게 내버려두는 건 위험한 거야, 변화란, 나아감이란, 춤으로 말하면, 시간과 힘의 통제 속에서, 보이지 않는 표면을 확장하며 몸의 지도를 그리는 거잖아, 통제, 통제 속에서, 부단하게, 훈련, 훈련하며, 자유로울 틈 없이, 자유롭게 내버려두면 결국 엉망이 된다는 것을, 내가 잘못한 걸까, 충분히 연습을 해야 했지만, 연습을 게을리한 것은 결코 어떤 경우에서라도 진정성을 확보할 수 없고, 진정성이라 말했으니, 진정성이란 언어의 잔여물에 불과하지만, 그렇다고 나의, 한동안 나의 전부였던 글쓰기 연습을, 연습이라고 부르지 않을 수는 없잖아, 나는 계속 글씨를 썼고, 잘못 쓴 글씨를 잘못 쓴 것처럼 여기기도 했지, 진정성은 그럴 때 힘을 발휘하더라, 냄새를 맡은 거야, 결국 난 진정성의 유혹에 넘어갔지, 달콤한 유혹은 언제나 대가가 따르기 마련이야, 불충분했을지도 모를 연습에서 비롯된 엉망의 활자들을 자유로운 글맵시라는 멋부림으로 위장했을 뿐이야, 이런 것도 재현이라면, 가짜 재현이야, 가짜 재현이면 안 되나, 재현이란 언제나 가짜이고, 우리는 가짜 재현으로 태어나 가짜 재현으로 죽어갈 텐데, 가짜 재현이면 안 되나, 안 돼, 절대로, 듣고 있어, 대답하지 않아도 좋아, 나의 말은 언제나 대화를 향해 열려 있는 독백이니까, 난 글씨를 못 써, 안 써, **삐에르 밤바다**의 목소리는 거기서 끝났지만, 목소리의 잔향 속에서 나는 입을 우물거리며 이후의 상황과 풍경을 계속 이어 말했고, **삐에르 밤바다**의 어투를 흉내 내며, 오래전부터 그랬지, 우리 모두 **삐에르 밤바다**의 말이 남긴 궤적을 따라 자신의 언어를 기입하고 있었지, 한번 기입되면 지울 수 없었고, 이제 **삐에르 밤바다**의 새로운 말을 들을 수는 없고, 떠났고, 계속 돌아오는데, 여기에 없음으로 다시 돌아오며, 다시 돌아와 지금 나타나며, 지금 나타나며 여기에 없는, 어떻게 그러지 않을 수 있겠어, 말하면서 정작 내가 아끼는 장면은, 영원히 머릿속에서만 재현하며, 그것이 가짜 재현이라도, 말하지 않았기에, 모두의 얼굴이 입 없는 가면을 쓴 것만 같은, 의심의 시선을, 허공에 터지는, 말의 유희로 흘겨보며, 계속 무언가 꾸며 말해야 했는데, **삐에르 밤바다**는 코끝을 찡긋거리다, 수만 명의 입안을 들락거렸을 구부러진 숟가락을 다시금 단팥죽 그릇에 넣어 휘저으며 마지막 새알심을 건져 자기 입에 넣으려다가, 웃으며, 너는 내가 말할 동안 새알심만 쳐다보더라, 나의 입에 들이댔지, 나는 감기 시럽을 먹을 때처럼 두 손을 꼭 모아 쥐고, 입을 벌렸고, 숟가락이 내 입으로 들어왔지, 입안에는 새알심만 남고, 숟가락은 물러갔고, **삐에르 밤바다**는 잠시 숟가락을 든 채 입을 열어 무언가 말을 하려다, 아니, 그만두자,라고 말했고, 나는 말해지지 않는 **뻬에르 밤바다**의 말과 함께, 어쩌면, 아니, 그만두자,라는 말이 **뻬에르 밤바다**가 하고 싶었던 말이 아니었을까, 의심하며, 의심이 언어의 저편으로 물러가도록, 새알심을 씹으며, 씹을수록, **뻬에르 밤바다**가 마지막 새알심을 나에게 양보한 것에 마음이 녹아, 새알심은 달고 쫄깃쫄깃하다, 씹을수록 그렇다, 아무려면 어떠냐, 영원히 이렇게 새알심만 씹으며, 씹다가, 이가 하나씩 빠지고 분홍빛 잇몸만 남아도, **뻬에르 밤바다**가 내 입에 넣어준, 그게 그러니까 입에 잘 들어가게 생겨가지고, 새알심의 맛과 쫄깃함을 음미하며, 늙어 죽어가면서, 후회와 분노의 시간을 최적화하며, 많은 것을 용서할 수 있다는, 생각에 빠졌다는, 내 서툰 이야기를, 듣고 있던, **이차정** 씨가 먼지라도 묻었는지, 어떤 설명할 수 없는 감정에 대한 반응인지, 통이 넓은 검은색 스트라이프 정장 바지를, **이차정** 씨는 자신이 무엇을 입어야 하는지 잘 아는 사람 같다, 탁탁 털며, **뻬에르 밤바다**와 유사한 코끝 찡그림을 만든 뒤, 클라우디블루 래글런 코트 주머니에서 록시땅 립글로스를 꺼내 입술에 순식간에 바르고, 쩝쩝거리더니, 누구 담배 있냐고 묻기에, 그 순간 나는 쩝쩝이란 글자로 구체시를 만들어볼까, 뻬에르 쩝빠다는 또 어떤가,라는 생각으로 달려가고 있는 이 잠재적 발화 상태의, 언어의 난기류 속을 돌아다니는 광증의, 지속적으로 그

248

상태에 머물러 있는, 비선형적 연결망은 또 무엇인지, 인간은 자신이 할 수 없는 것을 생각할 때 기쁘고 슬퍼, 우리의 생각은 우리의 자유 의지와 무관하고, 우리의 생각은 우리의 또 다른 생각과 언제나 교환 가능하지, 그러니까 생각보다 말이, 말보다 목소리가, 목소리의 움직임이 중요한 거야, 난 댄스 없는 댄스 필름을 만들어,라고 했던 **삐에르 밤바다**가 창문을 열었다 닫았다 반복하며 했던 말이, 다시금 떠올랐고, 떠올려야 했고, 우리의 생각은 언제든 가루로 만들어도 좋다는 신호로, **원숭이 윤**이 '더북소사이어티' 에코백 속에 손을 넣어 뒤적뒤적하더니, 연초 파우치를 꺼내, 담배를 말 준비를 하자, 모두의 시선이 그쪽으로 갈 수밖에 없었고, 탁자에 놓인 콜드브루 두 잔과 자몽주스와 루이보스티가 식어갈 동안, 『중력과 은총』과 「백설공주」 엽서, 그리고 **삐에르 밤바다**의, 마지막 악필의 문자 증명, 실패한 유서인지 아닌지, **원숭이 윤**이 받아쓴, 옮겨 적은, 번역한, 서로의 입술의 부들거림과 혀의 마찰 소리에 반응하며, **이차정** 씨의 무언의 읽기 지휘 속에서, 함께 읽은, 사력을 다한 필사의 텍스트, 이건 **삐에르 밤바다**의 목소리 글과 얼마나 닮았고 다른지, 멀어지고 있는지, 이 모든 언어의 잔해 주변에 떨어진, 'LOOK OUT' 연초 가루의 떨림을, 우리는, 아직 **이차정** 씨는 우리가 아니지만, **이차정** 씨는 우리가 될까, **원숭이 윤**이

분홍색 혀를 내밀어, 담배 필터에 침을 능숙하게, **원숭이 윤**의 침이 **삐에르 밤바다**의 침과 섞여 화학 반응을 일으킨 적도 있을 것이다, 바르는 것을, 누군가의 셀피를 보듯, 셀피에 담긴 심연을 응시하는 것처럼, 바라볼 때, 눈물이 고여 있던 눈을 빛내며, 눈물만큼 눈을 빛나게 하는 것도 없지, **긍지와 어둠**이 입을 열어, **삐에르 밤바다**의 피부 피구라 언어의 선택과 배치, 몽타주와 프레임을 흉내 내며, 포커스가 흐려진, 말을 시작하니, 들어줘, 담배 필터에 침을 바를 때와 우표에 침을 바를 때 다른 혀를 사용하는 사람이 있을까, 그런 사람이 있다면 **삐에르 밤바다**가 유일할 거야, 내가 또 이렇게 말하면, **삐에르 밤바다**가 되살아나 말하겠지, 우표에 침을 발라도 보낼 엽서가 없지, 필터에 침을 발라도 담배를 물 입이 없어, **삐에르 밤바다**가 했던 무의미한 말이, 하지 않았던 무의미한 말이, 부췌의 언어가, 왜 되살아나고 있을까, 되살아나 우리를 사로잡아 흔들까, 흔들릴까, **삐에르 밤바다**의 말을 불러낼수록, **삐에르 밤바다**가 가까워졌다 멀어지는 것만 같아, 눈앞에서 **삐에르 밤바다**의 말을 들었을 때는 무슨 말인지 모르겠지만, 알고 싶지 않은 말들이 더 많았지만, 저들끼리 부딪치기만 하는 말들이었지만, **삐에르 밤바다**가 눈앞에서 물러가면, 나 홀로 어둠에 익숙해지면, 그 말들이 되살아나, 되들려, 되울리며, 자꾸만 듣기에서 발화의 세계로 옮

겨 가게 만들어, 불투명한 말의 주인, **삐에르 밤바다,**라는 파
도 같은 언어의 말 물결은 그런 것일까, 미안해, 내가 왜 이
런 말을 흉내 내고 있을까, 왜, **이차정** 씨는 **삐에르 밤바다**를
우리에게 데려온 거지요, 아니, 다시 말해요, 왜 우리를 다시
삐에르 밤바다 앞에 소환한 거지요, 엽서를, 우표를 붙이지
못한, 엽서에 담긴 **삐에르 밤바다**의 해독이 필요한 글씨를,
글씨라는 잠재적 목소리를, 영원히 중력과 은총으로 봉인할
수 있었는데,라고 나와 **원숭이 윤**이 묻고 싶었지만 망설이
고 있던, 누군가 말해주길 기다리던, 우리의 예쁘고 야무진
입술을 열어, 날카로운 치아는 되도록 숨기고, 하지만 또 그
런 질문은 하지 않기를 바랐던, 결코, 우리의 복잡한 감정을
무대화하며, **긍지와 어둠**이 말했을 때, **이차정** 씨는 **긍지와
어둠**을 향해, 밤의 심연 속으로 날아가는, 무리에서 이탈한,
영원히 이탈하라, 눈먼 꼭두쇠를 무심히 바라보듯, 무슨 말
이에요, 걔는 담배를 피우지 않았어요, 말한 뒤, 시선을 돌
려, **원숭이 윤**이 담배를 탁자에 톡톡 치는 것을 보며, 정말
잘 마시네요, 맛있겠다, 이렇게 말하는 게 맞나요, 암스테르
담 갔을 때 이후로는 처음 피워요, 이거 이상한 거 아니지요,
더 이상 이상할 것도 없지만,이라고 말한 뒤 미소를 지어 보
이자, **원숭이 윤**이 흐뭇해하며 완성된 담배를 내밀었고, 짧
은 손톱의, 깔끔하게 정돈된, 기다란, 베이지색 손가락으로

담배를 받은 **이차정** 씨는, **원숭이 윤**의 켈로이드 손을 안 보는 척 보면서, 같이 갈래요,라는 신호를 **원숭이 윤**에게 보냈는데, **원숭이 윤**은, 아니요, 전 담배를 피우지 않아요, 담배 마는 것만 좋아요,라고 사실대로 말했고, 그건 정말 사실이어서, 얼마 전까지 흡연자였던, **긍지와 어둠**과 나는, 유혹을 물리치고, 서로의 눈빛을 교환하며 잠자코 있었고, 역시 이상해, 그럼 저 좀 나갔다 올게요,라고 **이차정** 씨가 말하며, 자리에서 일어나, 호텔의 회전문 앞으로 성큼성큼 걸어가다가, 다시 우리 자리로 돌아와, 라이터 주세요,라고 말하자, **원숭이 윤**이 라이터는 없어요,라고 말했고, **이차정** 씨가 **긍지와 어둠**과 나를 쳐다보자, 우리는 고개를 흔들었고, **이차정** 씨가 정말 이상해,라고 말하며, 자리를 빠르게 지나쳐, 카페 카운터로 가 라이터를 빌리려다, 성냥을 받아, 아, 성냥이 있네요, 마치 우리의 귓바퀴에 성냥을 긋듯이, **이차정** 씨의 카랑카랑한 목소리가 들렸고, 자신이 원하는 법정 선고를 얻어낸 자의 걸음으로, 우리 옆을 스치며, 봐라, 이게 성냥이라는 거다, 성냥을 든 오른손으로 탁자를, 탁자의 모서리를, 탁자 모서리는 이럴 때 힘을 발휘하지, 살짝 치며, 걸어가, 회전문에 올라타 밖으로 나가는 장면을, 장면의 반복을, 우리는, 우리에게 우연히 내맡겨진, 우리와 무관한 세계의 이미지 조각을 외면하듯, 바라보다가, 유리라는 끔찍한 투명

매체를 통해 선명하게 보이는, **이차정** 씨의 뒷모습과 옆모습, 뒤틀린 형상이 점점 우리의 눈앞에서 사라지자, 무너져 내리는 정신의 기하학 모서리를 만지며, 각자의 심연을 다시 바라보기 시작했는데, 연초 파우치를 정리한 **원숭이 윤**이 오른쪽 검지로 자신의 왼손에 그려진 운명의 지도인 켈로이드를 살짝 긁었고, 나는 "성냥과 켈로이드"라는 제목을 떠올렸고, 그 제목은 다시 아키 카우리스마키 감독의 영화 제목인 "성냥공장 소녀"로 이어졌고, 그 영화를 본 적이 있지만 지금 기억에 남은 것은 제목밖에 없고, 언젠가 **삐에르 밤바다**라는 이름만 남고 그 모든 것은 사라지게 될까, 이름마저 사라지면 어쩌나, 그건 우리가 기억한다고 기억되어지는 것이 아니지만, 하는 심연의 구멍 속으로 들어가려던 찰나, **긍지와 어둠**이, 우리 오늘 밤 함께 「성냥공장 소녀」를 볼까, **삐에르 밤바다**가 좋아한 영화였잖아, 왜 그 영화가 떠올랐는지 모르지만 오늘 밤은 혼자 있을 수 없을 것 같아, 계속 돌아눕고 뒤척일 것만 같아, 내가 너무 성급한가, 아직 오늘 밤이 오려면 멀었는데, 하면서 다시금 눈물이 고일 것 같은 눈을 반짝이자, 나는 심장이 출렁거리는 느낌을 잠재우기 위해 의자 팔걸이를 움켜잡았고, 감정을 억누르며, 되도록 차갑게, 구체시의 마지막 활자를 맞추듯, 밤은 곧 올거야,라고 말했지만, 어떤 것도 얼어붙게 못 하는 말이 되어, 얼마나 다행인지, 공기의 흐름이 달라지기 전에, **원숭이 윤**이 이번에는 왼손의 켈로이드를 엄지로 꾹꾹 누르며, 나도 같은 생각을 했어, 「성냥공장 소녀」 말이야, **삐에르 밤바다**는 말했지, 너 「성냥공장 소녀」 알아, 난 그 영화를 좋아해, 기분이 안 좋을 때마다 그 영화를 보면 기분이 조금 나아져, 왜 그런지 모르겠어, 이런 건 잘 설명이 안 돼, 설명이 안 되는 일이 얼마나 많은지, 설명이 안 되는 일을 계속 생각하는 것, 그건 취향과는 다른 차원 같지 않니, 취향은 언제든 바뀌는 거지, 그리고 대화 상대가 달라지면 취향도 바뀌는 거지, 넌 나랑 취향이 같아서 좋아, 넌 나랑 취향은 다르지만 좋아, 넌 취향이 분명해서 좋아, 내가 가장 듣기 싫어하는 말이야, 취향 같은 건 존중하지 않아도 좋아, 동시대의 취향, 취향 공동체, 췌언의 톱니로 갈아버리고 싶은 말들이야, 취향은 언제든 바뀔 수 있는, 허공으로 흡수되기 쉬운 말의 잔여물일 뿐이야, 얼마든지 편법이 가능하지, 읽지도 않고, 보지도 않고, 듣지도 않고, 가보지도 않고도, 얼마든지 말할 수 있는 게 취향이야, 그렇지 않니, 내 말에 대답하지 않아도 좋아, 나의 말은 언제나 대화를 향해 열려 있는 독백이니까, 이렇게 말해도, 누군가가 나에게, 너 역시 취향 오염물에 불과하다고 하면 나는 등을 돌리겠어, 등을 돌리면서 더 어두운 구석으로 옮겨 가겠어, 작은 빛이 스며들 때까지, 그리고 내가 왜

254

기분이 안 좋을 때마다 「성냥공장 소녀」를 보면 기분이 조금 나아지는지 계속 생각하겠어, 사유하겠어, 생각과 사유는 분명 다른 것 같단 말이지, 생각이 먼저고 사유가 그다음일까, 생각은 사유를 위한 준비 운동일까, 사유에서 생각으로 돌아갈 수 없을까, 사유에 빠진 생각은 또 어떤 걸까, 어떻게 사유해야 할까, 나는 생각해, 나는 사유해, 나는 생각당해, 나는 사유당해, 나는 사유당해도 싸, 나는 사유당해 마땅해, 생각의 취향, 취향을 위한 사유, 취향이 사유로 극복될 수 있는지 모르겠지만, 취향은 사유가 아니다, 취향은 사유다, 사유하는 취향은 취향이 아니다, 취향은 사유로만 극복될 수 있다, 사유는 취향으로 완성될 수 있다, 사유는 취향이다, 넌 어때, 계속 사유하게 만드는 것, 너에게도 그런 게 있겠지, 근데 너 손에 난 상처 예쁘다, 내가 좀더 정신적이고 기술적으로 뛰어난 심미안과 능력을 갖췄다면 네 손에 난 상처로 댄스 없는 댄스 필름을 만들 수 있을 텐데, 내가 무슨 말을 하는지 이해하지, 우리는 우리가 하는 말을 다 이해할 수 없어, 이해 바깥으로 넘어갈 수는 없을까, 이해를 위한 말, 이해 바깥은 말의 장소가 될까, 우리는 말의 경계선을 가로질러 갈 필요가 있어, 거기 어딘가에서 댄스 없는 댄스 필름이 상영되고 있어, **삐에르 밤바다**는 이렇게 말하며, 끝나지 않을 말을 끝내는 척하면서, 오랫동안 내 왼손의 켈로이드를 바라보았지, 만지고 싶으면 만져도 좋아, 내가 그렇게 말하자, **삐에르 밤바다**는 정색하며 표정을 바꾸더니, 너희도 잘 알 거야, 상대방을 일순간에 얼어붙게 만드는 특유의 표정으로, 음색까지 바꿔 가며, 도대체 **삐에르 밤바다**는 목소리가 몇 개인지, 셈할 수나 있는지, **원숭이 윤**의 격한 말에 **긍지와 어둠**과 나는 맞아, 옳아, 그랬지,라는 눈빛을 보냈고, **원숭이 윤**이 이어 **삐에르 밤바다**의 말을 전달하며, 함부로 만져서는 안 되는 게 있어, 너도 함부로 허락하지 마, 여기서 **원숭이 윤**은 왼손의 켈로이드를 오른손으로 가렸고, 그사이 나는 또다시 무용한 문장을 추출하며, 지친 켈로이드가 오른손이라는 이불을 덮고 잠든다, 어떤 방향도 지시하지 못하는 문장이 얼마나 많은지, **원숭이 윤**의 목소리에 다시 집중하며, **삐에르 밤바다**의 난독증 같은 말을 내가 흉내 내고 있는지도 모르지만, 근데 내 입에 달라붙은 이 말들은 어쩌란 말이야, 울고 싶어도 눈물이 안 나오는 사람도 있어, 눈물 없이 입으로 우는 사람도 있어, **삐에르 밤바다**의 입이 어떻게 생겼는지 모르겠어, 지웠어, 지워졌어, 아무래도 우리는 오늘 밤, 오늘 밤 우리는, 「성냥공장 소녀」를 봐야 할까 봐, 하지만 어디서 봐야 할까, 이곳에서, 나의 공간에서, **긍지와 어둠**의 공간에서, **원숭이 윤**은 **긍지와 어둠**을 바라보았고, **긍지와 어둠**은 나를 바라보았고, **전기올빼미 장존삽**의 공간에서, **원숭이 윤**은 나를 바라보았고, 나는 **금지와 어둠**을 바라보았고, 우리는 서로 다른 곳을 향해, 성냥공장 소녀가 유황 머리 천사가 되어 우리 곁에 머물기라도 한 듯, 두리번거리며, **이차정** 씨가 돌아와 대화와 침묵의 형식을 바꿔주기를 기다릴 때, 우리가 이전처럼 같은 작업실을 공유했다면, 함께, 오늘 밤, 우리의, 오늘 밤에, 「성냥공장 소녀」를 함께 보며, 무언가를 함께 보고 읽고 듣는다는 것은 쉬운 일이 아니다,라고 우리의 친구 **삐에르 밤바다**는 말했지, 지난 시간을 다른 각도에서 바라볼 수 있겠지만, 이제 우리는 너무 멀리 떨어져 있으니, 각자의 생활공간에 유폐된 우리는, 저마다 우리 입에 달라붙어 있는, 물결치는, **삐에르 밤바다**의 먼 귀엣말로, 밤을 기다리며, 밤이 오지 않기를, 기다리며, 정작 기다리는, 기다리고 있는 게 맞겠지, **이차정** 씨가 돌아오지 않기에, 우리의 초조함은 극에 달했고, **이차정** 씨가 앉아 있던 의자에 놓인 아무것도 없는 것을 바라볼 때, 아무것도 없다는 것은, 언젠가 무언가 있었다는 것이고, 언젠가 무언가 있게 될 거라는, 나의 고유한 생각을 확장하고 싶었지만, 이 생각 역시 **삐에르 밤바다**의 언어의 궤도에서 맴돌고 있으니, **삐에르 밤바다**가 말하길, 우리가 오물이라면 언어는 걸레가 되고, 우리가 눈물이라면 언어는 수건이 되고, 우리가 걸레라면 언어의 오물을 닦고, 우리가 수건이라면 언어의

눈물을 닦고, 걸레는 언젠가 수건이었고, 수건은 언젠가 걸
레가 되겠지, 우리가 아무것도 아니라면, 우리는 언어가 될
거야, 언어로 댄스 없는 댄스 필름을 만들 수 있을까, 내가
방금 말한 언어는 무엇으로 닦아내야 할까, 닦을수록 오물
이 되는, 닦을수록 눈물이 번지는, 언어도 있겠지, 겨울이고,
우리는 드라이브 중이고, 유리창에 성에가 끼면 난 글씨를
쓰고 입김을 불어 지울 거야, 지워지지 않아, 지금이 겨울인
가, 내가 **삐에르 밤바다**의 말을 흉내 내며, 지금이 겨울인가,
라고 묻자 **긍지와 어둠**은『중력과 은총』의 낱장을 넘기며
무언가를 읽어내려고 시도하고, **원숭이 윤**은 자신의 작업
노트에 무언가를 쓰려고 시도하고, 하지만 **긍지와 어둠**은
아무것도 읽지 못할 것이고, **원숭이 윤**은 아무것도 쓰지 못
할 것이고, 나는 아무 대답도 듣지 못할 것이기에, 나의 생각
은 독백이 되지 못하고, 독백이 되지 못하는 나의 생각은 어
떤 대화의 목소리가 될 수 있을까, 나의 예상과 달리, 나의
예상이 빗나갈 때 비로소 나는 나를 찾게 되지,라고 **삐에르
밤바다**는 손가락으로 허공을 찌르며 말했고, **긍지와 어둠**은
『중력과 은총』에서 저울이라는 단어를 찾아 겨울이라고 읽
었고, **원숭이 윤**은 노트에 겨울이라고 받아썼고, 결정적으
로 회전문을 통과해 들어온 **이차정** 씨가 우리에게 돌아와,
우리의 생각과 말을 멈추게 하는 몸짓으로 의자에 앉으며,

이제 겨울인가 봐요,라고 말하면서, 양팔로 어깨를 감싸며, 좀더 정확히 표현하면, 오른손으로 왼쪽 어깨를 감싸고, 왼손으로 오른쪽 어깨를 감싸며, **삐에르 밤바다**라면, 오른손으로 오른쪽 어깨를, 왼손으로 왼쪽 어깨를 감싸려고 시도하겠지, 몸짓을 만들기에, **삐에르 밤바다**가 만들고 싶어 했던, 결코 만들 수 없었던, 머릿속에서 빈혈 영화처럼 반복적으로 상영되고, 재상영되는, 댄스 없는 댄스 필름이라면 **이차정** 씨의 몸짓으로부터 시작해야 하지 않을까, 그렇지 않니, **삐에르 밤바다**를 향해 물었지만, 여기에 없음으로 지금 다시 돌아온, 먼 목소리로 나타나는, **삐에르 밤바다**는 대답이 없고, 대답하지 않아도 좋아, 끊임없이 나와 **원숭이 윤**과 **긍지와 어둠**이 대답해야 하는, 대답을 지연시키는, 유예시키는, 물음의 심연을 들여다보다, 록시땅 립글로스를 입술에 바르고, 빰빰거리고 있는, **이차정** 씨에게, 많이 추운가요,라고 내가 묻자 **이차정** 씨는, 이제 안 추워요,라고 대답하고, 담배는 좋았나요,라고 **긍지와 어둠**이 묻자, 별로였어요, 역시 담배는 입에 물기 전이 좋아요, **이차정** 씨의 말을 들은 **원숭이 윤**이 자신이 담배를 잘못 만 것이 아닐까, 하는 근심 어린 표정을 보이더니, 조심스럽게, 그런데 왜 이렇게 늦게 오셨어요,라고 묻자, 마치 그 질문을 기다렸다는 듯, **이차정** 씨가 미소를 지으며, 언젠가는 사라질 미소였다, **원숭이 윤**을 빤히 쳐다보더니, 말을 시작했는데, 그 말은 예상치 못한, 우리의 기대 이상의 말이었는데, 우리가 무엇을 기대했는지 모르지만, **이차정** 씨의 말은 이렇게 시작되는데, 담배를 피울 동안 걔를 생각했어요, 오해 말아요, 내가 걔를 걔라고 부르는 건 걔가 나의 고유한, 절대적인 개이기 때문이에요, 우리는 어릴 적 서로를 걔라고 불렀어요, 이제 나를 걔라고 부를 개가 없어요, 오해 말아요, 걔만 생각하고 싶었는데, 사무실에서 전화가 왔고, 전화를 받을까 말까, 아주 잠시 동안 망설이다가, 지금은 그래야 할 것 같은 기분이었지만, 그럴 수 없었고, 난 책임질 일이 있고, 나의 말을 기다리는 사람들이 있기에, 그 사람들의 삶이 나의 분석력과 논리적인 목소리에 달려 있기에, 난 누구처럼 무책임한 일에 무모하게 매달리는 성격이 아니니까, 전화를 받았고, 기다리던 소식을 들었는데, 설명하기에는 길지만, 제 의뢰인이 승소할 수 있는 증인 채택이 성사되었다는 기쁜 소식이었고, 기쁜 소식이었는데, 아무튼 이제 엄청나게 머리를 굴려야 할 테니 내일 오전까지 푹 쉬고 오라는 보스의 전언까지 들었는데, 전화를 끊고 나자, 이상한 불안감이 엄습해오기에, 불안감의 정체가 걔 때문인지, 당신들 때문인지, 오랜만에 빨아들인 담배 연기 때문인지, 당신들을 만나기로 결심한, 솔직히 엽서를 발견하고 반년 넘게 고심했어요, 믿을 수 있겠어요, 그 순간

이차정 씨가 말을 멈추고, 나를, **원숭이 윤**을, **긍지와 어둠**을, 뚫어져라 쳐다보았다, 우리는 뚫어졌다, 멀리 바다 같기도 한, 알 수 없는 젖은 풍경을 바라보고 있었는데, 문득 개의 목소리가 들리는 거예요, 처음이었어요, 어디서부터 들려오는지 알 수 없었지만, 언젠가, 개와 대화를 나눴던, 그런 게 대화가 맞는지 모르겠지만, 내가 개에게, 나한테 등을 돌리고 뒷모습을 보이고 있는 개한테, 넌 제정신이 아닌 것 같아,라고 말하자, 걔는 몸을 반쯤 돌려 말했어요, 맞아, 하지만 난 제정신을 싫어해, 시간이 지났고, 시간이 지났는데, 그때의 내 말을 까맣게 잊고 있었는데, 잊었다고 생각했는데, 나의 말이 개의 등에 꽂은 칼이 되었다는 걸 뒤늦게 알았고, 개의 목소리가 들려온 거예요, 하지만 난 제정신을 싫어해, 그 말을 할 때 개의 표정이 어땠는지 기억나지 않아요, 기억할 수 없어요, 난 보지 못했으니까, 반쯤 돌린 몸만, 몸의 실루엣만 눈앞에, 아름답고 슬픈 몸으로, 지금 생각하니 무척 아름답고 슬픈 몸이었어요, 그때는 그 몸을 경멸하기만 했지요, 하지만 난 제정신을 싫어해,라는 목소리를, 온몸으로 말하는, 온몸이 입이 된, 몸입 소리를, 계속 듣고 있었어요, 그리고 그 목소리는 멀지 않은, 바로 이 자리에서부터 들려온다는 것을 알았어요, 당신들의 말이, 개의 목소리를 불러온 거예요, 내가 왜 당신들을 찾았는지, 개의 책들을 버리지 않고 갖고 있었는지 알게 된 거예요, 그리고 오늘 하루 동안, 하루 동안만이라도, 처음으로 개가 되어보자고 결심했어요, 제정신을 싫어해보자고, 댄스 없는 댄스 필름, 난 그런 건 몰라요, 알고 싶지도 않아요, 하지만 제정신을 싫어해보자고, 어릴 적 내가 개보다 무용을 잘했어요, 그걸 개가 싫어한다는 것을 알고 나는 무용을 포기했어요, 내가 계속 무용을 했다면 나는 제정신을 잃게 되었을까요, 댄스 없는 댄스 필름에 다가갈 수 있었을까요, 개를, 그리고 당신들을 이해해보려 해요, 오늘 하루만, 아닌 오늘 밤까지만, 곧 밤이 오겠지요, 그건 이해의 문제가 아닐지도 모르지만, 내가 이렇게 머뭇거리거나, 우유부단한 사람이 아닌데, 말을 할수록 말의 확실성에서 멀어지고 있어요, 이미 개의 목소리가 내 안에 가득 찬 것일까요, 이런 물음도 나에겐 어울리지 않아요, 나는 개가 남긴 책들을 버리지 않았어요, 시간이 될 때마다 하나씩 꺼내 읽어보고 있어요, 그렇게 그 책을, 그 엽서를 발견한 거예요, 난 그 책을 그대로 덮을 수도 있었어요, 그럴 수 없었고, 『중력과 은총』이라니, 나는 평생 개가 남긴 책을 읽을 거예요, 읽어야 해요, 내 삶의 숙제, 숙제가 너무 많아요, 난 숙제라면 빠르고 정확하게 해치워야 하는 사람이지만, 공부라면 자신 있는 사람이지만, 무용의 삶을 포기한 뒤로는 이 세계가 요구하는 공부에만 매달렸는데, 내가 믿었던 세계는 걔와 낭신들이 믿었던 세계와 다른가요, 다르다면 얼마나 다른가요, 나는 잠시 동안 제정신을 잃을게요, 말을 할수록 제정신을 차려야 하는 삶에 익숙한 나지만, 오늘은 말을 할수록 제정신을 잃어볼게요, 가능하다면, 가능하도록, 당신들이 불렀던, 부르고 싶은, 그 이름으로 연기를 해볼게요, 날 봐요, 내가 **삐에르 밤바다**예요, 내 입이 그렇게 말해요, 내 입이 내 몸이에요, **삐에르 밤바다**가 되려는 **이차정** 씨가 **긍지와 어둠**과 나와 **원숭이 윤**을 뚫어져라 쳐다보았다, 우리는 또 뚫어졌다, 뚫어진 우리는 잠시 넋을 잃고, 회전문과 그 옆의 자동문 안으로 들어오는 사람들을 보았다, 모두 정장을 갖춰 입고 각자의 슈트케이스를 들고 있었는데, 사람들이 사람들 같아 보이지 않았지만, 그래, 이곳에 우리만 있는 건 아니었다, 이제 우리는 여기서 물러나야 할까, 우리가 믿었던 세계에서 퇴장해야 할까, 세계가 무대라면, 우리는 무대의 모서리에 몸의 일부를 문지르고 있었나, 몸의 일부가 입인지 귀인지, 아니면 한없이 연약한 부위인지, 나의 생각을 가루로 만들고 싶어 나는 입을 열어, 곧 밤이 올 거예요, 당신이 **삐에르 밤바다**라면, 오른손으로 오른쪽 어깨를, 왼손으로 왼쪽 어깨를 감싸려는 시도를 해야 해요, 나는 어떤 희망의 대가를 치르듯 말했고, 내 목소리의 떨림이 나에게도 전달되었고, **이차정** 씨가, 어떤 망설임도 없이, 오른손으로 오른쪽 어깨를, 왼손으로 왼쪽 어깨를 감싸려고 시도했는데, 이전보다 팔이 길게 늘어나는 것처럼 보였고, 점점 기이하고 아름다운 형태로 변하고 있었는데, 그 모습은 또 다른 피부 피구라가 될 수 있을까, 어느새 **원숭이 윤**과 **긍지와 어둠**이 **이차정** 씨의 몸짓을 따라 하고 있었고, 나 역시, 처음 자신과 비슷한 형상물을 마주한 아이가 되어, 오른손으로 오른쪽 어깨를, 왼손으로 왼쪽 어깨를 감싸려고 시도했고, 입술을 뻠뻠거리며 우리를 바라보고 있던 **이차정** 씨가 이번에는 고개를 뒤로 젖혀 턱으로 허공을 찍으며, 우리는 이 몸짓도 따라 했고, 안 그럴 이유가 없다, 나와 같이 가요,라고 말하자, **긍지와 어둠**이, 당신이 **삐에르 밤바다**가 되면 우리도 **삐에르 밤바다**가 되어야 해요,라고 말했고, 뒤이어 내가 당신이 **삐에르 밤바다**가 되면 우리도 **삐에르 밤바다**가 되어야 해요,라고 따라 말했고, **원숭이 윤**이 같이 가요, 난 이미 **삐에르 밤바다**예요,라고 말하자, 우리의 친구 **삐에르 밤바다**의 목소리가 들렸고, **삐에르 밤바다**가 말하길, 우리는 가짜 재현으로 태어나 가짜 재현으로 죽어갈 텐데, 가짜 재현이면 안 되나, 안 돼, 절대로, 듣고 있어, 대답하지 않아도 좋아, 나의 말은 언제나 대화를 향해 열려 있는 독백이니까, **삐에르 밤바다**의 목소리와 함께, **삐에르 밤바다**가 되려는, 하지만 **삐에르 밤바다**가 결코 될 수 없다는 것을 잘 알

264

고 있는 우리는, **이차정** 씨도 정말 우리가 될 수 있을까, 우리,라는 애매모호한 절충의 호칭을 허락하며, 우리는, **삐에르 밤바다**의 마지막 악필이 담긴 「백설공주」 엽서를 『중력과 은총』에 다시 넣어 봉인하고 책을 덮었고, 탁자 위 찻잔들을 정리해 카운터로 돌려주고, 회전문을 통과해, 밖으로 나오자, 바람이 매섭게 불어, 자연은 내면의 음향까지 잘 흡수하기에, **삐에르 밤바다**의 목소리가 갈기갈기 찢어지기 전에, 서둘러 **이차정** 씨의 차가 있는 곳으로 걸어가, 충전 중이었던 파란색 푸조 전기차에 올라타, 은은한 마르멜로 향이 났다, **원숭이 윤**이 조수석에 앉고, **긍지와 어둠**과 내가 뒤에 앉았는데, 이 위치는 얼마든지 달라져도 좋다, 시동을 켜고 핸들을 돌리는 **이차정** 씨에게 모든 것을 맡기며, 이동하기 시작했는데, 고속도로에 진입하자 속도가 점점 빨라졌고, 어디로 가는 거예요,라고 아무도 묻지 않았고, 왜 어디로 가는지 아무도 묻지 않나요,라고 **이차정** 씨는 묻지 않았고, 인천대교에 오르자 풍경은 점점 어두워졌고, **이차정** 씨가 선루프를 열자, 바닷바람에 우리의 머리카락이 휘날렸고, **이차정** 씨가 룸미러를 통해 나와 눈이 마주쳤고, 붉고 푸른 어둠에 잠긴 **삐에르 밤바다**의 눈빛이 떠올랐고, 당신들을 다 바다에 처넣어버릴 거야,라고 **이차정** 씨가 말해도 하나도 이상하지 않을 것 같았고, 우리에게, 우리는, 무언가를 기다

리는, 무언가가 주어졌을 때보다, 무언가를 기다리는 상태
가 정신의 중력을 가볍게 만들고, 은총의 반중력을 느끼게
만든다고, 뒤늦게 깨닫고, 깨달음은 언제나 뒤늦게 오는 것
이지만, 토성의 고리에 매달린 **삐에르 밤바다**라는 턱받이를
하나씩 걸친, 밤을 기다리는 아이들이 되어, 이미 도착한 밤
을 계속 기다렸고, 잠시 후, **이차정** 씨가 익숙하게 왼손으로
왼쪽 어깨를 감싸는 순간, 우리는 어떤 암묵적 신호를 수신
해 왼손으로 왼쪽 어깨를 감싸며, 밤의 풍경에 모든 것을 맡
겨야 했는데, 갑자기 **긍지와 어둠**이 나한테 등을 보이며 울
음을 터뜨렸고, **원숭이 윤**이 창문을 내렸고, 나는 앞머리를
쓸어내렸고, 미친 듯이 바람이 불었고, 차가 흔들렸고, 어디
마음대로 계속해봐, **이차정** 씨가 속력을 더 높였고, 점점 빠
르게 사라지는 밤의 풍경을 마주하며, **삐에르 밤바다**의 말
이 흩어졌다, 나는 댄스 없는 댄스 필름을 만들어, 다시 모이
며, 모든 위치에 내가 있어, 울리고, 너희들은 어떻게 살고
있어, 되울리며, 계속 가면 어딘가에 닿을 거야, 우리의 친구
삐에르 밤바다의 이름을 따라, 댄스 없는 댄스 필름을 만드
는, 만들려고 했지만 만든 적이 없는, 만들지 않았기에, 댄스
없는 댄스 필름은 잠재적 상태로 머물러 있으니, 언제든, 우
리가 기억하지 못하는 순간에도, 우리의 머릿속에서 댄스
없는 댄스 필름을 만들던, 여기에 없는, 여기에 없음으로 다

시 돌아오는, 여기에 없음으로 다시 돌아와 지금 나타나는, 지금 나타나기 위해 다시 돌아오는, 다시 돌아오기 위해 여기서 없어지는, 하나에서 뻗어 나온 다성의 목소리로, 셀 수 없는 색채의 떨림으로, 지금, 여기에서 없어지는, 여기에서 없어지며, 얇아지고 넓어지는, 피부 피구라, **삐에르 밤바다**가, 밤마다, 우리를 향해 돌아누울 것이고, 돌아누워 속삭일 때, 우리가 마주해야 될 가변적 현실 속에서, **이차정** 씨는 선루프를 닫고, 조수석의 창문을 올리고, 차의 속력은 유지하며, 입을 열어, 말을 할수록 제정신을 잃어가며, 내가 무용을 그만둔 이유는 코끼리피부병 때문이었어요, 그런 건 아무래도 상관없지만, 이런 거짓말하기 싫어요, 나에게 어울리지 않아, 싫어, 안 해, 난 **삐에르 밤바다**가 아니야,라고 말하며, 인천대교 위를 질주하며, 질주할수록 다리 끝은 더 멀어지는 것만 같고, 차들은 하나둘 사라지고, 보이는 어둠을 향해, 빵빵, 클랙슨을 울리자, 우리는 또 다른 차원의 허구의 결속을 찾아, 물보라 같은 감정의 파고를 넘어, 희망의 눈꺼풀을 들어 올려, 여기에와 지금을 지우며, **삐에르 밤바다**의 언어를 받아쓰기 위해, **삐에르 밤바다**의 언어는 **삐에르 밤바다**와 무관한 것이 아닌가, **삐에르 밤바다**의 언어는 **삐에르 밤바다**를 지나쳐 언어 자체로 향하고 있지 않나, 언어는 언어 이외의 것을 외롭게 만들어, 언어는 언어를 부를 뿐이니까,

라고 말했던 **삐에르 밤바다**의 말이, 뒤늦은 부름이, 언제나 부름은 뒤늦기 마련이지만, 우리를 쫓아오고 있었지만, 그렇더라도, 그렇기에, 대답을 들을 수 없는 부름을 지속하며, 계속 이렇게 시작되어야 하기에, 언어의 관절을 뒤로 꺾으며, 푸익, 웃고 있니, **삐에르 밤바다**가 말하길,

작가의 말

확장 소설이라는 제목은

'확장 영화expanded cinema'에서 빌려왔다.

영화라는 매체를 실험한 확장 영화의 개념과 방법론을 소설로 시도한 것은 아니다.

그건 불가능하다.

영화는 영화 바깥으로 나갈 수 있지만

소설은 소설 바깥으로 나갈 수 없다.

언어를 버릴 수 없기 때문이다.

여기저기 흩어져 있던 소설을 모아 틀을 잡아보았다.

전반부의 소설이 기록된 시간에 대한 이야기라면

후반부의 소설은 기입된 이름에 대한 이야기라고 할 수 있다.

허구의 무대에서 언어의 볼레로를 추면서

소설의 영역을 잠시나마 확장할 수 있다고 믿기로 했다.

이제 믿지 않으면 쓸 수 없다.

그건 불가능과 다른 문제이다.

이원 시인의 글을 읽고 춤을 추고 싶었다.

양선형 소설가의 글을 읽고 눈물을 흘리고 싶었다.

춤과 눈물

나의 시인, 나의 소설가

문학적 우정은 언제나 달콤하다.

오랫동안 간직할 것이다.

멋진 책을 만들어준

최지인 편집장과 박미정 디자이너께도 감사의 마음을 전한다.

요즘 희망이란 단어에 대해 많이 생각한다.

생각할 뿐 쓰지는 않는다.

이번엔 쓰기로 했다.

희망

나는 썼다.

2022년 여름 숲에서

김태용

추천의 말

갓 뽑은 열무처럼 말이다! 멜랑콜리의 행성, 토성처럼 말이다! 김태용 소설을 읽으면 언제나 이렇게 말하고 싶어진다. 김태용은 '소설 없는 소설'을 맹렬하게 써왔다.

제발트적 시공간을 언어에서 음악으로 통과한 그는 이제 '리듬'에 도달한다. 그가 갖게 된 리듬은 "산과 바다 사이", 의미와 비의미 사이, 음표와 음표 사이에 존재한다. 휘몰아치듯 읽게 되는 것은 리듬이다. 리듬을 읽을 수 있는 소설의 탄생이다.

나타나지 않아 끝내 사라지지 않는, 이 리듬의 피리는,

'삐에르 밤바다-원숭이 윤-옥미-슬픔병-홀로수'의 "회전문". 기억을 낱낱이 새긴 자화상. "낮을 위한 착각"인 밤과 "밤을 위한 착각"인 낮, 거기, "소수"의 자리. 사유-서사-언어의 해체와 날것의 물컹함이 동시에 투명하게 폭발하는, 김태용식 비미래.

이원(시인)

이야기가 끝나면 알게 될 거야. 그때에도 우리가 함께 걸어갈 수만 있다면 모든 곳이 숲이 될 거야. 겨울음악공원의 잎사귀처럼 동그란 나의 귀를 접으면 들리는 삐에르 밤바다의 파도 소리. 이야기가 끝나면 알게 될 거야. 우리가 정말로 무엇을 할 수 있는지를.

나는 오랫동안 김태용의 열렬한 독자로 살았고 앞으로도 그럴 것이다. 구겨졌다 다시 펼쳐지고, 수축했다 터무니없이 늘어나는 그의 언어적 주름 위에서 나는 멀미와 사랑의 관계를 최초로 인식했던 것 같다. 현실이 빛과 환청에 예민하게 반응하는 레인보우 스프링인 것처럼. 김태용의 소설을 사랑하게 된 시기는 내가 소설을 사랑하게 된 시기와 거의 일치한다.

김태용의 언어는 모든 불가능성을 이스트 반죽처럼 발효해 거기 가변적인 움직임을 부여한다. 그의 소설에서 내가 배웠던 것은 기억과 언어, 기록과 관능의 한계 근처로 가장 가깝게 접근하는 그의 소설이 끝과 시작에 괘념치 않고 발생시키는 말의 지대였다. 말은 간극과 분열을 잠재성의 지대로 변환하는 힘이다. 그가 말의 관절을 꺾을 때마다 삐에르 밤바다의 부재 속에서 삐에르 밤바다의 파도 소리가 들린다. 크리스 마커의 잃어버린 사진 한 장 위로 평양 시내의 한 공원에서 농구를 하다 놀랍도록 아름다운 슛을 성공시키는 옥미의 모습이 겹쳐진다.

중심의 부재는 이야기 이후의 음악과 허구의 현실을 향해 너그럽게 열려 있다. 엄지와 검지를 둥글게 말아 붙이고 눈앞에 댄다. 그 너머에 내가 겪었던 상실이 한나절의 신비로운 산책으로 변용되는 겨울음악공원의 신작로가 보인다. 망각의 저편으로 멀어져 더는 개입할 수 없었던 기억의 노이즈가 랩톱 컴퓨터 속에서 허수의 공간과 나를 연결하는 무언의 메시지로 번역된다. 김태용은 무언가를 소진한 채 현재에 불시착한 우리에게 아직도 남아 있는 아무것도 아닌 모든 것들의 역량에 주목한다. 이 역량을 활성화했을 때 생성되는 전자적 혼란과 시간을 해산하는 대화, 미열 같은 웅얼거림을 보여준다. 그렇기에 그의 소설을 읽는 것은 소설 자체가 우리가 할 수 있는 아무것도 아닌 모든 것들을 통해 다시 씌어지는 광경을 목도하는 경험이기도 하다. 이것은 끝과 무의미를 향해 나아가는 비애와 좌절의 걸음걸이가 아니다. 끝을 딛고 개시되는 우아한 언어적 상황들이다.

김태용은 불가능성 주위를 부드럽게 회전하며 소설의 가능 영역을 확장한다. 한 바퀴를 돌 때마다 환영의 표면이 넓어진다. 그가 상징적 죽음과 불가피한 공백 주위를 능청스럽게 배회할 때 그동안 상징의 세계가 소외시켰던 것들이 소설의 표면으로 부상한다. 착각과 음악은 끝의 확정적인 선고 이후에도 메아리의 형태로 남겨져 나를 끝 이전과 새롭게 관계하게 한다. 귀를 움찔거리게 하고 대답 없는 부름을 허밍하게 한다. 새로운 관계는 언제나 미래를 향해 자라난다. 댄스 없는 댄스 필름이 출력하는 언어 피구라figura는 이야기 이후에도 계속해서 추는 말의 몸짓들이며 그 몸짓을 통해 넓어지는 소설적 현실의 면적이다. 댄스 없이 댄스 필름이 제작될 수 있을까? 적어도 김태용은 댄스가 없다면 댄스 없는 댄스 필름을 시작하면 된다고 이야기하는 듯하다. 작가로서의 내게 이만큼 소중한 약속을 들려준 작가는 김태용이 유일하다.

나는 교외의 한 영화관에서 댄스 없는 댄스 필름을 관람

했다. 영화관이 아니라 그냥 캄캄하고 적막한 공간이어도 좋았다. 원숭이 윤과 잎과 옥미, 이차정 씨와 전기올빼미 장존삽, 긍지와 어둠과 함께 있으면 그곳이 남부럽지 않은 영화관이 되었기 때문이다. 영화관은 우리의 것이었다. 스크린에 투영된 이미지에 우리가 추는 댄스의 그림자를 대입하며 시시덕거리다 서로의 눈물을 닦아줄 수도 있었다. 외침과 속삭임이 있었다. 당신의 사라진 미소가 어디에나 있었다. 댄스 없는 댄스 필름은 댄스가 없었기에 댄스보다 더 길게 이어졌다. 댄스 없는 댄스 필름이 차츰 형체를 잃고 이명 같은 음악과 흔들리는 빛의 포말로 부서진 뒤에도 그것을 댄스 없는 댄스 필름이라고 부를 수도 있었다. 눈을 감으면 감은 눈앞에서 휘어지는 잔상들을 댄스 없는 댄스 필름이라고 믿을 수도 있었다. 댄스 없는 댄스 필름은 우리가 영화관을 나가기 전까지 계속되었다. 우리는 영화관을 나가지 않았다. 우리가 댄스 없는 댄스 필름을 만들고 있었다고 해도 그리 틀린 말은 아니었다.

양선형(소설가)

수록 작품 발표 지면

옥미의 여름   『안녕, 평양』(엉터리북스, 2018)

우리는 마음대로   『정오의 사이렌이 울릴 때』(문학과지성사, 2019)

방역왕 혹은 사랑   『과학잡지 에피』2020년 여름호
영역의 확장

낮을 위한 착각   『대산문화』2016년 가을호
                    (발표 당시 제목 "이모의 조카")

밤을 위한 착각   『문학사상』2012년 9월호

알게 될 거야   『세계의 문학』2011년 가을호

피드백   〈비유〉2019년 4월호

루프   미발표

삐에르 밤바다   〈문장 웹진〉2022년 1월호